El rastro de tu padre

Patricia Lara Salive

El rastro de tu padre

Título: *El rastro de tu padre*
Primera edición: febrero, 2016
Segunda edición: junio, 2016
Primera reimpresión en Colombia: junio, 2016

© 2016, Patricia Lara
© 2016, de la presente edición en castellano para todo el
mundo: Penguin Random House Grupo Editorial, S. A. S.
Cra . 5a. A N°. 34-A-09, Bogotá, D. C., Colombia
www.megustaleer.com.co
Diseño: proyecto de Enric Satué

Diseño de cubierta: Patricia Martínez Linares/Penguin Random House
© Fotografías de cubierta: Sematadesign, Shutterstock.com y Asaflow, Dollarphotoclub.com

Impreso en Colombia–*Printed in Colombia*

ISBN: 978-958-8948-08-9

Compuesto en caracteres Garamond
Impreso en Panamericana Formas e Impresos S. A.

Penguin
Random House
Grupo Editorial

Para Mario, dondequiera que esté…

Para Inga

Every mother is a daughter

PERRI KLASS Y SHEILA SOLOMON KLASS

Estos dedos
llenos de ayer…

MARIO OCHOA, *Última Página, Magia Primera*

Primera parte

I

—¡Chao, mami! —dijo Estrella mientras entraba a la sala de inmigración.

Más tarde me buscó con sus ojos verdes, grandes, me lanzó un beso y sonrió. Luego me hizo la señal del adiós, y desapareció...

Me alejé despacio. No sabía a dónde ir. Puse en el auto un disco de Silvio Rodríguez. Apenas oí *Mi unicornio azul,* volví a aquella noche en que lo escuché cantar en persona esa canción durante una recepción en el Palacio de la Revolución, con motivo de la inauguración del Festival de Cine de La Habana. Mi padre había muerto hacía un mes. Recuerdo que para disimular mi corazón vuelto trizas me oculté tras el follaje que adorna ese enorme salón colmado de trópico, en el instante en que, acompañado por su guitarra, Silvio cantó:

> *Mi unicornio azul ayer se me perdió,*
> *y puede parecer acaso una obsesión,*
> *pero no tengo más que un unicornio azul,*
> *y aunque tuviera dos, yo solo quiero aquel...*

La mañana estaba lluviosa. Bogotá se había cubierto de gris. Al llegar a la casa me atropelló el silencio. Entré a su habitación. Recogí de su silla el vestido verde y la chaqueta amarilla que había usado la noche anterior para ir a la fiesta de despedida que le habían organizado sus amigos; miré sus muñecas; olí sus perfumes; ojeé sus libros; me detuve en la fotografía que le había tomado su amiga Margarita el día en que recibió la noticia de que la Universidad de Columbia la había aceptado como alumna para que hiciera una especialización en Sicología: se veía feliz.

Miré el reloj: aún faltaban tres horas para que aterrizara el avión. Me recosté en su cama. Me quedé dormida. Minutos más tarde desperté con sobresalto: había soñado que Estrella y yo caminábamos juntas por un sendero atravesado de pinos; ella se detenía a recoger semillas y las guardaba en un cesto; yo la ayudaba. De un momento a otro vi que el camino terminaba de manera abrupta y continuaba un abismo profundo, un hueco sin límites. Entonces la llamé una y otra vez... De pronto vi que me hacía la señal del adiós con la mano y, sonriente, me decía:

—¡Chao, mami!

Fui a mi cuarto. A través de la ventana contemplé ese gris uniforme y húmedo que les servía de fondo a los edificios de en frente.

¿Y ahora?, me pregunté.

Salí a caminar. El frío me penetraba. Compré un chocolate con avellanas. Lo saboreé despacio.

Eran las tres de la tarde: el avión debía estar aterrizando. Me senté en el café del parque. Entonces entró un mensaje a mi celular: «¡Llegué!», decía.

—¡Gracias a Dios! —dije en voz alta.

—¿Gracias a Dios qué, señora? —me preguntó una mujer que estaba en la mesa contigua.

—Gracias a Dios mi hija aterrizó en Nueva York.

—Me alegro... ¿Sabe? Usted me recuerda a Olga, mi hermana gemela. Murió hace diez años en un accidente de aviación.

—¡Lo siento —le dije—. Yo habría sido muy feliz si hubiera tenido una hermana... Hoy le pediría que se quedara conmigo.

—¿Cuál es su nombre? —me preguntó.

—Me llamo Verónica de la Espriella.

Al abrir el portón de mi casa me recibió el silencio. Cerré la puerta de la habitación de Estrella. Así podría imaginar que dormía. Se anunciaba el crepúsculo. Se aproximaba mi primera noche sin ella, la primera con la certeza de su ausencia, una ausencia que, intuía, podía durar para siempre. Me refugié en la biblioteca. Me serví un whisky doble y puse en el equipo de sonido el *Concierto para violín,* de Tchaikovsky, que tanto escuché durante su embarazo.

Yo había soñado con tener una hija a la que pudiera consentir, y vestir, y peinar, y acompañar a crecer. Por eso, cuando supe que la tendría, corrí a comprarle un vestidito blanco y un elefante de peluche.

¡Cómo había anhelado darle vida a una niña que reemplazara a la que había abortado aquella vez! Tenía dieciséis años entonces. Llevaba tres meses de embarazo… Y el pánico que me produjo pensar en la ira que con la noticia le causaría a mi padre me empujó a deshacerme de ella. Así también le obedecía a Andrés, un idiota del que me había dejado embarazar. Pero yo quería tener a esa bebita: había empezado a amarla desde el principio, desde el instante en que había sabido que la llevaba en mis entrañas. La quería como ahora quiero a Estrella...

El día menos pensado, Estrella llegó sin anunciarse… El suyo fue un parto fácil, como fácil había sido vivir a su lado: a las cuatro horas de sentir la primera contracción, la niña lloró a gritos. Me sorprendió ver que era negra: parecía africana. Pensé que iba a ser trigueña como yo, y como debería serlo su padre, pero no, resultó con piel azabache. Mi hija no había salido como yo la había planeado. ¿En qué me había metido? ¿Cómo me había atravido a embarazarme de un desconocido? ¿Qué garantía existía de que el semen utilizado fuera el de un hombre sano? ¡Sentí pánico! Además, me aterraba que a mi niña la discriminaran por el color de la piel, la aislaran, no la aceptaran en la sociedad. Conocí tantos casos así… Temía que la vida para Estrella fuera más dura...

Sin embargo, de alguna manera me agradaba también que tuviera la piel oscura. Toda mi vida había sentido predilección por la raza negra; me encantaba el ritmo que llevaba adentro, su forma de danzar, de moverse, de alegrarse y de alegrar la vida. Empecé entonces a soñar con hacerle trenzas, ponerle moñitos de colores, bailar con ella.

¿Cómo sería su padre?

Atada aún a mí por el cordón umbilical, húmeda todavía, la colocaron sobre mi vientre. Con mi hija entre los brazos me sentía en un paraíso donde sólo cabíamos ella y yo. Ya no necesitaba a nadie más, ya no anhelaba nada distinto que permanecer cerca de ella.

—La niña está bien —dijo el pediatra después de examinarla—. ¿Ya tiene nombre?

—Sí, Estrella.

—Raro —afirmó—. No conozco a nadie que se llame así. ¿Por qué escogió ese nombre?

—Porque ella será la luz en mi camino, doctor…

—¿Y cómo se llama el padre?

—No sé. Estrella nació por inseminación artificial. Sé que su padre es un hombre sano e inteligente, no más.

—¿Y por qué está tan segura?

—Porque el semen me lo proporcionó un banco de esperma de hombres con un cociente intelectual alto, quienes antes de dar su semen deben someterse a exámenes minuciosos.

—¿Y por qué privó a su hija del afecto de un padre, Verónica?

—¡Porque no quería que Estrella corriera el riesgo de tener un papá que el día menos pensado la dejara! También porque el hombre a quien amé, el único que anhelé que fuera su padre, no quiso que yo tuviera un hijo suyo. ¡Y si no podía tener un hijo con él, no quería tenerlo con nadie, doctor! Pero yo soñaba con ser madre. Y el tiempo pasaba. Y aparecían un hombre, y otro, pero ninguno me atraía. Y yo no quería acabar mi vida sola: deseaba tener una hija que jamás me abandonara.

Eran las siete de la noche. Marqué el teléfono del apartamento donde vivía su amiga.

—¡Mami! —exclamó.

Al oír su voz, me derrumbé.

Desperté antes del amanecer. Tuve el impulso de ir a su cuarto para despertarla. Al escuchar el silencio, me invadió su ausencia. Quise dormir un rato más. El timbre del teléfono interrumpió mi duermevela. Una grabación decía que si no pagaba la cuenta de la luz en tres días la suspenderían. Recordé entonces que era 2 de junio y que podía ir a cobrar mi pensión. No era mucho dinero, pero me permitía vivir: los veinte años que había trabajado como diplomática de carrera en el Ministerio de Relaciones Exteriores me habían dado la oportunidad de viajar, aprender dos idiomas, hacerme a una pensión decorosa y mostrarle el mundo a mi hija.

La fila de pensionados a la espera de su pago era larga. ¡Tendría que armarme de paciencia! Para entretenerme, encendí el celular. Quería jugar solitario. Entonces contemplé en la pantalla su retrato:

—Mi niña, ¿qué será de tu vida?

II

Avanzaba septiembre y se anunciaba el otoño: la temperatura descendía a veces hasta los doce grados centígrados. Las tardes cálidas del verano pasaban a ser recuerdo. Desde mi estudio, en el piso 20 de River Tower, en el corazón del Upper West Side, observaba cómo los rascacielos se estrellaban contra el cielo azul. Me gustaba demorarme junto a la ventana para contemplar el vacío.

Amaba la ciudad… Hacía más de tres meses había llegado a Nueva York y ya me sentía a mis anchas. Creía que iba a ser más difícil adaptarme a sus moles de cemento, a las sirenas de sus ambulancias, a la estridencia de sus carros de bomberos, a la aglomeración de sus calles, al ruido permanente de sus torrentes de tráfico, al bullicio que no se detenía, a la prisa de su gente, a mi vida sin mamá.

Pero no, yo disfrutaba de mi pequeña pero enorme autonomía: me levantaba a la hora que quería —generalmente hacia las siete de la mañana—, sin necesidad de correr para llegar al gimnasio a tiempo y tomar las clases de pilates que ella decía que me evitarían sufrir más adelante de los dolores de espalda que a ella la atormentaban; desayunaba yogur griego con nueces, avena y frutos rojos, en lugar de la papaya con naranja y cuajada descremada que ella decía que me hacía bien al estómago y me prevenía los catarros; comía el pan integral de ocho granos untado de miel, que me fascinaba, y no el horrible de centeno que mamá mantenía en la despensa porque decía que era más sano; me preparaba los domingos dos huevos rancheros con tocineta y no el eterno bollo limpio con butifarra que a ella le recordaba su infancia en Barranquilla; me vestía con minifaldas y medias de pepitas; me dejaba los crespos al viento; en fin, era yo, ordenada como no lo hubiera imaginado, hasta el punto de que no salía a la calle sin antes dejar mi diminuto apartamento resplandeciente; era yo, rutinaria como jamás lo hubiera pensado; era yo, caminando mis veinte cuadras para llegar a la universidad, deteniéndome donde lo deseara, comprando siempre el mismo almuerzo: manzana, té helado y una porción de requesón; era yo, quedándome en la biblioteca hasta las siete de la noche y haciendo luego una hora de ejercicio en el gimnasio; era yo, llegando en las noches a mi casa a prepararme una cena que inventaba cada día: hoy pollo a las fresas; mañana quesadillas con queso y tomate; pasado mañana sopa de tortilla; la noche siguiente ensalada de espinacas, peras y queso de cabra; y los viernes, para cerrar la semana con broche de oro, alguna pasta con salsa improvisada, queso y un buen vino. Era yo los sábados cuando dormía hasta muy tarde, lavaba mi ropa y, en la noche, asistía a algún concierto de *jazz*, o los domingos, cuando salía a caminar, almorzaba por ahí y cantaba en algún parque. Era yo, Estrella de la Espriella, viviendo la vida que había elegido vivir, tal vez la misma que mamá habría deseado que yo viviera, pero escogida por mí.

Aún no tenía amigos en Nueva York, pero me sentía libre y era feliz.

Dicen que uno acaba pareciéndose a quienes más ha combatido: recuerdo las discusiones que mi mejor amigo de la facultad, hijo del dueño de una revista de actualidad, sostenía a cada rato con su papá, un viejo de extrema derecha que veía comunistas por todas partes: él pregonaba la revolución, era amigo de los sindicalistas, militaba en la izquierda y escribía artículos en los que apoyaba los paros y las revueltas. El papá se enfurecía, y se gritaban, y los portazos iban y venían. Hoy, el hijo es más intransigente que el viejo, se la pasa en el club jugando golf y defiende ideas de derecha. Casi siempre ocurre que los que se rebelan contra las tiranías y derrocan a los dictadores, cuando llegan al poder cometen los mismos atropellos. ¿Será por eso que ahora estoy aquí, pareciéndome cada día más a mi mamá, haciendo ejercicio, inventándome platos y siendo tan ordenada, rutinaria y puntual como ella?

Faltaban cinco minutos para las ocho de la mañana. Subí jadeante la escalera de la escuela. Mamá nunca había entendido que me hubiera empeñado en hacer una especialización. Y tampoco comprendía que yo hubiera tomado como electiva un curso de periodismo investigativo: ella sabía que yo era tímida, que me molestaba hacerle preguntas a la gente y que prefería mantenerme al margen de las noticias de actualidad, casi siempre negativas y violentas.

—Es que quiero entender por qué somos como somos, mamá —le explicaba cuando me preguntaba por qué me había ido—. Además, deseo aprender a investigar —agregaba.

—¡Pero si lo tuyo es la sicología! —exclamaba—. No entiendo…

En realidad mamá no tenía por qué entender. Aun cuando podía suponer que me molestaba que ella buscara sembrar en mí sentimientos de culpa y manejar los más mínimos detalles de mi vida, como si yo fuera de su propiedad, mi madre no tenía por qué comprender la verdad de por qué quería irme de su lado: siempre le había ocultado que lo que más me preocupaba era saber de dónde venía yo y descubrir la identidad de mi padre; la de mi verdadero padre, no la de ese hombre idealizado de quien ella hablaba cada rato, ese tal Malik cuyas fotografías había visto colgadas de manera obsesiva en casi todas las paredes de mi casa, ese a quien mamá había amado con locura, y quien ella habría querido que me engendrara, pero que para mí no había sido más que un fantasma sin sentido, una imagen de papá convertida en vacío… Sí, mamá no tenía por qué entender mi insistencia en irme, pues yo siempre le había ocultado cuál había sido mi dolor más grande: no era, como ella creía, haber dado siempre con tipos huidizos, inasibles, incapaces de comprometerse en una relación profunda, asustados de anclar en la intimidad, no. Mi dolor más grande había sido carecer de padre. Sí, mamá no tenía por qué saber que durante muchos años yo le había dado vueltas a la misma pregunta, esa que no me había atrevido a hacerle en persona, pero que esperaba poder plantearle antes de que se fuera para siempre de mi lado: ¿por qué tú, mamá, tú que me querías como pocas madres aman a sus hijas, tú que solo vivías para mí, tú que decías que estabas dispuesta a sacrificarlo todo para que yo fuera feliz, en el fondo de tu corazón, más que por mi bienestar te preocupaste por el tuyo? ¿Por qué no pensaste en mi futuro sino en tu necesidad de compañía, y no consideraste, antes de buscar un semen para inseminarte, que más importante que remediar tu soledad era que yo tuviera un padre? ¿Por qué pareciendo ser tan generosa has sido tan egoísta, mamá?

¿Quién era Estrella de la Espriella? Eso era lo único que me importaba saber: ¿Por qué mi piel era negra, mi cabello crespo y mi estatura tan elevada? Entendía que mis ojos fueran verdes, como los de mamá. Pero mientras ella era apenas trigueña, mi piel tenía el color del chocolate oscuro. Mientras ella medía 1,60 yo medía 1,75. Mientras ella tenía el cabello color miel, yo lo tenía negro azabache. Mientras el suyo parecía compuesto por flechas, el mío era crespo apretado. Mientras ella tenía tendencia a la gordura, yo parecía un alambre. ¿Por qué mi apariencia era tan extraña? ¿Por qué parecía nacida en otro planeta? ¿De dónde salía mi oído para la música si mi mamá no conocía la afinación? ¿Por qué éramos tan distintas?

El profesor de Periodismo Investigativo, Richard Johnston, me había citado a las ocho en su oficina para que discutiéramos el tema de mi trabajo del semestre. Golpeé la puerta. Apenas entré, vi su mostacho enroscado en las puntas y esos ojos inquisidores que me miraban por encima de los anteojos.

—Buenos días, Estrella. ¿Cuál es su tema?

—Quiero hacer una investigación sobre los bancos de semen que hay en Nueva York, profesor Johnston.

—¿Qué la mueve a investigar ese tema?

—Quiero descubrir quién es mi padre...

El hombre me observó de pies a cabeza y me preguntó mi historia. Cuando terminé, me dijo:

—Aprobado el tema, Estrella. —Se levantó de su silla, me dio una palmada afectuosa en la espalda y agregó—: ¿Y cuál es su hipótesis?

—Que mi padre debe ser un negro neoyorkino, tal vez un profesor universitario, o un escritor, o un científico, o un cantante, o un músico famoso.

—¿Y por qué habría de ser alguien tan especial?

—Porque mi madre compró el semen en un banco de esperma de hombres inteligentes.

—¿Y qué tal que su padre fuera, por ejemplo, un gánster brillante?

—¡Ojalá que no, profesor!

Johnston sonrió con picardía y dijo:

—La espero el 30 de octubre a las tres de la tarde con sus primeras averiguaciones.

La mañana resplandecía. El cielo de Manhattan era de un azul luminoso. El viento, leve, hacía que el clima pareciera más frío. Yo amaba esa ciudad. Tal vez la había querido desde el instante en que supe que había sido concebida allí. Quizás amaba también Nueva York porque intuía que allá vivía mi padre.

III

¿Qué voy a hacer con mi vida?, me preguntaba.

Se la había dedicado por entero a Estrella, la había criado y educado sola, le había entregado todo lo yo que era capaz de dar y, de un momento a otro, ella se había ido: «¡Chao, mami!». Eso había sido todo.

Mis días se habían vuelto grises, solitarios. Me había llenado de rabia… Era una rabia en la que hasta ahora me permitía pensar, una rabia que se apoderaba de mis músculos y me los convertía en cadenas de dolor, una rabia que me hacía apretar las mandíbulas mientras dormía y que me invadía porque no me atrevía a dejarla salir. Quizás, en el fondo, no le perdonaba que hubiera elegido excluirme de su vida, escaparse de mi control. Sentía que le había dado mi tiempo, que había trabajado para educarla y mantenerla, que la había consentido y acompañado a crecer, y ahora ella me abandonaba, justo cuando yo empezaba a envejecer.

¿Esto que siento significa que soy un monstruo como madre?, me preguntaba una y otra vez. ¿Luego no he sido siempre la mejor mamá del mundo?

Me dolía la cabeza: fuertes punzadas parecían trepanarme el cráneo…

Esa tarde fui a que me hicieran un masaje relajante que se convirtió en tortura: me dolía la más leve presión sobre el cuerpo. Era como si me atormentara que me acariciaran, como si el cariño, para mí, acabara transformándose en maltrato. ¿O acaso en abandono?

Al llegar a casa me serví un whisky doble y escuché el *Concierto de Brandemburgo Nº 3*, de Bach. A pesar de que carecía de oído musical, me gustaba la música clásica: me acompañaba. Dormí hasta las cinco de la mañana. Me desperté sobresaltada: había soñado que me había convertido en la madrastra disfrazada de campesina buena que le llevaba la manzana envenenada a Blancanieves, y que, cuando había ido a buscarla, no la había encontrado y había optado por morder el fruto mortífero. Pero para mi sorpresa, este no me había hecho el menor efecto.

No pude volver a dormir. Salí a caminar. El sol se asomaba tras los cerros. Era extraño que Bogotá estuviera soleada en octubre: la mañana se anunciaba repleta de luz. A medida que recorría las calles, sentía con mayor claridad que sin ayuda no iba a poder aprender a vivir con mi soledad. Entonces decidí acudir a mi amigo Pedro Alcántara, siquiatra, esposo de una compañera de la universidad. Me dijo que me recibiría al día siguiente.

Pedro me saludó de manera neutra, inexpresiva.

—Sigue, Verónica.

—Quisiera que me aliviaras esta falta de interés por todo, Pedro —le dije.

Me miró en silencio.

—Lo único que de verdad deseo es estar con Estrella.

—¿Y dónde está ella?

—Se fue a estudiar Sicología a Nueva York.

—¡Qué bueno! ¿Y cómo está?

—Bien, supongo. O eso dice. Poco hablamos...

—¿Por qué?

—Porque no le queda tiempo, está muy ocupada estudiando, y tiene que hacer el oficio de la casa. Ahora le toca hacerlo todo sola, no le queda un momento.

—¿Y qué te preocupa? Esa experiencia la va a fortalecer.

—Yo no sé por qué Estrella se empeñó en irse, Pedro, en dejarme durante estos años, los últimos de mi vida útil, los que hubiéramos podido disfrutar juntas, cuando yo ya no tenía que trabajar para mantenerla y disponía de todas mis horas para dárselas. ¡Pero Estrella se empeñó en abandonarme!

¿Tú lo comprendes? Yo no... Si lo único que he hecho es vivir para esa niña, ¿por qué me deja?

Pedro Alcántara guardó silencio unos segundos y dijo:

—Es magnífico que se haya ido a estudiar. Y tal vez tú también podrías aprovechar su ausencia para demostrarte que eres capaz de vivir sin ella.

—¿Y con qué fin? Ahora me ha surgido un dolor que me invade el cuerpo, y la cabeza.

—Si el dolor persiste, ve a donde un neurólogo. Pero antes quiero que hagas un ejercicio sencillo, y que lo practiques cuando estés sola y no te interrumpan.

—Yo estoy sola todo el tiempo y nadie me interrumpe, Pedro.

—Bien, pues te sientas en una silla cómoda, cierras los ojos, te relajas y te imaginas que golpeas a un muñeco sin cara. Al rato, el muñeco empezará a adquirir rostros. ¡No te detengas! Sigue pegándole: él irá cambiando de caras. Y luego vuelves y me cuentas qué pasa. ¿Puedes regresar pasado mañana a la misma hora?

—¿Por hoy no es más? Hablamos apenas cuarenta y cinco minutos…

—Por hoy no es más, Verónica. Te espero el jueves a las diez.

—¿Cuánto vale la consulta?

—Ciento cincuenta mil pesos.

Me sentía molesta: esperaba que el esposo de mi amiga hubiera tenido conmigo una actitud más amistosa, menos distante, que no me cobrara tanto por oírme cuarenta y cinco minutos y me despachara sin haberle dado la más mínima solución a mis problemas.

Sin embargo, opté por regresar a su consulta tres días después.

No quería estar sola ese día, así que llamé a mi prima Eugenia Vengoechea, una mujer siempre dispuesta a ayudar a los demás, que se la pasaba asistiendo a charlas esotéricas, consultando a médicos cuánticos y bioenergéticos, tomando esencias florales y concurriendo a sesiones donde se practican esas constelaciones en las que se culpa a los antepasados de los problemas presentes; un mundo en el que conviven los vivos y los muertos e interactúan y se influencian los unos a los otros. Invité a mi prima a almorzar a La Casa de Tera, un restaurante de comida del Caribe cuyos sabores nos recordaban nuestra infancia. Pedimos jugo de níspero, carimañolas y posta negra con arroz con coco. Entonces le hablé de mi desánimo.

—¡Nada de eso, niña! Ahora te compro unas goticas de Bon Rescate, te tomas trece tres veces al día y verás cómo enseguida te mejoras. ¡Tú estás muy joven, Vero! ¡Lo que necesitas es dejar a Estrella tranquila, vivir tu vida, no sufrir, y levantarte un novio bien chévere! ¡Tú eres tremenda mujerona todavía!

—¡Ay, Eugenia, no digas bobadas! El único hombre a quien he amado no sé dónde está, ni siquiera sé si aún viva…

—¿Y por qué no lo buscas?

—¿Qué dices?

—Que lo busques, Vero; que lo intentes por lo menos…

Llegué a mi casa terminada la tarde. Entonces reparé en que en todos los espacios, salvo en la habitación de Estrella, había por lo menos una fotografía de Malik: Malik en la puerta de la universidad; Malik dictando clase con un libro en la mano; Malik sentado a la mesa de un restaurante; Malik caminando por la calle; Malik en cada rincón de mi casa: el vacío de Malik ocupando mi vida… Y ahora, al suyo, se agregaba el vacío de Estrella.

Pero el vacío de Malik era el de un fantasma, el de una sombra, el de un amor que jamás había sido.

Lo había conocido hacía cuarenta años, cuando yo tenía diecinueve y estudiaba lenguas modernas y él tenía treinta y cuatro y enseñaba contabilidad. Malik Sabbagh era un barranquillero de ascendencia libanesa, contador con fama de ser un maestro bueno, aunque estricto. Eran pocos los estudiantes que pasaban su curso. La clase, que para mí era una electiva, se dictaba tres veces por semana y empezaba a las siete de la mañana. Ese primer lunes, mientras buscaba el salón, me retardé cinco minutos.

—La clase comienza a las siete. Vuelva el miércoles, señorita —me dijo, exhibiendo una sonrisita de sarcasmo al tiempo que me indicaba que abandonara el recinto.

Sentí rabia, no tanto porque me hubiera impedido asistir a su clase, sino porque había en él algo que me atraía con fuerza: no sabía si eran sus ojos negros y grandes, sus pestañas crespas, su mirada penetrante, su cabello negro de un ondulado suave salpicado de plateado, su piel morena, su sonrisa que dejaba ver su dentadura blanca, perfecta, su actitud arrogante, autoritaria, en fin, no sabía qué tenía ese hombre, pero el hecho es que yo intuía que podía ejercer sobre mí una influencia peligrosa, de la cual empezaba a sentirme incapaz de escapar.

Entré a la cafetería de la universidad y me serví un café. Sentía ira. Sin embargo, aprender contabilidad me parecía útil. De modo que decidí continuar con el curso y preocuparme por llegar puntual a las clases siguientes. Además, me gustaban los retos. Y no dejarme apabullar de ese profesor podría ser uno de ellos.

Un día, cuando salía del gimnasio de la universidad, alguien me dijo:

—¿A dónde va tan empapada, señorita De la Espriella?

Era el profesor Malik Sabbagh. Se había quitado el suéter y llevaba un *bluejean* y una camisa a cuadros azules, desabotonada en el cuello, que permitía adivinar su pecho velludo y su porte de atleta. Debí sonrojarme. Me sonrió, me tomó del brazo y me dijo:

—Supongo que su próxima clase no comienza antes de las once. Falta casi una hora. La invito a que nos tomemos un café —afirmó, y me llevó sin darme siquiera oportunidad de responder.

La mañana transcurrió en un instante. Malik habló sin parar de sus experiencias como estudiante en Estados Unidos, de su afición por el dominó, de su gusto por la naturaleza, de su interés por los temas espirituales, de «los ángeles que nos visitan».

—¿Que los ángeles nos visitan? —le pregunté.

—¡Claro que sí! Le cuento cuando tenga alguno a su lado...

—¡Jamás había escuchado semejante historia, profesor!

—¡Por supuesto! Cada uno de nosotros tiene dos o tres ángeles que nos acompañan, que nos protegen. Uno de los suyos puede ser su madre, por ejemplo. Y alguien más que haya estado cerca de usted en este mundo. Pero los ángeles no permanecen siempre junto a usted. Van y vuelven. Eso sí, dondequiera que esté, están pendientes de su bienestar.

Lo miré asombrada… Ese cuento me parecía una locura. No obstante, me intrigaba: a pesar de que no creía en nada que no pudiera ver ni tocar, siempre había sentido curiosidad por los temas esotéricos. De ahí que esas historias raras hicieran que Malik me atrajera más.

Los minutos volaron… Cuando miré el reloj, faltaban cinco para las doce del día.

—¡Se pasó la mañana y la señorita sólo jugó squash! ¿Qué tal la sinvergüencería de esta mujer? —exclamó en medio de una carcajada.

—¡Pero le di a la bola con todas mis fuerzas, profesor!

—¡Qué mujer tan peligrosa, por Dios! ¡La invito a almorzar!

Descendimos las escaleras de la universidad, enclavada en los cerros de Bogotá, y caminamos hacia el norte en busca de un pequeño restaurante árabe, pues su familia procedía del Líbano y él quería que yo probara una buena muestra de la comida de su tierra.

—Permítame escoger los platos —dijo—. Pero antes tomémonos un par de vodkas. ¿Le gusta el vodka?

Malik ordenó dos vodkas helados dobles y un plato de entremeses libaneses, con berenjenas asadas, *falafel*, *tahine* de garbanzo y *fattier*, una especie de empanadas de hojaldre rellenas de espinaca.

—Me ha hablado de su vida como estudiante y como profesional, pero no me ha hablado de usted, Malik. ¿Es casado?

—Sí. Tengo dos hijos: Sharim, de doce años, y Adila, de diez.

Me debió notar la desilusión porque de inmediato me preguntó si me ocurría algo.

—Nada —le dije—. Tal vez que habría preferido que fuera un hombre libre…

—¡Lo soy! Yo soy un solitario para quien lo más importante es su libertad, Verónica. ¡Para mí lo principal es ser y sentirme libre!

—¿Y cómo hace si está casado?

—Mi mujer no me pregunta qué hago ni para dónde voy…

—¡Pobrecita!

Malik le pidió al mesero que nos llevara otros dos vodkas dobles y me dijo:

—¿Y usted?

Le conté que mi padre también había nacido en Barranquilla, que era matemático e ingeniero calculista, que había fundado en la capital una empresa de ingeniería, y que mi madre era una bogotana que se había dedicado a las labores de la casa, pero que había muerto cuando yo tenía diez años de un cáncer de colon que se la había llevado en veintidós meses.

—La muerte de mamá me dejó sin piso —le dije—. Entonces me aferré a mi papá con todas mis fuerzas…

Malik me cogió la mano y me dijo:

—¿Puedo tutearla?

—Sí —afirmé.

—¿Y tienes hermanos?

—No… ¡Pero cuánto quisiera haberlos tenido!

—¿Y novio?

—Tampoco.

—¿Y también quisieras tenerlo?

—No es fácil encontrar un hombre que me guste, Malik.

—¿Y cómo te gustan?

—Como tú —le contesté.

Entonces me acarició la mejilla y me dijo:

—Eres muy joven, Verónica, muy bonita... Me encantan tus ojos verdes.

IV

En internet figuraban varios bancos de semen en Nueva York y sus alrededores: Sperm Bank, New York Children's Bank y The Sperm and Embryo Bank of New Jersey. Ninguno de esos nombres se los había escuchado a mi madre. Habíamos hablado del tema un par de veces no más; primero cuando, siendo muy niña, le pregunté dónde estaba mi papá y me respondió que yo no tenía un papá como los otros niños, que ella habría querido que el mío fuera el señor que aparecía en las fotos colgadas en las paredes de la casa, pero que a falta de padre, el suyo, mi abuelo Samuel, lo sustituía.

En realidad, la presencia de mi abuelo, un viejo querendón y estricto al mismo tiempo, había sido tan fuerte durante los primeros seis años de mi vida que no sentí necesidad de hacerle más preguntas a mi madre. Ya después de su muerte, ocasionada por un infarto fulminante que le dio cuando visitaba una construcción en las afueras de Bogotá, empecé a preguntarme de verdad por mis orígenes: ¿De dónde venía yo, tan distinta de mi madre? Un día en que llegué triste del colegio porque Raquel, mi nueva compañera de pupitre, le había dicho a la profesora que la cambiara de lugar pues a ella no le gustaban las negras, le pedí a mi mamá que me contara toda la verdad, esa verdad que yo más que nadie tenía derecho a conocer.

—Un día de estos te la cuento, Estrella —me dijo ocultando la mirada.

Recuerdo como si fuera ayer la tarde en que la supe: la víspera había cumplido doce años y me habían organizado una fiesta con mis amigas. Yo acababa de llegar del colegio. La tarde estaba soleada. Mamá me sorprendió con una invitación a tomar onces y me preguntó si me gustaría ir a la bizcochería localizada en la esquina del parque. Ella sabía que me encantaban las milhojas que preparaban allá.

Mi madre llevaba puesta una chaqueta roja, una blusa blanca y unos pantalones negros. Le resaltaban sus grandes ojos verdes. Se veía muy bonita, joven aún, con sus cuarenta y siete años bien llevados. Pedimos milhojas y sorbete de guanábana. Entonces me tomó la mano y me dijo:

—Estrella, tienes doce años; creo que ya estás en edad de conocer la historia de mi vida, que también es tu historia. Creo que ahora podrás entenderme.

—Lo único que quiero descubrir es quién es mi padre. ¡Necesito saberlo, mamá! —le respondí.

Con los ojos en lágrimas, mamá contestó:

—Nunca lo sabrás, Estrella.

Entonces me habló de su amor imposible y obsesivo por el profesor Malik Sabbagh, un hombre casado de quien ella decía que se apoderaba un miedo atroz cuando pensaba en dejar a esa esposa que no lo hacía feliz, pero que lo ataba a ella a base de sembrarle sentimientos de culpa; un tipo cobarde que se evadía si ella mencionaba la posibilidad de que organizaran su vida juntos; un ser egocéntrico que se oponía a que mi mamá tuviera un hijo suyo… Mamá me habló esa tarde de su frustración por no ser madre; de su incapacidad de amar a otros hombres, a pesar de que lo había intentado unas cuantas veces; de su miedo a quedarse sola; del hueco que llevaba en el corazón por no haber tenido hermanos; de su obsesión por dar a luz una niña; de cómo se había enterado, cuando trabajaba en el consulado de Colombia en Nueva York, de que en esa ciudad había un banco de semen de premios Nobel; y de la idea, que ya no la había abandonado, de que tenía que inseminarse con el esperma de uno de esos genios. En fin, esa tarde mi mamá me abrió el corazón. Y yo, aunque creo que pude comprenderla, empecé a odiar con todas mis fuerzas a ese tal Malik que atiborraba las paredes de mi casa, porque no había tenido el valor de amar a mi madre y nos había hecho sufrir a las dos, y porque su presencia avasalladora en la mente y en el corazón de ella me había privado de la posibilidad de tener un papá como lo tenían todas mis compañeras.

Mi mamá me contó que después de que la trasladaron del consulado en Nueva York a la Cancillería en Bogotá, había seguido pensando en inseminarse y había decidido que, si a los treinta y cinco años no había encontrado aún una pareja que la hiciera feliz, acudiría a ese banco de esperma, buscaría tener una niña y trataría de lograr que el fenotipo del donante del semen fuera similar al del tal Malik. Cuando cumplió treinta y cuatro años y la enviaron a Nueva York para que se entrenara en asuntos multilaterales en la misión de Colombia ante las Naciones Unidas, mi mamá optó por no posponer su deseo de ser madre. Entonces buscó el banco de semen de premios Nobel, pero se encontró con que lo habían cerrado al morir su fundador. Sin embargo, siguió con su obsesión y averiguó que había otro que garantizaba que el semen de sus donantes provenía de hombres sanos con un nivel intelectual alto, pues en su mayoría eran estudiantes de especialización o doctorado. Y a ese acudió, con el resultado de que a los tres meses quedó embarazada y después nací yo. Pero yo solo heredé los ojos de mamá y no saqué ningún rasgo árabe, como debería haberlo tenido si el semen de mi padre biológico hubiera sido el de un hombre de ese origen. ¿Habrían equivocado la probeta donde estaba el esperma del donante? ¿Quién diablos era mi papá?

Creía que esa tarde mamá no había mencionado el nombre del banco de esperma. O al menos yo no lo recordaba. Y nunca volvimos a hablar del tema. Sin embargo, esas preguntas —¿De dónde vengo? ¿Quién es mi padre? ¿Cómo es?— me habían atormentado toda la vida.

Es muy extraño no saber de dónde vienes, no tener un papá como los otros, o por lo menos no poder decirles a las compañeras de colegio: «Mi papá está muerto». Es como carecer de piso o de brújula en la vida. ¡Claro que mi abuelo Samuel fue como un papá para mí! Recuerdo sus ojos verdes y grandes como los de mi madre; su cabello negro y liso; su mirada penetrante;

su vestimenta de trabajo cuando salía a visitar las obras con sus pantalones color caqui, su chaleco con múltiples bolsillos y su casco de ingeniero. Me acuerdo con horror de las rabias que le daban cuando encontraba que algo no estaba en su puesto; era una ira que lo volvía por instantes tartamudo. Pero también recuerdo su sonrisa, su picardía, su capacidad para convertirse en un niño cuando estaba conmigo; lo veo acurrucándose, poniéndose de mi tamaño y jugando a mi altura, o llevándome al parque a darles zanahoria a los conejos, o enseñándome aritmética y retándome para que hiciera simples cálculos mentales cada vez más de prisa, dos más tres menos uno, cuánto es, y si yo le daba de inmediato la respuesta correcta me anotaba un punto, y si le daba la equivocada me lo quitaba y, al final, me entregaba tantos dulces cuantos puntos tuviera, y si tenía puntos negativos, me los descontaba al día siguiente. Las sesiones de cálculo tenían lugar todas las noches antes de la cena. Sí, recuerdo a mi abuelo, el hombre más cercano que he tenido, quien me enseñó que no todos son como ese fantasma llamado Malik, un ser débil, incapaz de comprometerse y de vivir la intimidad.

Después de que murió mi abuelo comenzó a lacerarme de verdad la falta de padre. Sucedió a principios de noviembre, cuando yo estaba a punto de cumplir siete años. Mi mamá trabajaba entonces en la oficina de asuntos multilaterales de la Cancillería en Bogotá. Ese día, a las seis de la tarde, aún no había llegado a la casa y, como cosa extraña, mi abuelo no había aparecido antes de las cinco, como acostumbraba hacerlo. Yo estaba sola porque la niñera ya se había ido. De pronto sonó el teléfono. Una voz de hombre preguntó por mi mamá. Dije que no se encontraba.

—De la oficina ya salió —repuso el hombre.

—¿Qué le digo? —le pregunté.

—Dígale que el señor Samuel de la Espriella acaba de morir, que cuando llegue llame a este teléfono…

Sentí que se me iba el aire. No tenía a dónde llamar a mi mamá. La familiar más cercana era mi tía Carmenza, una prima hermana de mi madre que se había ido a vivir a Miami. No se me ocurrió qué hacer. Me senté en el suelo de la sala a esperar a que ella llegara y a llorar a gritos. Mamá apareció casi a las ocho de la noche. Había ido a una recepción en la Embajada de Cuba.

—¿Qué te pasa, Estrella? —gritó en cuanto me vio.

—¡Que se murió mi abuelo! —le dije, y corrí a abrazarme a ella.

—¿Pero cómo? ¿Dónde? —preguntó.

—No sé… Que llames a este número.

Todo fue muy rápido: mamá llamó por teléfono, salimos, llegamos a la clínica, ella me dijo que la esperara en la sala de urgencias, entró con una enfermera a reconocer el cadáver, salió llorando, me abrazó, regresamos a la casa, se sirvió un whisky, me dijo que durmiera en la cama con ella, al otro día nos vestimos de negro, fuimos a la capilla del cementerio, unos señores llegaron con el ataúd, un sacerdote hizo unos rezos, metieron el cajón con mi abuelo entre las llamas, le dijeron a mi mamá que volviera en dos días y nos fuimos para la casa. Mamá había dejado de llorar. Cuando abrió la puerta permaneció un rato en silencio, me abrazó y me dijo:

—Ahora no quedamos sino tú y yo, Estrella, tú y yo juntas para siempre… Tú nunca vas a abandonarme, ¿verdad?

—¡Nunca, mamá!

—¿Me lo juras por tu abuelo?

—¡Te lo juro!

Dos días después, mamá se apareció con una cajita de madera en las manos.

—Aquí está tu abuelo. ¡Mira! —me dijo, y la abrió.

Adentro había una bolsita plástica con unas partículas diminutas, casi blancas: eran hueso molido. En el contenido de esa bolsita había quedado convertido ahora el viejo Samuel. Con él entre esa caja, colocada sobre una mesa redonda cubierta con un mantel blanco y ubicada en un rincón de la sala, acompañada por una veladora que siempre debía estar encendida, habríamos de vivir mucho tiempo, hasta hace un par de años, cuando convencí a mamá de que fuéramos a Barranquilla y arrojáramos sus cenizas al río Magdalena para dejar que sus aguas fundieran a mi abuelo con el mar.

—No podemos botar a tu abuelo y abandonarlo por ahí, Estrella —me decía ella, disgustada, cada vez que yo le pedía que pusiéramos la urna en el osario de alguna iglesia para que mi abuelo descansara en paz y no tuviéramos la presencia de un muerto en la casa—. ¡Dondequiera que tú y yo nos encontremos mi papá estará con nosotras, Estrella! —agregaba mi madre.

Un mes después de la muerte de mi abuelo, mamá viajó a La Habana para asistir a una reunión del Movimiento de Países No Alineados. Yo me quedé en casa de la vecina, Jesusita Fonnegra, una viuda barranquillera que le ayudaba a mi mamá a cuidarme cuando ella o mi abuelo tenían que salir. Era una mujer dulce pero su hijo José, de ocho años, era insoportable y malévolo.

Una tarde, cuando doña Jesusita salió al mercado, el muchachito, que estaba con dos amigos de la cuadra, me señaló con el dedo, soltó la carcajada y me dijo antes de irse corriendo:

—¡Mi mamá dice que tu papá es un frasquito!

—¡Un frasquito negro! —agregó otro muerto de la risa.

Me puse a llorar. ¿Por qué me habría hecho eso mi mamá? ¿Por qué no me decía la verdad? ¿Por qué no me contaba algo tan simple como quién era mi padre? Cuando regresó de La Habana le dije lo que había sucedido. Entonces me prohibió volver a donde doña Jesusita y jugar con José, y me pidió que no le hablara más del tema. Yo tampoco se lo mencioné de nuevo porque era algo de lo que me costaba trabajo hablar. Solo volvimos a comentar el asunto la tarde en que me llevó a comer milhojas en la bizcochería del parque.

Cuando mi mamá me dijo que yo había sido engendrada en un banco de semen en Nueva York, no le entendí. En ese momento aún no me había desarrollado y, a duras penas deducía, por lo que veía en las películas y por lo que nos decían en el colegio, cómo se hacían los niños. Entonces le pedí a mi mamá que me explicara más y ella me habló con detalles sobre la inseminación artificial y el derecho que tienen las mujeres a ser madres si así lo desean.

—Gracias a la inseminación artificial los hombres no se necesitan para nada, Estrella, ¡ni siquiera para hacernos un hijo si somos solteras!

—Con la diferencia de que las madres solteras casi siempre saben quién es el papá de sus hijos y tú no sabes quién es el mío, mamá —le dije.

Mi madre lloró en silencio durante un tiempo que me pareció eterno.

—¡Perdóname! —le dije al ver que la había herido.

Me dolió maltratar a mamá. Ella era el único ser que yo tenía en la vida. Y vivía dedicada a mí, me cuidaba, me acompañaba, me enseñaba, jugaba conmigo, me consentía, me llevaba de vacaciones, trabajaba para mantenerme, me quería. Justamente porque deseaba tenerme había asumido el reto de criarme sola, sin la compañía ni el apoyo de un hombre. No podía ahora juzgarla así, no podía maltratarla. Recuerdo que cuando llegamos a la casa, fui a la cocina, le preparé ese té de frutos rojos que tanto le gustaba y se lo llevé a la alcoba. Mamá me abrazó y me dijo:

—Algún día me entenderás, Estrella.

Ahora empiezo a entenderla: tampoco yo quiero morirme sin saber lo que se siente al darle a un ser la vida. Tampoco yo deseo pasar sola mis últimos días. Tampoco yo quiero acabar mi vida sin saber lo que es tener un hijo.

Era 1º. de octubre. Faltaban veintinueve días para llevarle el primer borrador de mi investigación al profesor Johnston. Yo no sabía por dónde empezar la tarea. Lo lógico habría sido llamar a mi mamá y preguntarle cómo se llamaba y dónde estaba localizado el banco en el que había conseguido el semen de mi padre. Pero no me atrevía a plantearle el tema. Entonces busqué los teléfonos y la historia de los bancos de semen que había en Nueva York. Mi idea era averiguar la fecha de su fundación para reducir el número de posibilidades por descarte. Después vería qué se me ocurriría.

De los cinco bancos de esperma que encontré, dos llevaban en funcionamiento más de veintiséis años, lo que quiere decir que, si aún existía el banco donde reposaba en el archivo el dato de quién era mi padre, debía ser uno de esos. Llamé primero al Sperm Bank. Me respondió un contestador automático que indicaba que no se daban informaciones por teléfono y que las citas debían pedirse por internet. Llamé al siguiente, el New York Children's Bank. El resultado fue el mismo. Entré a internet. Con angustia, pedí entrevistas en ambos bancos. En el Sperm Bank me dieron la cita para el 15 de noviembre y en el New York Children's Bank, para el 19. Sin embargo, decidí ir en persona a ver si lograba que me las anticiparan: no podía llegarle al profesor Johnston con disculpas y sin las primeras averiguaciones. Él era muy estricto con las fechas de entrega de los trabajos, pues justamente de lo que se trataba era de aprender a superar todos los obstáculos para lograr llegar al fondo de una investigación u obtener una respuesta.

Al día siguiente, salí a las ocho de la mañana y me bajé del metro en la calle 42 con Broadway. El New York Children's Bank quedaba a seis cuadras de ahí. El recepcionista del edificio, un negro altísimo, de unos cincuenta años y contextura atlética, me dijo que abrirían a las diez de la mañana.

—¿Cuánto hace que usted trabaja aquí, señor? —le pregunté.

—Más de treinta años. ¿Por qué?

—¿Podemos conversar un rato? —le dije.

—Termino mi turno en treinta minutos. ¿Por qué quiere hablar conmigo?

—Ahora le cuento —repuse, sin saber mucho qué decir.

Quedamos de vernos media hora después en la cafetería de la esquina. No sé por qué intuía que ese hombre podía convertirse en una fuente importante para develar mi origen.

V

La lluvia golpeaba la ventana; Bogotá era más gris en noviembre. Esa noche, el frío me penetraba los huesos. Me dispuse a hacer la tarea para Pedro Alcántara. Me relajé como él me había indicado, cerré los ojos y visualicé un muñeco de cuerpo entero, sin cara, sentado en el sillón de cuero café donde mi padre leía el periódico en las mañanas. Comencé a pegarle. Al principio no adquiría rostro. Luego se transformó en mi antiguo jefe en el Departamento de Asuntos Multilaterales de la Cancillería, ese que me había mandado a hacer el entrenamiento en Nueva York, un hombre casi enano y áspero de trato. Lo veía con el vestido azul a rayas que llevaba el día en que me dijo que debía ir a conocer las Naciones Unidas por dentro. Luego el muñeco tomó la figura de la cajera del banco de semen a quien le pagué los mil quinientos dólares que me cobraron por el semen del padre biológico de Estrella. Le pegué con todas mis fuerzas, hasta cuando observé que sangraba y se caía de la silla. Por un instante, como en una ráfaga vertiginosa, vi el rostro de mi hija en la cara del muñeco pero, de inmediato, adquirió las facciones de Malik, que aparecía vestido con el *jean* y el suéter azul que llevaba el primer día de clase. Lo golpeé duro en el pecho y en la espalda. Pero cuando iba a pegarle en la cara, me desviaba hacia los brazos, y si intentaba maltratarlo de la cintura hacia abajo, me detenía y le pegaba de nuevo en el pecho. Entonces la imagen de Malik sin ropa, con su torso firme y velludo y su piel morena, me llegó a la mente. La golpeé con tal fuerza, que sentí que me sangraban los nudillos al estrellarse contra sus músculos de piedra. Entonces apareció mi padre sentado en el sillón.

Comencé a pegarle. Sentía que no quería hacerle daño pero no podía detenerme. Después apareció el rostro de Andrés, mi primer novio. Se apoderó de mí una rabia incontenible. Y le pegué con más fuerza. Y lo hice sangrar. Y le di puntapiés en las heridas. Y luego el muñeco fui yo. Y me pegué a mí misma. Y en ese instante apareció papá, desnudo, y empezó a copular conmigo. Pero de inmediato su cuerpo dejó de ser el suyo y se volvió el de Malik, y lo golpeé, y quise acabarlo y, de pronto, me vi jadeante, trenzada con Malik, terminando esa cópula dolorosa y fugaz, y luego la cara del muñeco se volvió la mía. Sin embargo, mi cuerpo era el de Estrella, y yo intentaba pegarle pero algo me detenía, y el muñeco, todo, se transformó de nuevo en Verónica, y empecé a golpearme, y me di con fuerza, una y otra vez, en la cintura, en los brazos, en el cuello, en la mandíbula, y al final lloré sin consuelo y me imaginé que sobre los moretones me ponía hojas de árnica, fomentos de agua tibia y una pomada verde que mi madre me untaba para calmar el dolor.

Cuando abrí los ojos, me di cuenta de que había empapado de sudor la piyama y la sábana. Traté de relajarme nuevamente. No tuve éxito. Tomé una larga ducha de agua caliente, me serví un whisky doble, oí el *Concierto para piano Nº 3*, de Rachmaninov, y me sorprendí diciéndome en voz alta:

—¡Estás loca!

Pedro Alcántara me había recomendado que memorizara la secuencia de los rostros que el muñeco adquiriera durante el ejercicio. Entonces anoté: exjefe, cajera, Estrella, Malik, papá, Andrés, papá-Malik, Malik-Verónica, Verónica-Estrella, Verónica...

Cuando desperté, un rayo de sol se colaba por la ventana. Sin embargo, al occidente, el cielo, de un gris espeso, auguraba tormenta. Miré el reloj. Iban a ser las diez de la mañana. ¿Cómo había hecho para dormir tanto tiempo? Ese día, como de costumbre, no tenía nada que hacer. Así que me acomodé para seguir durmiendo. A las doce me despertó el timbre del teléfono:

—¡Hola, mami! ¿Cómo estás? Estaba preocupada por ti: ¿te pasó algo? ¡Ayer no me llamaste! Y siempre me llamas tres o cuatro veces al día… ¿Estás bien?

—Sí, bien, no te preocupes, Estrella...

—¿Te pasa algo? ¿Estás molesta conmigo? ¡Parece como si estuvieras furiosa!

—¿De dónde sacas eso?

—Bueno, no sé… Me encanta que estés bien. ¿Qué vas a hacer hoy?

—Tú sabes que no estoy haciendo nada. Mejor cuéntame de ti.

—Yo estoy bien. Tengo mucho trabajo, estoy contenta, hago lo que quiero, pero me siento un poco sola…

—¿Y por qué te empeñaste en irte, entonces?

—Tú lo sabes, mamá. Te propongo una cosa: ¿por qué no entras a la universidad y estudias algo? ¿O por qué no tomas clases de cocina o de pintura? ¿O alquilas una finca y te dedicas a sembrar flores? ¡A ti te encanta la jardinería!

—O siembro hortalizas —le dije.

—¡Eso, hortalizas, lo que quieras! ¡Lo importante es que te ocupes en lo que te guste y que hagas tu vida! ¿Qué vas a almorzar hoy?

—Un pedazo de queso, tal vez… He perdido peso, Estrella, no sé cuántos kilos, pero la ropa me queda holgada.

—Eso no está bien. ¿Por qué no llamas a tu prima Eugenia y la invitas a almorzar en uno de esos sitios de comida rara que a ella le gustan?

—Vamos a ver si me animo…

—Bueno, tengo que salir... Sólo quería saber cómo estabas… ¡Chao, mami!

Otra vez tú con tu ¡chao, mami!, como si fuera tan fácil despedirme de ti, Estrella; como si fuera tan sencillo despegarte de mis entrañas; como si fuera tan simple arrancarte de mi corazón, y dejarte ir, y no preocuparme por ti, y no pensar en si estás pasando frío, y no sufrir porque no tienes quién te haga la comida, y no llorar porque no estás aquí; como si fuera tan simple dejar de ocupar mi vida y mis energías y mi ser entero en vivir por ti y para ti. Como si pudiera dejar de quererte y decirte así no más ¡chao, hija!, como tú me dices ¡chao, mami! para irte luego fresca y feliz. ¡No vuelvas a pronunciar esa frase, por Dios! ¿No es mejor decir: llegué, mami, o ven, mami? ¡Ven, acompáñame, vive conmigo! ¿No es más grato estar juntas y no solas las dos? ¿No es mejor para tu conciencia no abandonarme y más seguro para tu corazón resguardarse en el mío?

Eugenia me invitó a que conociera un restaurante hindú que había cerca de su casa, llamado El Sol de la India. El chef era un viejo de Jaipur que había llegado a Bogotá en los años sesenta y jamás había regresado a su país. Sin embargo, conservaba intactas sus costumbres gastronómicas y preparaba unos platos exquisitos, adobados con condimentos traídos de Oriente. Ella le pidió que nos prepara *chapati*, el equivalente al pan integral indio; pollo *tikka masala* marinado en caldo de carne con leche de coco; *dal*, es decir, lentejas con especies; arroz *basmati* y *lassi*, un exquisito yogur de mango con menta fresca y cardamomo, endulzado con miel.

—Vero —me dijo Eugenia con rostro circunspecto mientras esperábamos a que nos sirvieran el almuerzo—. He estado pensando en ti. La cara que te vi la última vez no se me va de la mente. Es la misma que tienes hoy. Tú no puedes seguir así, deprimida, sola, adelgazándote por tu inapetencia, pensando todo el tiempo en qué hará Estrella, con quién estará, qué comerá, a dónde irá. No, tú tienes que vivir y dejarla vivir, no ahogarla, no invadirla, no apabullarla, permitir que sea ella, y pensar en ti. Eso es lo más importante: ¡tú! ¡Si tú no estás bien, Estrella no va a estar bien! ¿Por qué no tratas de organizar tu vida, de encontrar un oficio o de tomar algún curso? ¿Por qué no haces planes con tus amigos?

—Porque no me dan ganas de ver gente, Eugenia.

—¿Y qué tal si te pones en la tarea de buscar a Malik? ¿Qué tal que lo encuentres?

—Y si lo encuentro, ¿qué gano, Eugenia? ¿Vuelvo a sufrir como antes y a no poder dormir y a vivir intranquila imaginando que mientras Malik no está conmigo se halla con su esposa y duerme con ella?

Yo era su mujer de esconder, la que se contentaba con las sobras, la que le servía para soñar, la que le daba placer en el momento en que él lo requería porque yo siempre estaba dispuesta a recibirlo sin exigirle nada a cambio; yo era la que lo hacía sentir seguro y admirado, la que lo amaba a ciegas con todos sus defectos, y no la que lo llenaba de deberes y le hacía reclamos y lo obligaba a ganar más para que pagara las innumerables cuentas que llegaban; yo no era la que le pedía más dinero cada mes, la que le decía que cumpliera con esto y con lo otro, ni la que lo ataba creándole sentimientos de culpa... Yo dizque era la buena... Pero ¿y yo qué? Si lo necesitaba, o si me daban ganas de estar con él, debía tragarme en silencio mi deseo porque no tenía derecho a reclamarle nada, ya que desde el comienzo había aceptado su atadura y cometido la torpeza de enamorarme de un hombre ajeno. No, yo no quería vivir de nuevo ese infierno: ya Malik me había hecho daño, ¡demasiado!, hasta el punto de que no había podido volver a amar, ni siquiera había podido tener un hijo con alguien de carne y hueso. No, ¡ahora no iba a buscarlo para maltratarme nuevamente!

—¿Y qué tal que ahora él sí estuviera decidido a vivir contigo? —me preguntó Eugenia—. ¿Por qué no lo buscas, Vero? ¿Por qué no lo intentas? ¿Qué puedes perder?

—El orgullo, Eugenia... ¿Te parece poco?

—¿El orgullo? Eso no vale la pena si se compara con lo que ganarías. ¡Claro que podrías resultar herida! Pero ¿qué tal que ocurra lo contrario y vuelvas realidad el amor de tu vida? ¿No crees que vale la pena intentarlo?

—No, Eugenia... Además, ¿dónde voy a buscarlo? No tengo la menor idea de a quién preguntarle por él.

—Averigua en la universidad.

—Se retiró de allá hace mucho tiempo. Yo nunca volví a saber de su vida después de que tuve a Estrella. Sólo recuerdo que su mamá manejaba en Barranquilla un restaurante que se llamaba El Libanés.

—Bueno, no era más que una idea que se me pasó por la cabeza…

Terminado el almuerzo, Eugenia me invitó a cine. Vimos una película de Rodrigo García que se estrenaba en ese momento, *Mother and Child*, en la que se hace una semblanza de los conflictos emocionales que padece una mujer que ha dado a su hija en adopción, de los vividos por la madre adoptante y de los sufridos por la hija abandonada. Es una obra maestra que muestra la complejidad de la psiquis femenina y, de paso, se aproxima a las incomunicaciones de la pareja.

—Es difícil la vida en pareja, ¿verdad, Eugenia? —le pregunté al terminar la película.

—Es difícil, pero tampoco tanto… A mí no me fue tan mal, Vero: ¡fíjate, duré con mi marido dieciocho años, hasta que le dio esa enfermedad y murió!

—Leucemia, ¿verdad?

—Eso fue lo que le dije a todo el mundo. Pero a ti te voy a contar la verdad. En realidad, él murió de sida. ¡Júrame que no se lo vas a decir a nadie!

Guardé silencio. Definitivamente, mi prima era poco exigente con la vida. Seguro ese era el secreto de su felicidad: no anhelar nada, no aspirar a nada, contentarse con vivir el presente. Eso es lo que está de moda ahora, la filosofía zen: no sentir deseos, carecer de sueños. ¡Qué aburrido! O, mejor, ¡qué barbaridad!

Me sentía agotada sin razón. En cuanto llegué a la casa me recosté y, vestida, me quedé profundamente dormida hasta el amanecer siguiente. Recordé que en la mitad de la noche me había despertado sin aire, ahogada, sin posibilidad de respirar por más que lo intentara. Creí que había llegado el final de mis días. Pero emití un sonido gutural, angustioso, y me llené de oxígeno nuevamente. Pensé que podía morirme así, cualquier noche, sin volver a ver a Estrella.

¿Por qué te querré tanto, hija? ¿Por qué me obsesioné con traerte al mundo? ¿Te quería para cuidarte, para alimentarte, para darte todo lo que necesitas, para consentirte, para protegerte, para jugar contigo, para acompañarte, para educarte de modo que te convirtieras en una persona culta y llena de virtudes, en una mujer independiente y feliz, o lo que me movía era el deseo de compañía y de bienestar personal? O tal vez te quería, simplemente, para acallar mi conciencia por el aborto aquel… ¿Será que te tuve para que me atendieras, me ayudaras y me cuidaras en la vejez? ¿Será que te quería para que me sirvieras, o te quería para respetarte y dejarte ser tú, dueña de tu libertad y de tu vida? ¿Te quise dar la vida por amor a ti, Estrella, o por amor a mí misma?

La lluvia crepitaba contra los ventanales.

Me arreglé y me dispuse a pagar cuentas por internet. La del teléfono, compuesta fundamentalmente por llamadas a Nueva York, me había llegado tan alta que tendría que optar por conversar menos con Estrella. Mi presupuesto no alcanzaba para sufragar tantos gastos. Y si ahora agregaba el pago de las citas del siquiatra, me vería obligada a trabajar para aumentar mis ingresos, pues la pensión no me alcanzaba para tanto. Me armé de paraguas y gabardina, me monté en el auto y a las diez menos cinco minutos entré al garaje del consultorio de Pedro Alcántara. Vi que un Peugeot rojo salía del parqueadero. Lo conducía un hombre idéntico al profesor Malik Sabbagh.

Se me erizó la piel.

VI

El recepcionista del edificio del New York Children's Bank se disculpó por llegar diez minutos tarde. Me preguntó si podía sentarse conmigo a la mesa.

—Usted no parece ser de esta ciudad —le dije.

—Me crie en Nueva York pero nací en las Antillas francesas.

—¿Y qué lo trajo aquí?

—Mi papá era de Brooklyn y mi mamá de Martinica. Vivíamos en la isla de Saint-Martin. Ellos migraron a Nueva York con mis tres hermanos cuando yo tenía diez años. El menor tenía cinco. ¡Hoy yo tengo cincuenta! El tiempo corre.

—¿Y qué hacía su papá?

—Era músico, como mi hermano menor.

—A mí me encanta la música… Me gusta cantar —le dije.

—Yo también canto.

—¿Me decía que trabaja en este edificio desde hace más de treinta años?

—Treinta y dos, exactamente… Jamás he tenido otro empleo.

—¡Debe ser alguien muy estable! —exclamé disimulando mi exaltación, pues si en ese edificio quedaba el banco de semen al que había acudido mi mamá, ese recepcionista podría haber conocido a mi padre.

—¿Cuál es su nombre?

—Estrella de la Espriella. ¿Y el suyo?

—Jean François Delon. ¿En qué puedo servirle?

—Quiero hacerle una pregunta: cuando usted empezó a trabajar como recepcionista del edificio, ¿ya existía el New York Children's Bank?

—No, se mudó dos años después. En realidad, no se mudó: el New York Children's Bank no ha tenido más oficinas que esta: aquí inició labores y aquí sigue. La semana pasada cumplió treinta años de fundado, hicieron gran celebración y partieron una torta que compartieron con los trabajadores del edificio. ¿Por qué?

—Es que… mi mejor amiga quiere inseminarse pero aún no está del todo decidida a hacerlo —le mentí, y agregué—: Le dije que iba a ayudarle a hacer las averiguaciones del caso, pues ella espera escoger el banco de semen más serio, el que tenga más prestigio y tradición. Por eso quería saber cuánto tiempo lleva este en funcionamiento. ¿Usted cree que el New York Children's Bank sería una buena opción?

—Ellos escogen muy bien a sus donantes. Si uno quiere dar semen, tiene que someterse a exámenes genéticos y de laboratorio, pasar entrevistas, contestar tests y después, si aprueba, le dan la opción de donar esperma una vez o de convertirse en donante permanente.

—¿Cómo así?

—Sí, se puede donar hasta tres veces por semana.

—¿O sea que un mismo hombre podría ser padre de ciento cincuenta niños anuales?

—Si de cada inseminación siempre naciera un niño, pues sería así… Pero creo que ese porcentaje es menos de la cuarta parte.

—¿Usted por qué sabe tanto del tema? ¿Ha sido donante?

—Yo no, pero mi hermano menor sí lo fue durante un año, cuando estudiaba Música. Le pagaban mil doscientos dólares mensuales, y con eso vivió hasta que se consiguió un contrato como pianista en un bar y se retiró del oficio.

—¿Y a usted nunca se le ocurrió ser donante?

—¡No! Eso de regar hijos por el mundo sin saber quiénes ni cómo son no va conmigo.

Un escalofrío me recorrió el cuerpo. ¿Sería que mi padre era un sinvergüenza como el hermano del recepcionista, que por cualquier plata se vendía para masturbarse y, sin ninguna responsabilidad, engendraba decenas de hijos? ¿Así de poco romántico sería mi origen? ¿Qué será menos hiriente: ser hijo de una violación o de una masturbación? En la violación el motor es una pasión animal, desenfrenada, una explosión de machismo; en la inseminación, el móvil es el dinero. ¡Qué lejos están ambos caminos del amor, en todo caso!

—Señorita, y su amiga… ¿no tiene marido? —interrumpió el recepcionista.

—No. Y no quiere quedarse sin un hijo.

—¡Pues eso sí es fácil! —dijo en medio de una carcajada.

Sentí fastidio.

—¡No se burle, señor! —le respondí—. ¡Usted no sabe lo doloroso que es para una mujer que desea ser madre no poder serlo!

—¡Discúlpeme!

Pagué los dos cafés y me despedí.

Inmediatamente pensé que había sido un error terminar esa conversación de una manera tan abrupta. Entonces retrocedí y le dije:

—¿A qué horas acaba su trabajo mañana?

—Mañana es mi día libre.

—¿Le importa si volvemos a vernos para hablar? Tengo muchas preguntas.

—No hay ningún problema, señorita.

La secretaria del New York Children's Bank era una rubia de facciones finas y cara redonda. Llevaba unas candongas grandes con aros de plástico verde biche, rojo y naranja, una blusa suelta con flores de los mismos tonos, un chaleco rojo con bolsillos de los que sobresalían bolígrafos, una libreta, unas gafas y varias envolturas arrugadas con restos de chocolate. Debía tener menos de treinta años pero parecía mayor. Su acento era del sur. Su actitud era hostil.

—¿En qué puedo servirle? —me preguntó sin mirarme a los ojos.

—Buenos días —repuse—. Tengo una cita con ustedes el 15 de noviembre, pero voy a viajar el 20 de octubre y necesitaría que me atendieran antes.

—Va a ser imposible —dijo—. Todas las citas están copadas. Si hay alguna cancelación, le aviso. Déjeme su teléfono.

—Yo quisiera saber…

—¡Que si hay alguna cancelación le aviso! —repitió—. Escriba aquí su nombre y su teléfono.

Me entregó un lápiz y un papel y me dio la espalda.

Caminé hacia la calle 57 con la Tercera Avenida, donde quedaba el Sperm Bank. Hacer algo de ejercicio me sentaría bien, sobre todo para el estado de ánimo. Además, quería disfrutar de los últimos rayos de sol antes de que comenzaran en forma las lluvias y los vientos de otoño. La mañana estaba fresca. No hacía frío. A medida que recorría Broadway, Nueva York se me mostraba con todos sus contrastes, con sus vitrinas llenas de ofertas y cachivaches; con sus grandes *boutiques* de ropa de marca; con sus almacenes chinos repletos de chécheres y baratijas; con sus cafeterías de comida rápida; con sus vendedores de *pretzels* salados en las esquinas; con su gente andando a las carreras; con sus transeúntes de todas las pintas, razas y tamaños…

Entonces pasó junto a mí una joven de una edad similar a la mía y de facciones parecidas: podríamos ser gemelas, pensé… ¿Y si ella fuera mi hermana? ¿Y si ambas perteneciéramos al grupo de las decenas de hijos que mi papá pudo haber tenido anualmente? ¡No sabía si reír o llorar ante esa posibilidad! No obstante, traté de ponerme en la situación de mi padre: ¿qué tal que él hubiera sido, por ejemplo, un estudiante brillante y pobre a quien la beca que le daban no le alcanzaba para vivir? ¿Qué podía tener de malo que vendiera su semen para completar su sustento? ¡Extraño sí era! Pero ¿malo? ¿Censurable? Tal vez no. Entonces corregí mi reflexión: era peor ser fruto de una violación. Al fin y al cabo, quien vendía su esperma lo hacía por necesidad. Y quizás también estaba movido por el deseo altruista de ayudar a una pareja que no podía tener hijos, o a una mujer que anhelaba ser madre y no había encontrado con quién serlo. ¡Y en el caso de la inseminación, la criatura nacía del consentimiento de ambos y no se engendraba mediante el uso de la violencia, de la imposición y de la fuerza!

Me tranquilicé…

Doblé a la derecha por la calle 49. Quería ver qué espectáculos anunciaban en el Radio City Music Hall: en la cartelera decían que en enero se presentarían Ringo Starr y su banda. Entonces decidí dejar de cenar los próximos dos meses con el fin de ahorrar ese dinero y comprar la boleta para ver y escuchar en persona al baterista de Los Beatles, porque la beca que me había conseguido no me permitía darme esos lujos.

En aquel momento llegó a mi mente esa bella canción de la banda:

> *The long and winding road,*
> *that leads to your door,*
> *will never disappear…*

Pensé en mi padre-fantasma: ¿por qué mi obsesión por descubrirlo? ¿No era mejor seguir viviendo a ciegas? ¿Qué tal que de verdad fuera un gánster como había bromeado el profesor Johnston?

El portero del Sperm Bank me informó que al establecimiento le estaban haciendo una remodelación y que se hallaba cerrado hasta el 15 de noviembre. Agregó que hacía dos semanas trabajaba en ese lugar y no sabía cuánto llevaban ahí esas oficinas. ¡Es difícil la tarea de los investigadores!, pensé. Caminé sin rumbo. Luego me dirigí a la estación del metro y me fui a mi apartamento.

Cuando llegué, encontré en el contestador automático seis llamadas de mi madre, hechas entre las ocho y las once y media de la mañana: «Buenos días, Estrella, imagino que estás en la ducha»; «Estrella, ¿no has salido del baño?»; «Estrella,

¿dónde estás?»; «Estrella, ¿por qué no me contestas?»; Estrella, ¿te sucede algo?»; «¡Estreeella!»; «¡Estreeella!»; «¡Estreeella!».

No la voy a llamar, me dije con rabia, y marqué el teléfono de Sara Yunus, una bogotana a la que había conocido en el avión de venida y de quien me había hecho amiga. Ella viajaba a estudiar Periodismo en la Universidad de Columbia. Conversamos durante todo el vuelo. Sara fue quien me habló de la fama que tenía el curso de Investigación Periodística que dictaba el profesor Johnston. Desde entonces me propuse tomarlo como electiva.

—Quiero preparar un ajiaco, Sara. ¡Te invito a almorzar!

—Estaré allá en una hora. Te llevo un buen vino.

Necesitaba desahogarme. En la sobremesa, le dije:

—¡Sara, no sé qué hacer con mi mamá! ¡Y yo dizque soy sicóloga! ¡Ella no tiene límites! Está pendiente de todo, opina de todo, se mete en todo… Yo sé que lo hace por mi bien: a toda hora me dice qué debo comer, qué debo ponerme, qué no me sienta bien, cuál falda me combina con tal blusa; se molesta si no hago ejercicio; quiere que yo sea atractiva, que siempre esté bien vestida y bien peinada, que sepa bailar, que tenga amigos, que sea ordenada, que sea alegre. Y, lo más importante para ella, ¡quiere que yo sea feliz! ¡Pero no lo soy, Sara! No lo he sido nunca. A lo mejor no soy feliz porque mi mamá me ha ayudado tanto que no me ha permitido valerme por mí misma, solucionar mis problemas, descubrir mi camino. Mamá no me había dejado probarme que era capaz de vivir sin ella, hasta que me empeñé en escaparme de su lado. Yo la quiero, Sara, pero deseo vivir a mi manera, a mi ritmo, equivocarme, acertar, afrontar mis amores y mis desamores, mis tristezas y mis alegrías. ¡Quiero ser Estrella, no la hija de Verónica! Y te confieso algo que nunca había comentado: mi mamá me desgasta, me tensiona, me abruma con su demanda permanente de afecto: si yo no estoy pendiente de ella, si no la escucho cuando ella quiere, se resiente. Y resulta que a cada rato desea conversar conmigo, y a cada instante se le ocurre una idea nueva que necesita comentarme. ¡Mi mamá es un volcán, inteligente, incansable! ¡Pero no te imaginas cómo va a hacerme de bien tenerla lejos! Y ella tiene que aprender a hacer su vida, a encontrar su propio camino.

—Eso es difícil en una persona mayor.

—¡Si aún no tiene sesenta años! Y todavía es una mujer atractiva.

—¿Y no tiene un amigo?

—Sólo ha amado a un hombre en su vida.

—¿Guardas su fotografía? Déjame verla. Tiene los ojos verdes, como los tuyos, Estrella. ¡Pero nunca me imaginé que fuera así de blanca! ¿Tu papá es negro?

—No lo sé, Sara.

—¿Cómo así? ¿Por qué?

—Es una larga historia.

En ese instante sonó el teléfono. Era mi mamá nuevamente. Quería saber si me había pasado algo.

—Mamá, ¡por Dios, déjame vivir! —exclamé.

Al otro lado de la línea escuché su sollozo.

—¿Por qué me tratas de esa forma, Estrella? Yo sólo vivo para ti.

—Mamá, no me interpretes mal: pienso que te haría bien ir a ver a un siquiatra.

—Ya fui donde Pedro Alcántara.

—¡Qué buena noticia! ¿Y qué te dijo?

—¡Que le pegara a un muñeco! Debe estar más loco que yo.

Me reí…

—¿Y cuándo vuelves?

—Acabo de llegar de mi segunda cita, regreso pasado mañana. Al comienzo voy a ir tres veces por semana. Pero cada cita vale ciento cincuenta mil pesos. Me va a tocar buscar trabajo.

—¡Eso sería maravilloso! Bueno, tengo que despedirme porque invité a almorzar a Sara y está aquí conmigo.

—Siempre es lo mismo: ¡no tienes tiempo para hablar conmigo! En cambio para los demás tienes todo el tiempo del mundo.

—¡No digas eso, mami! Sara te manda a decir que quiere conocerte.

—Dile que yo también. ¡Cuídate mucho!

—Tranquila que yo me cuido…

Al momento, el teléfono repicó de nuevo.

—No voy a contestarle, Sara.

—¿Y qué tal que sea algo urgente?

Era la secretaria del New York Children's Bank.

—Cancelaron una cita hoy a las cinco de la tarde. ¿Le sirve?

VII

Había un portero distinto en el edificio donde quedaba el consultorio de Pedro Alcántara. Le pregunté por su compañero y me dijo que lo habían despedido de la empresa.

—¿Y usted no recuerda a un hombre de cabello negro con canas, moreno, que a veces viene por aquí? Tiene un Peugeot rojo.

—No, señora.

¿Habría sido Malik ese hombre del Peugeot rojo? ¿Debía dedicarme a buscarlo, como me decía Eugenia? Pensé que nada de lo que estaba imaginando tenía sentido. Ni siquiera valía la pena que le hablara del tema a Pedro Alcántara.

—Entra —me dijo el siquiatra con su actitud neutra, inmutable.

Guardé silencio... Pero como él no pronunciaba palabra, inicié la charla:

—En la cita pasada se me pasó el tiempo hablándote de Estrella y no te comenté el resultado del ejercicio. Ayer volví a pegarle al muñeco. Y todo fue distinto. La primera vez les pegué a mi exjefe, el que me mandó a entrenarme en Nueva York; a una cajera; a Estrella; a Andrés, mi primer novio; a Malik; a mi papá; me pegué yo... Ayer no hice más que intentar pegarle a Estrella. Pero en el instante en que empezaba a golpear a mi hija, yo me volvía el muñeco y me daba tantos golpes y con tanta fuerza, que me veía sangrante, privada sobre el piso. Sentía como si me hiciera bien golpearme, como si me tranquilizara hacerlo. Creo que tengo mucha rabia con ella, Pedro, ¡mucha! Rabia por haberse ido... Rabia por abandonarme...

—Pero Estrella se fue para estudiar, no para abandonarte. Y seguro también para ver si es capaz de vivir sin ti. Debe asustarse con la idea de que un día tú le faltes y ella no pueda sobrevivir sola. Seguramente, si la dejas ser ella este tiempo, y si tú tomas distancia, volverá cuando termine sus estudios y tendrán una relación más grata, más de igual a igual, más cercana.

—¿Y si se consigue un marido de un lugar bien remoto y se va muy lejos, Pedro?

—Estrella va a estar siempre cerca de ti. Cuéntame, Verónica, ¿quién es la cajera a la que me dices que le pegaste en el ejercicio?

—Es la cajera del banco de semen de Nueva York a quien le pagué la muestra de esperma con la que me inseminé de Estrella.

Pedro guardó silencio. Las lágrimas me rodaron por las mejillas...

—Me da rabia haber tenido que comprar el semen del que nació mi hija, haber pagado para tenerla, Pedro —le dije—. Casi todas las mujeres tienen hijos de hombres que se sienten atraídos por ellas, y muchos las aman. Pero Malik nunca quiso tener hijos conmigo. Y yo sólo lo he amado a él. Y no estaba dispuesta a tener un hijo de un hombre a quien yo no amara, eso no va conmigo. Yo sé que Malik me quería, me cuidaba, pero no se atrevía a dejar a su esposa. Sin embargo, su relación con ella era lo menos parecido a un buen matrimonio: él andaba por un lado y ella por otro; ella se las daba de aristocrática y lo humillaba porque ganaba más que él; él tenía que hacerse cargo de las cosas de la casa y si quería gastar más o sacar algún licor o algún enlatado de la despensa, tenía que pedirle su autorización; en fin, vivía sometido, en un infierno...

—Pero seguía ahí.

Guardé silencio...

—Mi vida ha sido dura, Pedro. ¿Una vida perdida?

—¡Tienes a Estrella, Verónica! Tienes salud. Puedes inventarte una vida todavía.

—¿Inventarme una vida? ¿A mi edad? Si no me apetece hacer nada, no quiero ver a nadie, no quiero salir, no quiero leer…

—Ese estado es algo parecido al de la depresión.

—¿Y vas a recetarme Prozac?

—No. Sólo voy a pedirte que hagas ejercicio y que los primeros tres meses vengas tres veces por semana. Nada más, después veremos.

—¡Pero yo no dispongo del dinero para pagar tantas consultas, Pedro! Me tocaría trabajar.

—Puedo atenderte lunes, jueves y viernes a esta misma hora. Te espero el lunes.

Al acomodarme en el carro, sentí que me dolía cada músculo de la espalda. Me detuve en el gimnasio: por fortuna Jerónimo, el entrenador, estaría libre en una hora. Regresé vestida con ropa deportiva, puse la resistencia de la elíptica en el penúltimo punto y pedaleé con toda la fuerza de que fui capaz. Luego, Jerónimo me hizo mover los brazos y girar los hombros en círculos profundos. Poco a poco mi cuerpo comenzó a aflojarse. Durante los estiramientos el dolor fue enorme. Sin embargo, sentía que aquello me beneficiaba, y me inscribí para ir tres veces por semana a hacer pilates guiada por ese profesor que, además, tenía un poder extraño, dado mi estado de ánimo: lograba hacerme reír.

Al llegar a la casa hice cuentas: si sumaba el valor de las tres sesiones semanales con el siquiatra, más el de las clases de pilates, más el costo del teléfono, tendría que trabajar para generar cincuenta por ciento más de lo que estaba recibiendo como pensionada. Me asusté… Sin embargo, pensé que solo tenía dos opciones: o trabajaba y ganaba lo suficiente para pagar lo que requería para mejorar mi bienestar, o me dejaba morir. Y si esa última era mi decisión, ¿no era preferible ponerle ya fin a mi vida? Pero ¿yo sí tenía el valor de acabar con esa vida mía sin ilusiones ni sentido, o en el fondo lo que buscaba era hacerme la víctima y sembrarle a Estrella sentimientos de culpa para que siempre se mantuviera atada a mí y no fuera capaz de alejarse y de hacer su propia vida? ¡Me aterraba siquiera imaginar que esa hubiera sido mi intención al tenerla! ¡No quería ser ese estilo de madre, dañina y generadora de demoledores sentimientos de culpa! ¡No podía haberme empeñado en darle vida a mi hija para traerla al mundo a sufrir! Esa no quería ser yo.

Sin embargo, ¿por qué me había obsesionado con tener una hija? ¿Por qué había pedido en el banco de semen que separaran unos cromosomas de otros para que, al inseminarme, fuera más probable que tuviera una niña? ¿Por qué no me daba lo mismo tener un niño si, al fin y al cabo, iba a alcanzar mi sueño de ser madre? No era porque no me gustaran los hombres, no. Era tal vez porque las niñas están más cerca de las madres y no se alejan. Eso decía la gente, por lo menos…

Sentía que había sido una madre egoísta. Gracias a Dios mi mamá no había sido así. ¿O sí? No, ella no me había obligado a vivir a su lado. Pero… fue ella la que me abandonó cuando yo era una niña. Fue ella la que se murió cuando yo tenía apenas diez años. Mamá, ¿por qué te moriste tan pronto y me dejaste cuando más te necesitaba? ¿Por qué ni siquiera esperaste a que pasara contigo esa época tan difícil en que una niña, de un momento a otro, se vuelve mujer? Recuerdo que cuando me llegó el periodo por primera vez yo tenía once años apenas, y no sabía que eso nos ocurría a las niñas. Yo estaba montando en bicicleta en el vecindario, en compañía de los niños que vivían en nuestra misma cuadra, y de pronto sentí que se me habían humedecido las piernas. Me miré, y vi que me escurría sangre. Corrí a la casa y llamé por teléfono a mi papá: «Papi, ¡ven pronto! Creo que me reventé por dentro», le dije, y le di detalles de lo que me había ocurrido. Él me contestó que no me preocupara, que eso era algo normal en las mujeres, que me limpiara y me colocara una toalla mientras él llegaba, que ya me explicaría lo que me había pasado. Era un buen ser humano, mi padre. Sin embargo, a veces se ponía muy bravo. ¡Qué miedo me daba cuando le veía furia en la mirada! ¡Pero cómo lo quise! ¡Y qué solitaria me volví después de que murió! Además, fue un padre para Estrella. Y dada la muerte temprana de mamá, también fue una madre para mí. ¿Será por eso por lo que elegí ser como él, padre y madre al mismo tiempo? ¿Será por eso por lo que preferí inseminarme en lugar de encontrar un papá para mi hija?

Busqué en internet ofertas de trabajo. Aspiraba a emplearme como maestra de Inglés o de Francés en algún colegio, o a encontrar un puesto de traductora, o a dictar algún curso de Relaciones Internacionales o de Historia de América Latina. La política latinoamericana era mi especialidad. Hallé una posibilidad de ser maestra de Inglés en una escuela primaria. Mandé mi hoja de vida. Luego vi que alguien quería recibir clases de francés a domicilio. Llamé al teléfono indicado. Contestó un hombre que dijo que quería empezar un curso intensivo de inmediato, pues debía viajar a Francia en un mes. Me preguntó si estaba disponible para dictarle cuatro horas diarias de clases y le dije que sí. Me preguntó cuánto cobraba. Le contesté que le respondería cuando viera su nivel y él supiera si se sentía cómodo con mi estilo de enseñanza. Acordamos empezar esa misma tarde. Me dio su dirección.

—¿Cuál es su nombre? —le pregunté.

—Yamid Sabbagh. La espero hoy a las cinco.

Era como si el destino me estuviera indicando que debía buscar a Malik: primero había sido Eugenia con su idea. Después había aparecido el conductor del Peugeot, idéntico a él. ¡Y ahora me surgía este alumno de francés con ese mismo apellido, tan poco común!

El suyo era un apartamento sencillo, situado en un populoso sector del norte de Bogotá. Un joven de unos veinticinco años, cabello negro, trigueño y de facciones finas, me abrió la puerta.

—Yamid Sabbagh, mucho gusto —me dijo, al tiempo que me extendió la mano.

—Verónica de la Espriella, a sus órdenes.

—Su nombre me es conocido —afirmó—. No sé dónde lo he escuchado...

Guardé silencio. No me atrevía a averiguar si conocía a Malik, si pertenecía a su misma familia.

—Su apellido es de Barranquilla, ¿verdad?

—Sí —le dije.

—El mío también. Pero yo nací en Bogotá. Mi abuelo era el barranquillero. Bueno, vamos al grano —afirmó.

Mientras yo cavilaba sobre esas coincidencias, Yamid Sabbagh me explicaba que él sabía algo de francés, que se había ganado una beca para hacer un doctorado en Derecho en la Universidad de París y tenía que mejorar su conocimiento del idioma a toda prisa, pues viajaría un mes después. Añadió que quería recibir ocho horas de clase al día, incluidos los fines de semana, pero que durante los primeros quince días sólo podría tomar cuatro. Después aumentaría a ocho horas diarias, si yo disponía de tiempo para dárselas. Me preguntó si quería trabajar con esa intensidad y le dije que sí. Acordamos que si al final de esa clase veía que deseaba continuar conmigo como profesora, me pagaría nueve millones de pesos por el mes de clases intensivas, la suma que yo había calculado que necesitaría para costearme tres meses de siquiatra, de cursos de pilates y de llamadas de larga distancia a Nueva York.

Al terminar las primeras cuatro horas, Yamid Sabbagh dijo que le había gustado mi forma de enseñar y que quería seguir el curso conmigo. Me pidió que le consiguiera periódicos y revistas en francés para informarse de lo que estaba ocurriendo en Francia, así como canciones que pudiera escuchar, aprenderse y traducir. Agregó que le encantaba la música. Como no pudimos hallar por teléfono un taxi que me recogiera en su casa a esa hora, se ofreció a llevarme. En el camino me contó que su papá era arquitecto y su mamá matemática, que tenía una hermana y que la semana anterior había terminado con su novia porque ella no había querido interrumpir su carrera de Medicina para viajar.

—A lo mejor cuando acabe sus estudios volvamos a encontrarnos —comentó con tristeza.

Al detener su carro frente a mi casa, se quedó pensativo y luego afirmó:

—Era este mismo lugar…

—¿Cuál lugar? —le pregunté.

—Es que una vez pasábamos por aquí y mi abuelo me comentó que en esta casa vivía una novia que él había tenido.

—¿Y cómo se llama su abuelo? —dije.

—Malik Sabbagh… Nos vemos mañana de dos a seis de la tarde. ¿Le parece bien? —Y luego preguntó—: ¿Hace cuánto vive en esta casa?

—Desde que murió mi madre.

VIII

Sara Yunus no podía ocultar su sorpresa al escuchar mi historia.

—¿Qué sientes al no saber de dónde vienes, Estrella?

—Al comienzo, cuando vivía mi abuelo, no me lo preguntaba mucho. Solo lo hacía cuando le pedía a mi mamá que me explicara por qué ellos eran blancos y yo era negra. Mamá me contestaba que debía tener algún antepasado negro que no conocíamos y que la herencia saltaba generaciones. Pero ¿cuál sería esa herencia, me decía, si mi abuela también se veía blanca en la fotografía de su matrimonio? Yo solo había visto esa imagen suya: ella había muerto mucho antes de que yo naciera. Ya después de que falleció mi abuelo, comencé a sentir con fuerza el vacío de padre y empecé a preguntarme en serio cuáles serían mis orígenes. Entonces también percibí con claridad que en el colegio me discriminaban por el color, que como yo era negra no me invitaban a las fiestas, y que los muchachos del vecindario se burlaban de mí y me gritaban a manera de sonsonete, mientras recorrían la cuadra saltando en grupo como quien juega dos caballitos de dos en dos: «¡Chocolate Amargo, que andas con el diablo, aléjate de aquí!». Esa discriminación y esa ausencia de padre me dolían, Sara. Era más dolorosa la segunda, pero era más difícil de sobrellevar la primera.

—¿Y todavía insistes en descubrir quién es tu padre?

—¡Por supuesto! Esa fue la principal razón por la que vine a estudiar a Nueva York. No solo buscaba alejarme de mi madre. Vine a hacer lo que fuera necesario para hallar a mi papá.

—¿Y qué harás cuando lo encuentres?

—No sé…

Sara me preguntó qué camino seguiría para dar con esos archivos. Le conté entonces que había tomado el curso de Periodismo Investigativo del que ella me había hablado, y que el profesor Johnston había aceptado que el tema de mi trabajo final del curso de Investigación fuera descubrir quién era mi padre.

—¡Qué gran historia! ¿Me dejas ayudarte? —me propuso Sara.

—¡Por supuesto!

Mi amiga periodista no podía ocultar su entusiasmo. De inmediato tomó su libreta de notas y su bolígrafo y me pidió que le contara todo lo que había averiguado hasta el momento.

—Lo más probable es que tu mamá haya acudido al New York Children's Bank porque era el que llevaba más tiempo de fundado. ¿Me dices que una de las garantías que le daban en el banco de semen era que el esperma provendría de un hombre con un cociente intelectual superior a ciento treinta y ocho?

—Eso me dijo una vez.

—Pues ese es un punto fundamental para averiguar en tu cita de hoy. Si quieres, te puedo acompañar.

—¡Claro que sí! Me sentiré más segura si vas conmigo, Sara. Yo no soy periodista ni me gusta hacer preguntas. En cambio tú…

—Lo que no entiendo es por qué no le pides a tu mamá que te dé el nombre del banco de semen que utilizó. Sería la vía más sencilla y rápida para averiguarlo.

—¡Ni de riesgos! Ella solo se enterará de la razón por la que vine a Nueva York cuando haya descubierto mi origen y el nombre de mi padre.

—¡Cuenta conmigo, amiga! —me dijo—. Ahora, manos a la obra: tenemos que preparar cada detalle de la entrevista de hoy, saber con precisión qué vas a preguntar. No puedes caer en contradicciones. ¿Qué piensas decir?

Le conté que les diría que deseaba tener un hijo, pero que todavía no estaba decidida a inseminarme y que antes de tomar la decisión quería conocer todos los detalles del procedimiento, los costos y el proceso de selección de los donantes.

—Eso puede ser —contestó Sara—. Pero lo ideal sería que lograras emplearte en ese banco de semen.

—¡No se me había ocurrido!

Optamos porque a esa entrevista yo concurriría como una posible clienta, y Sara preguntaría si de casualidad no había una vacante o un reemplazo por hacer en la institución por esos días.

El reloj que había en la pared de mi estudio marcó las cuatro de la tarde.

—Más vale que lleguemos a tiempo: *To be on the right place at the right time* es la clave del éxito en el periodismo. Vámonos ya, Estrella...

En ese instante llamaron por teléfono.

—No contestes que nos demoramos.

—¿Y si llaman para cancelar la cita? —dije.

—¿Y si es tu mamá?

En efecto, era ella...

Esta vez, para mi sorpresa, solo quería saludarme: estaba apurada, pues apenas tenía tiempo para llegar puntual a su clase de pilates.

Quien atendía en el New York Children's Bank no era la misma sureña hostil de la mañana. Ahora, al frente de la recepción, había un francés de unos treinta años, apuesto y amable.

—¿En qué puedo ayudarles? —preguntó.

Le conté la historia planeada. Y agregué:

—Me interesa que mi futuro hijo no solo carezca de problemas genéticos sino también que sea inteligente. Eso es primordial para mí. ¿Hay alguna garantía de que el donante sea un hombre brillante?

—Señorita De la Espriella: desde su fundación, el New York Children's Bank garantiza que el semen que ofrece proviene de hombres sanos, con inteligencia superior. Hacemos exámenes minuciosos antes de aceptar a los donantes. Claro que no podemos garantizar que los hijos resulten tan inteligentes como sus padres, pero no recibimos esperma de hombres con cocientes intelectuales inferiores a ciento treinta y ocho.

Me estremecí al escuchar esa respuesta: lo más probable era que en el archivo de ese lugar constara quién era mi padre. El francés me dio la información inicial, me habló en detalle de la rigurosidad de los exámenes que les hacían a quienes aspiraban a dar semen, me dijo que eran jóvenes entre dieciocho y veinticinco años, por lo general universitarios movidos por la necesidad de aumentar sus ingresos y por el interés de ayudar a quienes no tenían hijos, y me explicó que si quería acceder al catálogo que contenía las características de los donantes, debía suscribirme pagando doscientos dólares. Cuando ya me iba a despedir del francés, oí que Sara le decía:

—Señor, mi amiga es algo tímida y con seguridad no se atreve a plantearle que ella, como estudiante, tiene ingresos limitados. ¿No existe la posibilidad de que mientras toma su decisión sobre si se insemina o no, les pague la inscripción y el acceso al catálogo de donantes con horas de trabajo? Estrella podría trabajar en la administración o en el archivo, o incluso podría ayudarles en la selección de donantes y en la evaluación de tests de personalidad: ella es sicóloga.

—A lo mejor le interese a mi jefe: una de las personas que evalúa los tests entra en licencia de maternidad la semana entrante. Déjeme sus datos y la llamo mañana, luego de que hable con él —dijo.

Eran casi las seis de la tarde. Me despedí de Sara, le agradecí su ayuda y quedamos de hablar al día siguiente. Me sentía contenta pero extenuada.

Al llegar a la casa me serví un ron cubano doble y oí esa linda canción de Rodríguez, *I think of you*. ¿Cómo será mi padre?, me pregunté. ¿Será negro como yo? ¿Será científico, o médico, o periodista, o futbolista, o basquetbolista, o músico? Me gustaría que fuera músico. Los músicos, los artistas y los médicos, por lo general, son buenos seres humanos… ¿Cómo será? Recordé entonces a Manuel Trinidad, mi segundo novio, con quien perdí la virginidad, un compañero español de la escuela pública de París, ciudad a donde nos fuimos a vivir mi mamá y yo cuatro años después de la muerte de mi abuelo. A ella la habían nombrado consejera en la Embajada de Colombia. Yo tenía catorce años. Recuerdo que el día en que cumplía quince años comencé mi noviazgo con Manuel. Él me había invitado a comer helado y a pasear por los Jardines de Luxemburgo. De pronto me tomó la mano, me besó y me preguntó si quería ser su novia. Le dije que sí de inmediato: me sentía protagonista de una de esas películas romanticonas que nos encantaban a las adolescentes. Días más tarde me hizo el amor durante una fiesta en casa de un amigo suyo. Me enamoré de Manolo. Pero nuestra relación duró pocos meses y se desbarató por cualquier tontería, como me ocurrió con mi primer novio y como me ha ocurrido después con todos los demás. Era increíble que ninguna pareja me hubiera durado más de un año. Ni siquiera ahora que ya tenía título de sicóloga podía explicar por qué siempre me sucedía lo mismo. Era como si los amores se me esfumaran de las manos y se convirtieran en bombas de jabón. Tal vez cuando terminara la especialización en Sicología encontraría la respuesta. Y quizás, también, hallaría a mi papá. Tal vez cuando eso sucediera sería capaz de transmitirles a mis parejas que su relación conmigo podía ser estable.

Antes de irme a dormir, llamé a mamá. Aun cuando me había agradado sentirla ocupada y sin tiempo para hablar largo conmigo, había tenido una sensación extraña. Tal vez me había acostumbrado a esa madre que me asediaba. Y percibirla independiente y desprendida de mí me producía una especie de sentimiento de orfandad. Marqué su teléfono un par de veces pero nadie respondió. Entonces le dejé un mensaje:

—¡Qué raro que no estés! ¡O qué bueno!

Pensé en ella: ¡qué extraña era! ¿Por qué esa obsesión de tener un hijo de Malik Sabbagh? ¿Por qué mi mamá, que tuvo varios pretendientes, únicamente lo amó a él? ¿Qué encanto tendría ese hombre? Por primera vez pensé que me gustaría conocerlo...

En ese instante sonó el teléfono. Era mamá, que me decía que acababa de llegar y había oído mi mensaje.

—¿Sabes, Estrella? Conseguí trabajo por un mes: le estoy dando un curso intensivo de francés, ¡no te imaginas a quién! A un nieto de Malik Sabbagh.

Guardé silencio… No me gustó la noticia… Sin embargo, la sentí mejor y eso me alegró. Por otra parte, se trataba de su vida y mi mamá tenía derecho a disponer de ella como quisiera.

—Me encanta que hayas empezado a trabajar —le dije, sin darle importancia al otro asunto.

La mañana estaba soleada. Salí al Central Park. El otoño había invadido el parque y los árboles, con sus hojas en diferentes tonos de rojo y amarillo, parecían una sinfonía de color. Las ardillas trepaban por las ramas. Recordé entonces al abuelo, cuando me llevaba al parque para darles zanahoria a los conejos. Me sentía fascinada por las ardillas; me gustaba su picardía, su velocidad para escaparse y para volverse inasibles... Como una ardilla, me describían a mí los novios que había tenido hasta ese momento: «Tú eres una mujer inasible», afirmaban…. Decían que no me podían capturar, que no lograban conocerme de verdad, que siempre me les escapaba… Yo no sé si eso era cierto, pero la habilidad de las ardillas para escabullirse me encantaba… Tal vez lo que pasa es que las envidio; que soy una mujer frágil y dependiente, pese a que quisiera ser fuerte e independiente; sí, quisiera ser como una ardilla, libre, no necesitar a nadie, ni siquiera a mamá, bastarme sola, no requerir apoyo ni compañía, estar feliz conmigo, no vivir ávida de afecto, no anhelar que me quieran.

A las nueve de la mañana entré a la cafetería cercana al New York Children's Bank. Allá estaba Jean François Delon.

—Buenos días, Estrella. ¡Qué linda está usted hoy! —me dijo. Debió notarme alguna expresión de disgusto porque luego añadió—: No se moleste, no me malinterprete. Yo la veo a usted como si fuera una hija. No sé por qué… Tal vez porque es muy joven. Y porque tenemos la piel del mismo color.

Me senté a su lado y le dije que había salido de la casa sin desayunar. Jean François comentó que él siempre sentía hambre. De modo que pedimos huevos fritos con jamón para ambos. Le relaté que la tarde anterior había vuelto al New York Children's Bank porque habían liberado una cita y que había pedido más detalles sobre el proceso de inseminación. Traté de que Jean François me diera otros datos, pero no conocía detalles distintos de los que ya me había proporcionado. Le conté que esperaba que me contrataran en esa empresa la semana entrante, para reemplazar por tres meses a una sicóloga que entraría en licencia.

Hablamos luego de nuestras vidas y de los encantos y tristezas que ofrecía Nueva York, una ciudad habitada por una multitud de solitarios quienes, a pesar de que viven a metros los unos de los otros, son incapaces de disponer de quince minutos para encontrarse, comunicarse y tomarse un café. Le dije que me costaba acostumbrarme a la soledad en esa ciudad donde yo, después de haber pasado un buen tiempo, solo tenía una amiga que había conocido en el avión y que quería conocer más gente.

—Estrella, me gustaría que fuera a mi casa para presentarle a mi esposa y a mis hijos —me dijo—. Mañana es mi cumpleaños y me tienen una cena familiar. ¿Puede acompañarnos?

Le contesté que con gusto asistiría: Jean François Delon me daba confianza y me producía una sensación de familiaridad. Tenía la impresión de que era un hombre bueno.

Ya eran más de las diez de la mañana y yo tenía que atravesar la mitad de Manhattan para ir a la universidad y encerrarme en la biblioteca a terminar un ensayo de sicopatología que debía entregar a la mañana siguiente. De modo que interrumpimos nuestra charla, y quedamos en que al otro día nos veríamos en su fiesta.

—¿Qué le llevo de regalo?

—A mí, como a usted, me gusta la música. Así que, si le parece, regáleme la canción que más le agrade.

—¡Qué regalo más fácil, Jean François!

Me dirigí a uno de esos enormes almacenes de música que había cerca de ahí, en el área de Times Square. Pedí que me dieran un CD que tuviera la canción que en ese tiempo era mi preferida: *Both Sides Now,* de Joni Mitchell. Lo compré, pero antes quise escuchar la canción: me encantaba oír una y otra vez la voz espléndida de esa mujer que decía, de una manera que calaba profundamente, que por más que se logren ver siempre las dos caras del amor y de la vida, nunca conseguimos comprenderlas del todo.

Tomé el metro. Al bajarme, caminé de prisa hacia la universidad. A medianoche, luego de ponerle el punto final a mi ensayo y de enviarlo al correo del profesor, salí de la biblioteca. Llegué cansada a mi casa; me preparé un sándwich; antes de ir a dormir escuché los mensajes que había en el contestador automático: uno era de Sara, que me pedía que la llamara en cuanto regresara. Y otro era del recepcionista del New York Children's Bank que me decía que me comunicara con él a primera hora.

Mamá no había llamado…

IX

Eran las dos y cuarto de la tarde. Yamid Sabbagh parecía molesto por mi demora. Por fortuna, su malestar desapareció pronto y la clase transcurrió de manera grata, dedicada al análisis de un artículo publicado en *Le Monde Diplomatique* sobre la nueva realidad política de América Latina.

—Hace treinta años, ¿quién podía imaginar que la izquierda se volvería mayoría en América Latina, señor Sabbagh? —le pregunté en francés.

Y en su mal francés, entre risas, respondió:

—Usted es muy seria, profesora. Yo quisiera acabar nuestra clase de hoy estudiando la letra de una canción. ¿Es posible?

Entonces puso en el equipo de sonido una canción del poeta Louis Aragon, cantada por Jean Ferrat, *Un jour, un jour*, que hablaba de que llegará un día color naranja, un día de hombros desnudos en el que las gentes se amarán, un día como un pájaro posado en la rama más alta…

Un jour pourtant, un jour viendra couleur d'orange
Un jour de palme, un jour de feuillages au front
Un jour d'épaule nue où les gens s'aimeront
Un jour comme un oiseau sur la plus haute branche.

—Esa canción me la enseñó mi abuelo —dijo Yamid, quien de inmediato encendió su celular, tomó el teléfono y marcó un número.

Mientras tanto, yo recordaba aquella tarde soleada en la que, al terminar la clase, Malik Sabbagh me invitó a ir con él a un lugar donde dijo que me tenía una sorpresa. Al salir de la universidad caminamos cuatro cuadras, llegamos a un edificio pequeño, recién remodelado, y subimos al tercer piso. Malik sacó una llave de su bolsillo, abrió una puerta y me pidió que entrara. Era un apartamento diminuto, en cuya mesita de sala había un gran florero de rosas rojas: «Este será nuestro lugar», dijo. Y puso a sonar *Un jour, un jour*, de Louis Aragon. Desde entonces se convirtió en la canción de los dos.

—¡Hola, abuelo, aquí estoy aprendiendo francés con la letra de tu canción preferida! —comentó Yamid por el teléfono.

Me puse pálida.

—Sí, se llama Verónica de la Espriella. Su familia es de Barranquilla. Bueno, yo le pregunto… Chao, viejo.

—Verónica, mi abuelo dice que quiere recordar su francés y que le gustaría tomar clases con usted…

—Dígale que por ahora no tengo tiempo porque estoy dedicada a darle un curso a su nieto.

Luego le dije:

—Yamid, tengo un fuerte dolor de cabeza. ¿Le parece si la media hora de clase que falta se la repongo mañana?

—¡Claro, Verónica! No se preocupe… Si quiere, venga a las doce y almorzamos aquí: ¡yo preparo un arroz árabe con pollo y almendras delicioso!

—Gracias por su comprensión. Aquí estaré mañana a las doce en punto.

—Eso espero —dijo.

Estaba aturdida… ¿Cómo podía ser posible que después de haber soñado con Malik Sabbagh durante décadas una casualidad lo trajera a mi vida de un momento a otro, sin yo buscarlo, sin habérmelo propuesto, justamente cuando acababa de quedar sola?

Ese sábado, el tráfico del norte de la ciudad estaba más congestionado que nunca y la cabeza me dolía cada vez más. No quería pensar en Malik ni en la posibilidad inconcebible de que pudiera estar próxima a reencontrarme con él. Era como si ese amor de locura que desde hacía cuarenta años había sentido, de un momento a otro, cuando su realización parecía por fin cercana, se hubiera vuelto neutro, o hubiera quedado sumergido en la nada. ¿Será que lo que me atraía de él era justamente que su amor fuera imposible?, me pregunté.

No quería pensar, no deseaba estar sola. Llamé a Eugenia. Quedamos de encontrarnos a las ocho para cenar en un pequeño restaurante italiano de ambiente familiar y comida sabrosa, que acababan de abrir no muy lejos de su apartamento. Aún faltaba más de una hora para las ocho: tendría tiempo de descansar antes de salir. Estaba tensa. Pensé que me convendría hacer el ejercicio que me había puesto Pedro Alcántara: pegarle a ese muñeco sin cara me aclaraba los sentimientos: esta vez se me aparecía como una sombra sentada en el sillón de mi padre, como un fantasma, como una especie de recuerdo al que, por más que yo intentara golpear, ya no podía alcanzar. Y a medida que trataba de pegarle me invadía un sueño incontrolable…

Me despertó el sonido del teléfono: era Eugenia, que me decía que me esperaba desde hacía quince minutos en el restaurante.

—¿Te ocurre algo, Vero?

Le conté que me había quedado dormida.

—Dejemos nuestra comida para otro día. No te preocupes por mí, debes estar muy cansada. Tómate unas goticas de valeriana. Te sentarán bien. Y duerme tranquila.

Le agradecí su comprensión y me dormí al instante.

Al despertar, vi que un rayo de sol atravesaba la ventana. Había dormido sin parar toda la noche. Recordé en ese instante el último Día de la Madre antes de la muerte de mamá. Ella estaba enferma. Mi papá quería que yo estuviera preparada para recibir ese momento: me había dicho que a mamá le quedaban pocos días.

—Dios se va a llevar a tu mamá pronto, hijita, pero ella desde el cielo te cuidará —me había dicho la víspera, al tiempo que me abrazaba de una manera distinta, como si no quisiera soltarme, como si me estuviera diciendo que él no iba a abandonarme jamás.

Recuerdo que quedé aturdida: no entendí o me negué a entender lo que había querido decirme mi padre. Al día siguiente no fui capaz de levantarme, no le di a mamá mi regalo, no me senté con ella a la mesa para disfrutar juntas del almuerzo especial que mi papá le había preparado. Me quedé en la cama todo el día, como si estuviera anestesiada. Por ese motivo no viví con mamá su último Día de la Madre; no quería vivirlo: me lo impidió un sueño profundo, incontrolable, similar a ese de la noche anterior que me había llevado a incumplirle a Eugenia la cita.

Pensé en Estrella. Era domingo, debía encontrarse en su apartamento sin prisa de salir. Como apenas eran las seis de la mañana, esperaría hasta las diez para llamarla. No quería despertarla. Dormí un rato más.

Me desperté y repetí el ejercicio: visualicé de nuevo al muñeco. Pero esta vez no quería pegarle a ese ser sin rostro, no podía hacerlo. Me lo imaginé entonces con caras diferentes: la de mi papá, la de Malik… Sin embargo, no quería golpear a ninguno de los dos. Luego vi a Estrella: me vi acercándome a ella, abrazándola, pidiéndole perdón. Después me vi a mí misma: tampoco quería pegarme. Quería en cambio dialogar conmigo, preguntarme por qué había escogido caminos tan frustrantes y solitarios en la vida, por qué me había hecho sufrir, por qué había elegido andar por senderos distintos de los que podían hacerme feliz. En ese momento el muñeco adquirió la figura de mamá. Me quedé mirándola: la veía ausente, en su lecho de enferma, pálida, con la piel cetrina, quejándose de sus dolores, agobiada, sufriendo, preocupada por ella no más, muy lejos de mí. Y sentí tristeza, y rabia. Y percibí un dolor profundo que me revelaba cuánta falta me había hecho; cuánto había necesitado sus caricias, sus juegos, su compañía, su cuidado, su consejo, su guía, su apoyo; cuánto la había extrañado; cuánto daño me había causado que ella se hubiera muerto y me hubiera dejado sola tan niña; cuánta confusión me había generado desde entonces tener unidos en la mente los roles de papá y mamá.

Pero ¿cómo podía culpar a mi madre de su enfermedad? ¿Cómo podía acusarla por haberse muerto? ¿Cómo podía pedirle que fuera diferente conmigo si ella atravesaba semejantes circunstancias? Imaginé entonces que tomaba su mano, que le decía que la quería, que yo sabía que ella también me quería, y me vi abrazándola a pesar de que no parecía interesarle que lo hiciera, y pidiéndole que se dejara querer, y ella me miró, hizo que me le acercara, y en su lecho de muerte me pidió perdón por no haber estado más presente en mi vida, y me dijo que me quería y que siempre cuidaría de mí, y me ordenó que ahora sí me permitiera ser feliz, que ella me lo mandaba, y yo le prometí también que así lo haría, y le acaricié la mano, y le besé la frente, y le dije gracias, mamá, y ahora, por fin, descansa en paz.

Del gimnasio había llegado renovada. El ejercicio, el pilates y los estiramientos que me había hecho Jerónimo, unidos al largo duchazo de agua hirviendo que había tomado, me habían aliviado gran parte de la tensión. Marqué el teléfono. Estrella me respondió medio dormida.

—¡Hola, mami! Ahora tengo mucho sueño... ¿Te parece si hablamos más tarde?

—No te preocupes, te llamo esta noche.

Miré el reloj: iban a ser las diez y media de la mañana. Apenas tendría tiempo de arreglarme y de salir en carrera para llegar antes de las doce a casa de Yamid Sabbagh.

Me puse el vestido amarillo, ese que yo llamaba «mi traje de la buena suerte»: era un camisero de lanilla con cinturón café. Cada vez que lo usaba, algún piropo me echaban o algo agradable me sucedía. Me colgué un collar y unos aretes de pepas verdes, una bufanda en tonos naranjas y amarillos, me maquillé con esmero y me detuve a mirarme en el espejo: me vi bien: los kilos que había perdido me sentaban de maravilla; me sentí joven y atractiva. Entonces deseé que Malik me viera así. Y me perfumé con ese Aire Embalsamado de Rigaux que él me había regalado en algún cumpleaños. Corrí para no llegar tarde.

Guardé en una carpeta algunos artículos de *L'Express* y de *Le Nouvel Observateur* que iba a llevar para que los estudiáramos con Yamid, y salí a toda velocidad.

A las doce en punto, Yamid Sabbagh me abrió la puerta con delantal de cocinero y cuchara en mano.

—Acabo de terminar... Todo me quedó exquisito —dijo—. Si le parece, adelantemos la media hora de clase que nos faltó ayer mientras el arroz con almendras termina de cocinarse... ¡Pero qué guapa está usted hoy, Verónica!

—¡Gracias, Yamid! ¡A esta edad esos piropos me sientan muy bien!

Nos concentramos en traducir el primer artículo. Era un perfil del expresidente socialista François Mitterrand, que por esos días cumplía años de muerto.

Minutos más tarde tocaron a la puerta.

—No espero a nadie —dijo Yamid mientras se levantaba a abrir.

Entonces asomó un hombre canoso, de calvicie y barriga pronunciadas, con más de setenta años a cuestas.

—¡Hola, Yamid, te traje este vino para el almuerzo!

—¡Pero si tú no estabas invitado, abuelo! ¡Te dije que tenía clase de francés!

—Quise darte la sorpresa. Solo vine a almorzar con ustedes, no me demoro. Además, deseaba hablar con tu profesora: quiero convencerla de que me dé clases a mí también. Como me dijiste que era buena maestra, y me contaste que la habías invitado a almorzar...

—Sigue, aquí está.

X

—Mi jefe la espera —dijo la secretaria del New York Children's Bank desde el otro lado la línea—. Llévele sus títulos y calificaciones académicas. ¿A qué horas puede reunirse con él?

—En dos horas.

Introduje de prisa en el morral el fólder con la copia de mi historia académica y la constancia de la calificación *summa cum laude* que le habían dado a mi tesis. Iba confiada: mis notas eran altas. Si el administrador del New York Children's Bank simpatizaba conmigo, era probable que me diera el puesto.

La secretaria era la misma mujer insoportable de la primera vez. Sin embargo, en esta ocasión parecía amable: cuando me vio, me dijo:

—Adelante, el jefe la espera.

El gerente era un chicano simpático, de facciones mexicanas, que debía estar por los cincuenta años.

—Tom Zapata, mucho gusto —dijo, al tiempo que me extendía la mano—. Philippe me contó que a usted le interesaría canjear servicios nuestros por horas de trabajo.

—Sí, señor —le respondí—. Él me informó que por algún tiempo iba a quedar vacante un cargo en la dependencia de selección de donantes y que tal vez yo podría colaborarles ahí como sicóloga.

—¿Por cuáles servicios nuestros desearía canjear sus horas de trabajo?

—Me interesa conseguir   mero toda la información que haya sobre inseminación artificial, métodos de selección y perfiles de los donantes, pues quiero tener un hijo pero aún no estoy segura de si me atrevo a buscarlo mediante inseminación.

—También podría adoptarlo —dijo él.

—Pero en ese caso no sería mi hijo biológico y a mí me gustaría que mi hijo tuviera mis genes. Quiero sentir lo que es dar a luz y ser dadora de vida.

—¿Y por qué no lo tiene con un hombre, con su pareja?

—Porque no tengo pareja, señor.

—Comprendo —contestó el gerente apenado.

Tom examinó mis calificaciones y recomendaciones académicas y exclamó:

—¡Muy bien!

Luego me entregó los tests de personalidad que habían llenado tres aspirantes a ser donantes y me pidió que evaluara sus respuestas. Dijo que de acuerdo con la evaluación, él tomaría la decisión.

—Déjemelas con la secretaria en un sobre cerrado y llámeme mañana —afirmó.

—¿Y cuáles serían las condiciones?

—Nosotros le pagaríamos veinte dólares por hora de trabajo y el dinero se lo abonaríamos a los servicios que requiera. Usted no tendría que cumplir horario en la oficina. Sólo vendría cuando hubiera tests para evaluar.

—Pero puedo usar mis tiempos libres para conocer el centro, ¿verdad?

—En horas de oficina, por supuesto.

—Lo llamaré mañana —le dije.

Marqué el celular de Sara. Se encontraba en la sede de las Naciones Unidas terminando una entrevista con el embajador de México.

—Estamos cerca —le dije—. Podríamos almorzar.

Un rato después nos encontramos en un restaurante griego localizado en la calle 47 con la Tercera Avenida, en un sitio equidistante de donde nos hallábamos las dos. Al enterarse de que probablemente me recibirían en el New York Children's Bank, Sara exclamó:

—¡Dios se puso de tu lado, Estrella!

—¡Ya era hora de que lo hiciera, Sarita!

—Lo primero que tenemos que saber es si efectivamente tu mamá obtuvo el semen del New York Children's Bank. Y lo segundo es averiguar si las normas vigentes contemplan que cualquier persona que haya nacido de inseminación artificial y quiera descubrir quién es su padre, puede hacerlo. Debe haber acuerdos de confidencialidad que protejan a los donantes. ¿Te imaginas que a un hombre lo obliguen a responder por decenas de hijos?

—Pues bien merecido lo tendría.

Jean François Delon vivía en Inwood, al norte de Manhattan. Su edificio quedaba frente a un gran parque. Eran las seis de la tarde y ya había oscurecido. Sin embargo, pensé que desde la ventana de su apartamento, localizado en el cuarto piso, durante el día debían verse bonitos los árboles teñidos de otoño.

Subí por las escaleras; timbré. Un joven de unos treinta años, apuesto, alto, delgado, de cabello negro y piel oscura, me abrió la puerta.

—Soy Maurice, sobrino de Jean François —me dijo.

—Y yo soy Estrella; mucho gusto.

—Sí, yo sé. Mi tío ya me había contado que usted vendría —contestó—. Y también me había dicho que sus ojos eran preciosos. Tenía razón...

En ese momento apareció Jean François, feliz, con atuendo informal.

—¡Hoy completo medio siglo de vida, Estrella!

Bombas de colores caían del techo de la sala. Un letrero dorado, que decía «Happy Birthday Dear François», resaltaba sobre una de las paredes. Guirnaldas de papel en tonos naranja, amarillo y verde colgaban a manera de livianas hamacas de un muro a otro. La poderosa voz de Louis Armstrong interpretaba *What a Wonderful World*.

La esposa de Jean François, una rubia de New Hampshire, me saludó con amabilidad. Dos muchachos de unos veinte años hicieron lo mismo.

—Te presento a mi mujer, Nancy, y a mis hijos. Son músicos: tienen un conjunto de *jazz* con mi sobrino, llamado Maurice y sus Primos. Maurice es el cantante y el guitarrista; este, Daniel, es el bajista, y Jean es el baterista. Más tarde los escucharás. ¡El *jazz* es lo de la familia, vas a ver!

—Por lo visto di en el lugar adecuado: lo mío también es el *jazz*.

Entonces le entregué mi regalo de cumpleaños: el disco con mi canción favorita, *Both Sides Now,* de Joni Mitchell.

—¡Qué bonito, Estrella! Esa también es la canción preferida de mi hermano Jacques, el papá de Maurice. Él es un gran músico de *jazz*. No sé si has escuchado sus interpretaciones en piano.

—¿Me estás hablando de Jacques Delon, ese grande del *jazz*? ¡No me digas que tú eres su hermano! Definitivamente estos encuentros solo suceden en una ciudad como esta. ¡Claro que me encantaría conocerlo! Él es uno de mis ídolos.

—Cuando pase por Nueva York, te lo presento. No es fácil que suceda: se la pasa en giras. Ahora está en Europa.

Después de unos cuantos vinos, de una cena a base de pavo relleno con nueces y manzanas, puré de papas gratinado y ensalada, Nancy llevó a la mesa la torta y Jean François apagó cincuenta velitas, acompañado por el *Happy Birthday* interpretado por la banda Maurice y sus Primos, la cual, ya con esa primera tonada, demostró su calidad.

El conjunto siguió regalándonos su música: primero fue *I'd Rather Go Blind,* de Rachel Crow; más tarde, *You're Going to Lose That Girl,* de Los Beatles, y *One Day (at a time),* del gran John Lennon, y así, una canción y otra, hasta que Maurice tomó el micrófono para cantar *Both sides now.* En ese instante me puse a su lado y, a dúo, la cantamos juntos sin cometer un solo error, como si la hubiéramos ensayado muchas veces.

Después, Maurice y yo nos volvimos amigos entrañables.

Maurice Delon tenía veintiocho años, tres más que yo, y estudiaba Música en New York University. Era también único hijo: su madre, una inmigrante haitiana de quien su padre se había enamorado profundamente, había muerto muy joven, durante el parto, cuando apenas tenía diecisiete años. Entonces su papá tenía diecinueve y la pena le había dejado un hueco tan grande en el corazón, que no había querido construir una nueva familia, pese a que añoraba haber tenido más hijos con ella. Así, Maurice se había criado como huérfano, rodeado de abuelos, primos y tíos. Solo veía a su padre cuando llegaba a visitarlo después de esos viajes que con tanta frecuencia hacía para dar conciertos en un lugar y otro.

No sé si tal vez debido a que ni Maurice ni yo teníamos hermanos y a que nos identificábamos en el gusto por la música, la compañía que nos dábamos el uno al otro había sido tan grata desde un comienzo, que nos volvimos inseparables: nos contábamos todo, nos consultábamos todo, y nos encontrábamos con frecuencia para conversar, para escuchar música, para cantar juntos. Y eso, para mí, que únicamente tenía la amistad de Sara en ese bosque solitario de cemento que es Nueva York, era una bendición.

Maurice me invitó a cantar con su grupo. Le dije que lo haría de vez en cuando, pues tenía mucho trabajo en la universidad y que, probablemente, haría un reemplazo en el New York Children's Bank, lo cual empeoraría mi disponibilidad de horas libres.

—En vacaciones de verano me incorporaré de tiempo completo a tu conjunto —le dije—. Por ahora cantaré con ustedes hasta donde el tiempo me lo permita: el trabajo en ese banco de semen puede ser grande.

—¿Banco de semen? —me preguntó.

—Sí...

Entonces le relaté mi historia.

—Debe ser muy difícil ser hija de un donante anónimo, identificado con un número apenas —comentó Maurice—. Más difícil tal vez que ser huérfano de madre desde el nacimiento.

—No sé… Quizás es más difícil no tener madre: la mamá no solo te da la vida, es tu asidero, tu piso, tu raíz, tu centro.

La voz de mamá se escuchaba en el contestador de mi apartamento:

—Estrella, hace varios días que no hablamos con calma. ¿Me avisas cuando llegues? Tengo muchas cosas que contarte. O una no más… pero muy importante.

De inmediato le puse un mensaje:

—Acabo de llegar y ya es más de medianoche. ¿Te parece si esperamos a mañana para hablar, mami?

—Duerme tranquila. Mañana hablamos —me respondió de inmediato.

Mamá parecía otra persona: ya no se comportaba como la víctima del abandono de su hija ni como la madre cariñosa pero impositiva que quería saberlo todo, controlarlo todo, dominarlo todo, dirigirlo todo; ya no tenía el impulso —o al menos había aprendido a dominarlo— de manejarme la vida a su antojo, como ella creía que debía ser y no como yo prefería que fuera; ya no mostraba ese interés en dirigir mi destino como si yo fuera de su propiedad y no como lo que soy: una hija que la ama y le debe la vida pero quien, a su vez, es autónoma, independiente, dueña de sus decisiones y dispuesta a afrontar las consecuencias de ellas. A veces pensaba que mi madre me hacía daño con su exceso de amor: me avasallaba. Ahora siento que gracias a ese amor incondicional que recibí de mamá soy lo que soy: una mujer autónoma, fuerte, independiente, capaz de vivir sin ella.

Sí, recuerdo a mamá con sus ojos verdes, grandes, iguales a los míos; su mirada dulce, sus manos largas, perfectas; sus caricias; sus relatos de historias de princesas que me encantaba escucharle abrazada a ella antes de dormir; sus cuentos locos e improvisados; sus regalos sorpresa —un perrito en mazapán, un gatico, una zanahoria, una manzana, un chocolate, una bomba de helio, un ringlete, una bolsita con todo lo necesario para hacer bombas de jabón, o, simplemente, un corazón en plastilina hecho por ella—. Sí, recuerdo a mamá: yo esperaba a que llegara del trabajo y, en cuanto escuchaba el timbre de la puerta, corría a abrirle, me lanzaba sobre ella, le daba un abrazo, le extendía mi manita. Entonces ella me decía: «Cierra los ojos, Estrella», y me colocaba sobre la palma de la mano su sorpresa del día. Ese era mi momento feliz, el más esperado: la hora del atardecer, cuando mamá aparecía y era toda mía. Mamá permanecía conmigo desde que llegaba: jugábamos primero, yo la ayudaba a cocinar, comíamos, recogíamos la mesa, ordenábamos la cocina y, al final, me bañaba, me ponía la piyama y nos íbamos a su cuarto a que me leyera cuentos o a que se los inventara; y así durábamos hasta cuando yo me dormía en su cama, siempre abrazada a ella. Después me llevaba dormida a mi cuarto y, claro, en cuanto me despertaba, me pasaba a su cama de nuevo y dormíamos juntas el resto de la noche.

Sí, recuerdo a mamá… Aún hoy, nada me sabe tan bien como los platos que ella se inventa y que yo los llamo «huevos mamá», «pasta mamá», «desayuno mamá», que no son otra cosa que ese sabor a amor que ella le da a todo lo que prepara, o hace en su vida para mí.

Pero yo prefiero no tenerla cerca.

La luz oscura del otoño se asomaba por la ventana. El cielo era un tapete de nubes blancas y grisáceas con huecos azules. A lo lejos alcanzaba a divisar el río Hudson. Mucho más allá se adivinaba el campus de la Universidad de Columbia: la cúpula verde de su sede principal me recordó mi angustia: faltaban tres semanas para que se cumpliera el plazo de la entrega del primer borrador de mi trabajo de investigación para el profesor Johnston. Miré el reloj: eran las ocho y media de la mañana. Llamé a Tom Zapata. La secretaria me informó que su jefe me había dejado el mensaje de que me presentara a las diez de la mañana en su oficina. Apenas tendría tiempo de correr para no llegar tarde.

Tampoco hoy tendría tiempo para hablar con mamá.

XI

—Creo que nos conocemos —dijo Malik Sabbagh.

Ahora, ese hombre a quien yo había añorado en cada amanecer de mis últimos cuarenta años, el mismo en quien había pensado en cada una de mis noches, ese profesor a quien yo había amado desde el primer instante y para siempre, ese ser que deseé tanto que fuera el padre de Estrella, el mismo Malik Sabbagh, se me aparecía cuando menos lo esperaba y el paso del tiempo era evidente. Entonces yo ya no sabía si sentía por él amor u odio…

—Su abuelo fue profesor mío en la universidad —le dije a Yamid, deshaciéndome del abrazo estrecho que Malik me había dado a manera de saludo.

—¡Por lo visto se conocen bien! —comentó riéndose.

—¡Yo a ella, sí! Ella parece que a mí no tanto… —afirmó Malik.

—¿Le ayudo a servir el almuerzo para que continuemos la clase, Yamid? —fue lo único que se me ocurrió decir.

Durante la hora en que estuvimos sentados a la mesa degustando el arroz con pollo y almendras preparado por Yamid y el Beaujolais Nouveau llevado por Malik, ni siquiera intenté mirarlo a los ojos. La conversación giró en torno a los planes de su nieto en París y a los recuerdos que él tenía de esa ciudad que no se logra olvidar. Yo apenas hice algún comentario sobre restaurantes baratos y sabrosos que había cerca de la Sorbona, sobre un par de pequeñas salas donde se proyectaba buen cine en el Barrio Latino y sobre ese teatrico de la rue de La Huchette en el que representan *La cantante calva*, de Ionesco, a diario, desde hace más de medio siglo.

Al final del almuerzo, Malik me preguntó:

—¿Y tú sigues en la misma casa en la que vivías con tu padre?

Entonces Yamid, como quien descubre un gran secreto, exclamó:

—¿Y no será que mi profesora es esa novia que tuviste?

—La misma —oí que Malik le decía, mientras se me enrojecían las mejillas.

Ahora Malik revelaba nuestra relación sin misterios, sin demostrar necesidad de ocultársela a todos, como ocurría antes. Me levanté de la mesa con la disculpa de que iba a lavarme las manos. Al regresar, le propuse a Yamid que reanudáramos la clase.

—Bueno, me voy para que mi nieto aprenda francés. ¡Con semejante profesora no es para menos! —afirmó ese abuelo a quien se le notaba el trajín de los años.

Sentí que habría preferido que Malik no regresara a mi vida. ¿Sería que era más fácil para mí sumergirme en la nostalgia y observar con resignación el transcurrir de los días añorando lo imposible, en vez de alcanzar la felicidad y vivirla sin permitir que se me escapara de las manos? ¿Tendría yo la fuerza para desatar las cadenas de castigo que yo misma me había impuesto, o seguiría trasegando por ese camino conocido y por lo tanto cómodo, pero lleno de espinas y de dolores, al que me había acostumbrado y sin el cual ya no sabría vivir? ¿Continuaría encadenada al hábito de acomodarme en el maltrato o, por fin, sería capaz de liberarme de mi propia cárcel para habituarme a la posibilidad de elegir un camino en el que fuera posible ser feliz?

—Chao, Yamid —se despidió Malik—. Hasta pronto, Verónica —me dijo, e insistió en que le diera clases.

—Ahora no tengo tiempo —le dije.

—¿Y después? —preguntó.

—Ya veremos…

Con alivio, lo vi salir.

—Parece como si no le hubiera agradado encontrarse con el viejo, Verónica —comentó Yamid.

—Es que hacía muchos años que no lo veía… ¡Además, usted y yo tenemos que avanzar! ¡Su francés debe mejorar en este mes! Ese es mi compromiso, ¿cierto?

—Así es.

No resistía seguir más tiempo sin hablar con mi hija. Al terminar la clase me despedí de Yamid y corrí hacia mi casa. Marqué su teléfono. La llamé varias veces. Estrella no respondía.

Salí a caminar y me dirigí al gimnasio. Pedaleé en la elíptica con toda mi energía durante media hora. Luego me puse los guantes de boxeo y golpeé con fuerza la pera de entrenar: le pegué una y otra vez, y otra más, hasta quedar exhausta. Después nadé en la piscina de agua tibia no sé durante cuánto tiempo.

Más tarde, al regresar a la casa y contemplar una a una las fotografías de Malik colocadas en las paredes, las arranqué de pronto y las estrellé contra el piso de modo tal que los vidrios de los marcos quedaron vueltos añicos. Luego me di puños yo misma, a lo largo de las piernas, en la cintura, en las caderas, en los brazos, sin parar, hasta que me cacheteé y me di cuenta de que me había reventado la boca y de que tenía los dedos de la mano manchados de sangre.

—Estoy loca —me dije.

Me miré al espejo: tenía los labios hinchados, sangrantes, el pelo alborotado, los ojos desorbitados, las piernas y los brazos adoloridos. ¡Qué rabia tenía! ¿Contra Malik Sabbagh? No, contra mí misma, Verónica de la Espriella. Sentía furia conmigo por todo el mal que me había hecho, por haber perdido cuarenta años de mi vida atada a ese fantasma, por haberle entregado mi juventud a ese amor imposible, a esa dañina quimera que hoy inesperadamente había reaparecido convertida en un hombre envejecido, calvo y barrigón, en un ser de carne y hueso que parecía darme a entender que había pasado el último cuarto de siglo añorando un encuentro conmigo. ¿Un encuentro para qué? ¿Para entregarme apenas sus migajas de afecto y después huir porque era incapaz de comprometerse, de asumir una relación, de entregarse sin cálculos, de vivir en intimidad, de dar todo lo que llevaba adentro, de dejarse conocer, de revelarse como era? Entonces fui consciente de cuánta rabia había acumulado contra Malik Sabbagh, del daño que me había hecho, del maltrato que le había dejado causarme, del dolor que había mantenido oculto por haberme permitido vivir prisionera de su recuerdo. Y también pensé en el perjuicio que, por su culpa (¿o por la mía?), por haber vivido yo amarrada a una obsesión, le había causado a mi hija sin padre.

—¡Se acabó Malik Sabbagh! —me oí diciendo.

Salí de nuevo a caminar. La luna llena iluminaba la ciudad. En el cielo había unas pocas estrellas. Pensé en mi padre. ¿Será verdad que existe una vida más allá de la muerte, o todo se acabará en ese instante en que dejamos de respirar y el cuerpo se nos convierte en una envoltura helada y lívida que se descompone horas después? ¿Dónde estará el viejo Samuel? No sé... Pero escucho su voz dentro de mí, a veces como un murmullo, otras como un grito, algunas como un consejo. De vez en cuando lo percibo como un rayo de luz que me señala el camino. No sé dónde se encuentre mi padre pero en algún lugar debe estar... Entonces recordé ese corto poema de José Manuel Arango, «Una larga conversación», que dice:

Cada noche converso con mi padre
Después de su muerte
Nos hemos hecho amigos...

Al evocarlo me sentí distinta, fortalecida. Volví a pensar en Malik. Sin embargo, ya lo recordaba sin apego, sin que ejerciera sobre mí esa atracción inexorable del imán, desprendida de mi obsesión por él, de mi necesidad de amarlo... Ya empezaba a verlo como a un ser humano normal, no como a un hombre único e irrepetible, sino como uno similar a todos, con más menos que más; sí, ya comenzaba a sentirlo como un simple recuerdo: era como si en mí se hubiera obrado un milagro.

Regresé a mi casa, la misma de mi padre, aquella donde él había pasado sus últimos años, donde Estrella había dado sus primeros pasos y donde yo la había acompañado a crecer. Escuché en el contestador su voz, que me decía que la llamara cuando regresara. Pero esa noche no iba a hablar con ella. Sólo quería dormir. El viejo reloj de mi madre apenas acababa de dar los ocho campanazos… Sin embargo, un sueño incontrolable se había apoderado de mí.

XII

—Mañana comienza a trabajar en el New York Children's Bank, Estrella —me dijo Tom Zapata, mi nuevo jefe—. Por favor, llegue antes de las ocho para recibir la inducción. Sea puntual. Su trabajo implica ser muy responsable. No puede equivocarse: una equivocación suya al evaluar a un candidato puede significar la tragedia de una familia.

Marqué el teléfono de Sara Yunus. Quedamos de almorzar en un café francés localizado a una cuadra de la universidad. Caminé de prisa por la calle 42; pasé restaurantes, almacenes de aparatos electrónicos, cámaras fotográficas y equipos de sonido, ventas de ropa y calzado, llegué a la Quinta Avenida, contemplé la imponente biblioteca pública de Nueva York, crucé hacia el lado oeste e ingresé en ese otro ambiente, con sus teatros, cafeterías, tiendas de cachivaches, carros que en las esquinas ofrecen perros calientes, gaseosas y *pretzels*, vendedores de juguetes y bombas de jabón, pordioseros y mutilados que, sentados sobre el andén, ostentan letreros que dicen *I'm hungry, one dollar please*; desemboqué en Times Square con sus paredes tapizadas de gigantescos avisos luminosos encendidos a todas horas, y crucé por Broadway hacia el norte para tomar un bus que me llevara hasta la calle 116, donde queda la Universidad de Columbia. Allí dispondría de cerca de una hora para pensar en cómo conducir mi investigación.

Me detuve en la biblioteca y busqué el libro *The Genius Factory*, del periodista David Plotz, que cuenta la historia del banco de esperma de premios Nobel, loca idea del médico Robert Graham, quien en 1980 la puso en práctica durante unos pocos años, hasta que murió, pero que fracasó porque los premios

Nobel no estaban muy dispuestos a regar su semen por aquí y por allá. Sin embargo, ese libro me sería útil porque de ese tal Graham había sacado mi mamá la idea de traerme al mundo de esa manera, y porque leyéndolo me familiarizaría con el tema y podría empezar a entender la sicología de los donantes y acercarme, así, a imaginar cómo sería la psiquis de mi padre. Me senté a leer el libro mientras esperaba a Sara en el café francés. A las doce en punto ella apareció sonriente, en *jeans*, con su pelo corto y sus inconfundibles anteojos redondos de montura roja.

—¡Te traje esta rosa amarilla para celebrar la noticia de tu ingreso al New York Children's Bank y para darte buena suerte! Las rosas amarillas la traen, ¿sabías? Bueno, manos a la obra, amiga mía —dijo.

Sara se veía radiante. Se le notaba el placer que sentía de acompañarme en la investigación y la curiosidad por averiguar los pormenores de mi historia. Parecía como si ella estuviera protagonizando una novela policíaca y fuera el detective que tiene que descubrir quién es el asesino. Sacó de su mochila una libreta de notas y un bolígrafo, y ordenó:

—Estrella, escribamos los pasos que debes dar para que empieces la investigación sin pérdida de tiempo: 1) Hay que descubrir cómo se llevaban los archivos de donantes de semen en 1982, cuando tu mamá fue inseminada: ¿ya estarían digitalizados o se guardarían en papel? 2) Debes averiguar el nombre de la persona encargada de manejar esos archivos. 3) Tienes que descubrir dónde está y acercarte a ella, brindarle confianza y, si es el caso, contarle tu historia, de modo que se solidarice contigo. 4) Y mientras tanto, debes hacer bien tu trabajo y cumplir con tu papel de mujer interesada en saber todo lo necesario para tomar la decisión de inseminarse.

—¿Y si esos archivos ya no existen? ¿Y si no logro que el encargado me ayude?

—¡No seas pesimista, Estrella! Uno no puede emprender una tarea o un camino en la vida pensando en que va a fracasar. Si esa es tu actitud, ten la certeza de que fracasarás, en esto y en todo.

—Tienes razón.

Al concluir nuestro almuerzo, y luego de terminar de escuchar las órdenes y los regaños bien intencionados de Sara, tomé el metro para ir al otro extremo de Manhattan a encontrarme con Maurice Delon. Habíamos acordado vernos en un salón de la escuela de música de New York University, con el fin de tener mi primer ensayo formal con su conjunto. Esa tarde íbamos a montar las voces de *Yesterday,* la canción más entrañable de Los Beatles, no solo por ser la más bonita y conocida de la banda, sino porque era la que siempre escogía Manolo, mi primer amor, para terminar las serenatas que sin falta me daba las vísperas de que cumpliéramos un nuevo mes de noviazgo.

A unos pocos pasos de la salida del *subway,* en University Place, divisé a Maurice, que caminaba de prisa con la guitarra terciada al hombro. Lo llamé. Se dirigió a donde yo estaba. ¡Qué guapo se veía con esos *jeans* azul claro, un buzo de cuello de tortuga del mismo tono y una chaqueta de gabardina azul eléctrico que hacía que le resaltara la piel oscura!

—¡Qué bien te quedan esos colores, Maurice!

—Y qué lindos se ven tus ojos verdes hoy, Estrella —me dijo, al tiempo que me abrazaba y me daba en la mejilla un beso contundente.

Daniel, el bajista, y Jean, el baterista, ya se encontraban en el salón. Maurice, barítono de voz profunda, era el cantante principal. Yo, contralto, me limitaría a hacerle la segunda voz a ese lindo lamento en el que John Lennon y Paul McCartney se preguntaban:

> *Why she had to go?*
> *I don't know, she wouldn't say*
> *I said something wrong*
> *Now I long for yesterday.*

Durante el ensayo parecía como si Maurice y yo lleváramos años cantando juntos: sólo hicimos un par de pruebas para acoplarnos en las entradas, y la canción quedó montada como para presentarnos en concierto. Daniel y Jean se entusiasmaron con la posibilidad de que yo me volviera miembro permanente del conjunto Maurice y sus Primos.

—¡Yo no soy prima de ustedes! —les dije—. Además, debo terminar antes un trabajo que comienzo mañana y que me quitará mucho tiempo.

Al salir, Maurice me invitó a que nos tomáramos una copa en un barcito del West Village que él quería mostrarme, Smalls, un legendario lugar donde han comenzado su carrera muchos grandes del *jazz*.

—Además, me propongo convencerte de que ingreses de lleno como cantante de nuestra banda —dijo.

—Me encantaría, Maurice, pero ahora no puedo.

—No entiendo por qué no —repuso.

—Ya lo comprenderás.

En cuanto nos sentamos en la barra del pequeño bar, comentó:

—Mi padre empezó a hacerse famoso aquí tocando el piano. Un día conocerás al gran Jacques Delon, Estrella.

—¡Me fascinaría! —respondí y, al primer sorbo de mojito, le dije:

—Maurice, voy a contarte por qué ahora no puedo comprometerme con tu banda…

Entonces lo puse al tanto del propósito de mi trabajo en el New York Children's Bank y del compromiso que tenía de entregarle al profesor Johnston el primer borrador de la investigación sobre mi origen en algo más de tres semanas.

—¿Y no te parecería una buena idea contarle tu historia a mi tío Jean François? Él debe haber sido testigo de muchas cosas relacionadas con ese banco de semen durante el tiempo que lleva como recepcionista en el edificio.

—No sé, Maurice, a tu tío no le tengo la suficiente confianza. En cambio a ti sí. Pero esperemos a que comience mi trabajo mañana a ver por dónde dirijo mi investigación.

—¿Sabes, Estrella? Yo entiendo tu obsesión por descubrir a tu padre —dijo—. Yo daría todo lo que tengo por poder encontrarme con mamá, conocerla, abrazarme a ella, decirle cuánta falta me ha hecho a lo largo de mi vida. Se llamaba Ochún. Se conoció con mi padre justamente en este bar, cuando él hacía aquí sus primeras presentaciones como pianista y ella trabajaba como mesera. Él dice que mamá era una haitiana muy linda. Aún lleva siempre con él una fotografía que se tomaron en Washington Square; en la foto, a mamá apenas se le nota el embarazo. No obstante, se ve delgada, alta, preciosa, con unos ojos negros y grandes y el cabello peinado en pequeñas trenzas que terminan en chaquiras doradas y conforman, atadas y juntas, una gran cola de caballo. Papá la lleva abrazada; mamá está recostada en su pecho. A pesar de ser alta, él parece de una estatura mucho mayor. Se les nota el amor en la mirada. Mi papá dice que mamá ha sido la única mujer que ha amado en su vida, y que nunca ha logrado volver a amar así. Con frecuencia me ha comentado que le ha hecho falta sentir que ama de nuevo. Y en broma pero, a la larga, muy en serio, me ha repetido que no ha podido lograrlo porque mi madre se ha salido con la suya, ya que su recuerdo no lo ha dejado querer a otra mujer… Mi padre dice que su primer pensamiento de cada mañana es para mamá y que todas las noches, desde que ella murió, antes de apagar la luz, siempre le ha escrito una pequeña nota que termina en un buenas noches, mi amor. Es una verdadera obsesión la que ata a mi padre al recuerdo y al amor de mamá, Estrella; él guarda cajas enteras con los papelitos que le escribe cada noche. ¡Ese sí que fue un amor a primera vista! Y solo vivieron juntos algo menos de un año, desde el día en que se conocieron hasta cuando yo nací y ella murió. Entonces quedé a la deriva. ¿Sabes una cosa? Siempre he pensado que papá no me perdona que mamá haya muerto en el parto. Percibo como si me tuviera rabia, como si sintiera que ella murió por mi culpa.

—¡No digas eso, Maurice! Y yo… no te he hablado de la obsesión de mi madre por el tal Malik: es un amor enfermizo el de ella por ese fantasma que ocupa no solo su corazón sino las paredes de mi casa, y que me ha atormentado la vida entera porque yo lo culpo del camino de frustración y soledad recorrido por mi madre y de ese destino mío de ser una mujer sin padre, sin orígenes ni raíces, sin punto de referencia en la vida. Sin conocerme, Malik me ha hecho mucho daño: él es el responsable de que yo haya crecido con la idea de que todos los hombres, salvo mi abuelo, que para mí fue importante pero lejano, son unos seres egoístas e innecesarios: ¿para qué sirven si ya ni siquiera los necesitamos como padres de nuestros hijos?, dice con frecuencia mi madre.

—¡Yo no estoy de acuerdo con eso! —interrumpió Maurice.

—¡Por supuesto que no estás de acuerdo! —exclamé entre risas.

La noche apenas comenzaba: a las ocho se presentaría el primer grupo de la jornada, conformado por tres norteamericanas: una guitarrista que a su vez era cantante, una pianista y una baterista. Aun cuando por lo general quienes se presentan en Smalls son músicos de calidad, preferí irme y dejar que Maurice escuchara solo el concierto: debía comprar algo de mercado y quería descansar.

Además, deseaba saludar a mi madre: hacía días que no hablaba con ella. Y a pesar de que me molestaba su asedio, cuando la sentía lejana la extrañaba: percibirla distante hacía que me pareciera como si se me hundiera el piso. Al fin y al cabo, el amor de mamá era el único constante y seguro que yo había tenido en la vida. Sin embargo, todo era tan contradictorio... Quería que mamá permaneciera cerca y pendiente de mí, pero prefería que se mantuviera lejos y que respetara mi autonomía y mi libertad. La culpaba de mis tristezas, pero también le agradecía su amor. La quería pero no la soportaba. La necesitaba pero me molestaba que se me acercara. La amaba pero le huía. Me hacía falta pero me alejaba de su lado. ¿Quién me entendía? ¿Quién podía comprenderme si yo misma no me comprendía?

La noche estaba tibia. Parecía como si quisiera regresar el verano. O más bien como si el estío se estuviera despidiendo para alejarse de verdad. Sentí temor: le tenía miedo al frío. Siempre me había descompuesto con los cambios súbitos de temperatura, cuando el termómetro bajaba o cuando corrían las brisas. ¿Seré capaz de soportar el invierno?, me pregunté. Por lo menos tengo que aguantarlo hasta cuando descubra a mi padre, me sorprendí contestándome en voz alta. Ya después, si no puedo resistirlo, regresaré a mi tierra.

Al llegar al apartamento, tomé una ducha caliente. Mientras me secaba, me detuve a mirar ese extraño lunar color café claro, de unos tres centímetros de largo por uno y medio de ancho, que en forma de ameba larga yo llevaba estampado desde el nacimiento, del lado derecho del vientre, un poco más arriba de donde comienza el vello púbico. Mi madre no lo tenía. ¿Sería ese un lunar heredado de papá?

Antes de apagar la luz, revisé el contestador automático: no había mensajes. ¡Qué raro que mi madre no me hubiera llamado! Me pregunté si estaría enferma. Marqué su número y no me respondió. Pensé que tal vez habría ido a cine. Me acosté a dormir. Decidí madrugar para llamarla antes de ir al New York Children's Bank.

XIII

—Ahora no quiero hablar, tengo mucho sueño —respondí.

Era la primera vez que rechazaba la posibilidad de conversar con Estrella desde que se había ido. Siempre era ella quien me decía que la llamara más tarde, que en ese momento no podía hablar, que estaba en clase, que se encontraba cenando con sus amigos o, simplemente, que no se sentía con ánimo de charlar. Era evidente que esos pequeños y frecuentes rechazos suyos me habían ido aumentando la tristeza, minando la energía...

Pero las sensaciones que tenía en este momento no estaban relacionadas con mi hija: lo mío ahora era un sueño incontrolable, un deseo de sumergirme en la inconsciencia, un impulso de quedarme dormida, de anestesiarme, de no pensar, de defenderme. ¿Pero de qué o de quién me tenía que defender? El día anterior había estado con ese mismo sueño indomable, desde la mañana, cuando tuve que tomarme un termo de café negro para poder ir a la clase de Yamid Sabbagh y, más tarde, cuando para mantenerme despierta tuve que ingerir un polvo disuelto en agua que Estrella compraba cuando debía estudiar toda la noche.

Miré el reloj: eran las ocho de la mañana. Aún podría dormir una hora antes de acudir a la cita con Pedro Alcántara. Pero poco después me despertó el repicar del teléfono. Creí que era Estrella de nuevo y, sin saludarla, afirmé:

—Hija, te dije que tenía sueño y que no quería hablar. Te llamo luego.

Al otro lado de la línea, una voz gruesa, familiar, me decía:

—Vero, ¿a qué horas tuviste una hija?

Malik Sabbagh insistía en que quería verme.

—Hoy no puedo, Malik —le repetí.

—¿No puedes o no quieres?

—Ni puedo ni quiero —oí que le decía yo, que siempre había accedido a sus más mínimos deseos, que una y otra vez había estado dispuesta a posponerlo todo con tal de complacerlo, que había vivido aplazando mis prioridades para atender las suyas, que me había dejado de lado para quererlo a él, que había soñado cada una de las noches de estos últimos cuarenta años con dormirme en sus brazos y despertarme a su lado.

—¡Así no eras tú! ¡Esa no es la Verónica de la Espriella que yo conozco! Esa no es la mujer cariñosa y risueña con quien tanto quería volver a encontrarme.

—Esa es la Verónica de la Espriella que tú construiste en estos cuarenta años de ausencia, Malik.

—¿Yo? ¿Por qué yo?

Guardé silencio…

—¿Estás casada? —me preguntó—. ¿Quién es el padre de tu hija?

Colgué el teléfono y lo desconecté.

Como ya no tenía fotografías suyas para estrellarlas contra el piso, agarré una almohada, me cubrí la boca con ella y grité hasta quedarme sin aire.

—Sigue —me dijo imperturbable Pedro Alcántara—. La pasada cita me quedé esperándote.

—¿La pasada cita? ¡Se me borró de la mente! ¡Qué pena que olvidé mi compromiso contigo, Pedro!

—Conmigo no, Verónica; contigo.

Entonces le relaté todo lo que había sucedido desde la última vez que nos vimos: mi decisión de trabajar para pagarle sus consultas; mi encuentro inesperado con Malik Sabbagh; mi desamor, mi rabia contra él; el episodio de la rotura de sus fotografías; la conversación que acabábamos de sostener; el sueño incontrolable de los últimos días.

—Es como si solo me interesara dormir, como si no quisiera pensar, como si no quisiera sentir, como si me estuviera defendiendo de algo.

—Te estás defendiendo de ti misma, Verónica. Ese sueño es lo que se llama una reacción inhibidora del sistema nervioso central, es la defensa que asume el ser humano en un momento de estrés extremo.

—¡Pero si yo no he tenido ningún momento de estrés extremo en estos días, Pedro!

—¿Te parece poco haberte dado cuenta de que desperdiciaste tu juventud y tus mejores años al amarrarte a un fantasma al que solo tú mantuviste vivo durante las últimas cuatro décadas, a un ser que durante todo este tiempo bien habría podido estar muerto, a una obsesión que te llevó a dejar a tu hija sin padre y a ti sin la posibilidad de tener a un hombre que te hiciera feliz? Porque en un instante inesperado, al encontrar a Malik después de tantos años de no verlo, lo percibiste como lo que ha sido: un hombre atemorizado al que su cobardía hizo infeliz. Y te hizo infeliz a ti, y de paso hizo infeliz a tu hija. Y tú permitiste que eso sucediera. Porque fuiste tú misma, y nadie más, quien casi arruinó su vida con ese espejismo, Verónica. ¿Te parece poco estrés darte cuenta de eso? Pero aún estás a tiempo: todavía puedes aprovechar los años que te quedan. Mírate, Verónica: estás muy bien, aún te ves joven y atractiva, aún tienes energía, aún puedes hacer una vida propia, aún tienes la posibilidad de ser feliz.

Después de un rato de largo silencio, Pedro dijo:
—Se nos acabó el tiempo… Te espero el jueves.

Pese a que comenzaba octubre y debían aproximarse ya el gris y las lluvias imparables del invierno, Bogotá estaba llena de sol... El brillo de la mañana era similar al de la luz del Caribe.

Apenas tenía tiempo de ir a la casa, recoger el material necesario para dictarle la clase a Yamid Sabbagh y comer cualquier cosa. Pero no quería volver a su apartamento, no quería correr el riesgo de ver aparecer de nuevo a Malik con su actitud de aquí no ha pasado nada… Entonces recordé que esa tarde presentaban en la Alianza Francesa una famosa película iraní doblada en francés. Le propondría a mi alumno que hiciéramos una clase distinta, que fuéramos a cine y analizáramos la cinta. Lo llamé:

—Yamid, ¿qué tal si hoy volvemos la clase un cine-foro? Lo invito a que veamos *Une séparation*, del director iraní Asghar Farhadi, ganadora del Oso de Oro en el Festival de Berlín. La cinta es en árabe pero está doblada al francés. Una fundación que trabaja por la liberación de las mujeres árabes vende el DVD a la salida. Podemos comprar uno y luego ir a escucharlo y estudiarlo en mi casa, que queda más cerca. ¿Cómo le parece?

—¡Estupendo!

A las dos de la tarde, Yamid Sabbagh se encontraba en la puerta de la Alianza. Como aún faltaba una hora para que comenzara la película, nos sentamos en la cafetería a leer un análisis de *Le Nouvel Observateur* sobre el gobierno de Jacques Chirac. A las tres menos cuarto vi que Malik se aproximaba a la taquilla. Entonces le pregunté a Yamid qué hacía su abuelo ahí.

—¡No puede ser tan entrometido! Cuando me llamó hace un rato le conté que íbamos a hacer la clase hoy aquí, pero no me imaginé que se apareciera. Voy a tener que hablar con él.

Malik nos descubrió con la mirada.

—Aquí están las boletas —dijo, sonriente, exhibiendo tres tiquetes—. ¡Ir a matiné es un buen plan para un abuelo sin oficio!

Al entrar al teatro me apresuré a escoger el primer asiento de cualquier fila, de modo que sólo me quedara al lado mi alumno.

La cinta resultó ser una espléndida historia sobre un conflicto matrimonial generado por las crisis que en los seres humanos y en las sociedades producen los esquemas rígidos e inamovibles, las verdades absolutas y, por ello, absurdas, en lo religioso, lo ético y lo cultural. Cuando las luces del teatro se encendieron pensé que en cada guerra, en cada desacuerdo, en cada desencuentro, en cualquier enfrentamiento político, familiar, amoroso o conyugal, cada uno, desde su punto de vista, tiene la razón. Y si se logra que los protagonistas del conflicto se pongan en la situación de las personas involucradas y entiendan sus puntos de vista, el conflicto desaparece. Pero la dificultad radica en que casi siempre las partes se sumergen en un inacabable diálogo de sordos que ahonda las heridas y exacerba las reacciones ante ellas. Entonces los problemas se multiplican y se tornan interminables. En el caso de la película que vimos, el director se cuida de no tomar partido por ninguno de los miembros de esa familia iraní; ni por la esposa, que ante la obtención de las visas largamente esperadas quería que todos cumplieran su sueño de emigrar; ni por el marido, que no aceptaba abandonar a su padre enfermo de alzhéimer ni dejar viajar solas a su mujer y a su hija; ni por la hija, que a todos los manipulaba como podía para evitar la separación de sus padres; ni por los valores de esa sociedad que encarcela el alma femenina; ni por lo que se considera que está bien o que está mal; en fin, el director ofrecía una cátedra profunda de cómo debemos enfrentar los malentendidos de la vida.

—Nosotros nos vamos a casa de Verónica a terminar la clase, viejo —le dijo Yamid a su abuelo.

El tiempo que restaba se nos fue en discutir sobre los puntos de vista de los personajes, sobre los móviles que los llevaban a actuar de determinada manera y sobre la naturaleza del bien y del mal, de lo moral y lo inmoral.

—¿Cuándo puede uno decir que un acto es moral o inmoral? —me preguntó Yamid en un francés que empezaba a mejorar—. Y si yo hago algo malo, ¿según qué criterios puedo afirmar que eso está bien o mal hecho? —agregó.

Pensé, y así se lo expliqué a mi alumno, que, en efecto, nadie puede juzgar a los otros ni acusarlos de maldad; los actos no son buenos ni malos en sí mismos. Lo que ocurre es que generan consecuencias.

Terminada la tarde, nos despedimos y acordamos vernos en su casa al día siguiente.

Al abrir la puerta, vi que Malik estaba sentado sobre un muro de la casa de enfrente. En la mano tenía un gran ramo de rosas rojas. Cerré. Poco después sonó el timbre de la puerta.

—Son para ti, Verónica.

—Tenemos que hablar, Malik. Ha transcurrido demasiado tiempo, han sucedido demasiadas cosas. Ya nada es lo mismo.

—Pero puede volver a serlo.

—No lo creo.

Era casi un anciano: de su abundante cabellera negra y de su porte de atleta ya nada quedaba. Su poco pelo estaba totalmente blanco y tenía una panza que hacía que los botones de la camisa parecieran a punto de estallar. Curiosamente llevaba un *jean* y una camisa a cuadros azules iguales a los que tenía el día en que lo vi por primera vez. No podían ser los mismos. Su atuendo y su pecho velludo, ahora encanecido, que se adivinaba tras los dos primeros botones desabrochados de la camisa, eran lo único que se conservaba de ese Malik Sabbagh que me había llevado a perder la cabeza desde el instante en que lo había conocido. Lo demás eran arrugas en su piel y heridas en mi recuerdo.

XIV

El francés atendía la recepción del New York Children's Bank.

—¡Bienvenida! —dijo Philippe, y me indicó que pasara de inmediato a la oficina de Katty Parker, la sicóloga a la que yo reemplazaría mientras tomaba su licencia de maternidad.

—Philippe, antes quiero preguntarle si puedo hablar con los funcionarios para obtener la información que busco —dije.

—Por supuesto.

Katty, una norteamericana pequeña, de unos cuarenta años, con una barriga de casi nueve meses, me entregó un cerro de fólderes con la información de los veinticinco donantes que yo debía evaluar esa semana. Incluía pruebas de temperamento, escritos, grabaciones, fotos de infancia y una descripción de su apariencia física y de sus rasgos: todos debían medir más de un metro con ochenta de estatura, estar entre los diecinueve y los treinta y ocho años, aportar un permiso de trabajo vigente en Estados Unidos, probar que cursaban en una universidad una carrera de mínimo cuatro años, y si decían que estaban haciendo un máster o un doctorado, tenían que demostrarlo.

—El semen de los estudiantes de doctorado se vende más caro, pues se supone que proviene de hombres con un cociente intelectual considerablemente alto —dijo Katty.

Me explicó que a su escritorio sólo llegaban reportes de candidatos que ya habían pasado los exámenes médicos, y que su función era descubrir si había en ellos rasgos siquiátricos que pudieran indicar herencias inconvenientes, hacer un reporte de las características de personalidad de cada uno y describir el tipo de familia con la que podía ser compatible una persona que saliera con esos rasgos y con ese temperamento.

—Estos son los fólderes de los donantes anónimos, y estos los de los abiertos —dijo.

—¿Y eso qué quiere decir?

—Que hay unos hombres que no aceptan que se revele su identidad, y otros que no le encuentran inconveniente, siempre y cuando no les signifique una responsabilidad económica o afectiva con sus descendientes. Tener esa información solo es útil desde el punto de vista de la historia clínica y genética de los hijos de los donantes.

—¿Y desde cuándo existe esa división entre donantes abiertos y anónimos?

—Desde hace unos cinco años: se inició a raíz de que cada vez había más hijos de donantes que querían descubrir su origen. Hoy casi todos son abiertos. Y su semen es más costoso.

—¿Y antes todos eran anónimos?

—Así es.

—Y si un hijo quería conocer a su padre, ¿qué hacía? —le pregunté.

—No había mucho que hacer si el padre genético no quería que se revelara su identidad. El procedimiento normal era que, una vez que el hijo cumplía dieciocho años, nos buscaba para que nosotros entráramos en contacto con su progenitor y le preguntáramos si estaba dispuesto a conocer a su hijo biológico. Si la respuesta era no, hasta ahí llegábamos.

—¿Y el hijo no podía demandar legalmente la información y acceder a esos archivos?

—Imposible… La ley no lo contempla. La única opción que tiene en ese caso es que el dueño del banco de semen, o el director, le den el dato. Nadie más accede a esas claves. Eso es así desde hace unos veinte años, cuando los archivos empezaron a llevarse de manera digital. Antes esa información se guardaba en cajas fuertes similares a las de los bancos.

—¿Y quién podía abrirlas?

—El dueño, el director y el encargado de guardar la clave de la caja fuerte y de sacar los fólderes cuando el director se los pedía.

—¿Cuánto hace que trabaja aquí, Katty? —pregunté.

—Veinte años. Entré a hacer una pasantía como estudiante... Pero ¿por qué me hace tantas preguntas?

—Perdóneme, es que estoy tomando un curso de Periodismo Investigativo y el profesor nos dice que uno no debe quedarse con dudas sino despejarlas haciendo preguntas.

—Ya veo —afirmó—. Pero permítame darle un consejo: ¡no exagere! Bueno, me voy, regreso en dos meses. Este es mi teléfono. No dude en llamarme si necesita alguna explicación... Me dijeron que usted va a trabajar desde su casa, ¿verdad?

—Así es.

—No olvide que debe traer las evaluaciones en tres días y entregárselas a Philippe.

—Le deseo mucha suerte en el parto, Katty.

—Gracias, es mi primer hijo... Imagínese.

Sara Yunus no respondía el teléfono. Eran casi las nueve y media de la mañana. Debía estar en clase. Fui a la universidad. Con seguridad allá la encontraría. Pasadas las diez y media me devolvió la llamada. Acababa de salir de un taller de escritura. Minutos más tarde nos encontramos en una cafetería localizada en la calle 114 con avenida Amsterdam. Le conté con detalles mi charla con Katty.

—¿Tomaste apuntes?

—¡Cómo se te ocurre, Sara!

—¡Pues saca tu libreta de notas y escribe ya lo que te dijo Katty, de modo que no se te olvide! Me parece que te dio información importante. Y ahora tienes que conseguir otra muy específica: ¿quién es el dueño y quién es el director del banco de semen? ¿Lo serían hace veinticinco años cuando te concibieron? ¿Quién es el encargado del archivo digital? ¿Hay un responsable del archivo en papel y de la caja fuerte o esa información se pasó a medios digitales? ¿Quién era el encargado del archivo hace veinticinco años?

—Estoy nerviosa, Sara. Tengo poco tiempo: apenas dispongo de tres semanas para la entrega del primer borrador. No sé qué voy a hacer…

—Debes hablar con tu amigo el recepcionista, ya que de pronto él conoce al encargado de la caja fuerte de la época. Y debes volver a hablar con Katty para que te dé más detalles: ella lleva veinte años trabajando allá y tiene acceso a una información clave. Por ejemplo, puedes preguntarle si en esos años, cuando había comportamientos racistas, existía alguna restricción para recibir semen de negros. Tu papá debe ser negro, Estrella.

—Pero mi mamá dice que pidió el semen de un donante de origen árabe, similar a Malik Sabbagh.

—A lo mejor el donante era un árabe con rasgos de negro. O tal vez equivocaron la probeta. ¡Vaya uno a saber!

—Y si la equivocaron, ¿cómo puedo descubrir quién era mi padre?

—¡Difícil! Pero no te preocupes, ya veremos cómo van desarrollándose las cosas. Mantenme al tanto, eso sí.

Nos despedimos. Me fui a la biblioteca, pero antes llamé a Maurice para pedirle el celular de su tío y decirle que quería verlo. Quedamos de encontrarnos esa noche.

Jean François Delon no respondía el teléfono. Entonces me dediqué a examinar los expedientes de los candidatos a ser donantes: casi todos oscilaban entre los diecinueve y los veintitrés años, cursaban pregrados en las facultades de Artes y Ciencias de la universidades de Nueva York, y decían que deseaban donar semen porque así le ayudaban a una familia que no pudiera tener hijos y, además, disponían de algún ingreso. Casi todos aspiraban a volverse donantes permanentes, es decir, daban esperma tres veces por semana durante un año y ganaban mil doscientos dólares mensuales. Las dos terceras partes de los candidatos se describían como blancos o caucásicos, y sólo una tercera parte estaba conformada por negros, hispanos y hombres de otras razas. Estaban divididos por mitad entre los que pedían ser donantes abiertos y los que aspiraban a serlo de manera secreta.

Evalué algunas de las pruebas Keirsey de personalidad, que eran las que se aplicaban en el New York Children's Bank: la mayoría de los aspirantes a ser donantes pertenecía a la tipología de los Artesanos, que son personas que se fijan ante todo en lo que tienen en frente, en lo que pueden hacer con sus manos, y están dispuestos a realizar cualquier cosa que funcione y que les dé un resultado efectivo y rápido, no importa si para obtenerlo transgreden alguna regla. Otra parte importante correspondía a los denominados Racionales, que se caracterizan por su pragmatismo, por su impulso a solucionar los problemas y por su eficiencia para actuar y conseguir sus objetivos, no importa que, para lograrlo, tengan que ignorar las convenciones y las reglas establecidas. Del tipo de los caracterizados como Guardianes o Cuidadores, que son las personas preocupadas ante todo por sus deberes y responsabilidades, por lo que pueden vigilar o cuidar, por obedecer la ley y por respetar los derechos de los demás, y del tipo de los llamados Idealistas, que se preocupan antes que nada por los sueños que tanto ellos como los demás pueden alcanzar y trabajan para lograr esas metas sin comprometer su ética, había pocos candidatos.

¿Cómo será mi padre?, me pregunté entonces. ¿Será músico? ¿De él habré heredado mi oído musical? En ese instante pensé que, si así fuera, seguramente pertenecía al tipo de los Artesanos, de los artistas, del que formaban parte Elvis Presley, Marilyn Monroe o Bill Clinton. Busqué la definición de su temperamento en la página web de la prueba Keirsey: los Artesanos, explicaba el texto, tienen una habilidad especial para deleitar con su calidez, su sentido del humor, su frecuente habilidad para la música, para la comedia y para la actuación. Les interesa estimular a los demás para que hagan a un lado sus preocupaciones y disfruten de la vida. Rápidamente se convierten en el centro de atención del lugar donde se encuentren. Son buenos conversadores, fáciles de tratar, chistosos, acelerados, viven a la última moda, son la estrella de la fiesta. A ellos pertenece sólo el diez por ciento de la población. Así debe ser mi padre, me dije.

Volví a llamar a Jean François Delon. Se encontraba en su día libre. Me dijo que fuera a su casa a conversar con él.

—Más bien lo invito a tomar un café en algún lugar cercano. No quiero incomodar a su esposa.

De inmediato tomé el *subway* hacia el norte y me bajé en la estación más cercana de su casa. Habíamos quedado de vernos en un McDonald's situado a dos cuadras de allí. Cuando llegué, ya él estaba en el lugar, sonriente como de costumbre.

—¿Qué es eso tan urgente que quiere decirme, Estrella? ¿Va a contarme que decidió casarse con mi sobrino? —dijo con su eterna sonrisa.

—¡Cómo se le ocurre, Jean François!

—¿Por qué no? ¡Harían una muy buena pareja!

—No se nos ha ocurrido…

—Pues ojalá se les ocurra. Me encantaría. Y Jacques se pondría feliz. Usted es el tipo de mujer que él añora como nuera. Además, creo que tiene un leve parecido con la madre de Maurice…

—¿Habla en serio?

Jean François asintió…

—Pero yo no quería hablarle de Maurice sino de mi amiga, la que está buscando información sobre la inseminación artificial —dije—. Hoy comencé a hacer mi pasantía en el Children's Bank: de hecho, me sorprendió no verlo a la entrada, Jean François: no sabía que estaba en su día libre. Bueno, ocurre que a ella le han dicho que en los bancos de semen con frecuencia equivocan los archivos, confunden las probetas y no guardan la información de los donantes de esperma en un orden riguroso. Por eso me gustaría hablar con quienes se han encargado del archivo. Pregunté por esa persona, pero me dijeron que ahora no tienen a alguien específico a cargo de ese asunto, como antes. Tal vez usted, que lleva tanto tiempo trabajando en ese edificio, conozca al antiguo archivador.

El rostro de Jean François adquirió una expresión sombría.

—¡Sí que conozco a esa persona! Se llamaba Janice Friedman. Era una rubia espigada, de ojos azules, dulce, solidaria. Ella ha sido la mujer que más he amado en la vida. Estuvimos siete años juntos, antes de que yo conociera a Nancy. Pero Janice murió en un accidente. Yo iba conduciendo el auto, salíamos de una fiesta, nos habíamos tomado unos vinos y…

—¡Lo siento mucho, Jean François! No tiene que contarme más.

—No se preocupe, Estrella… La muerte de Janice fue para mí un golpe devastador. Y pensar que era yo quien iba manejando. Aún no me repongo.

—¿Se conocieron porque ella trabajaba en el New York Children's Bank?

—No, fui yo quien la recomendó para ese puesto. Resulta que hace treinta años, cuando el banco se estableció allí, el director, el doctor Sullivan, un médico especialista en genética, a quien yo conocía hacía dos años pues tenía su consultorio en ese edificio, me dijo que estaba buscando una secretaria que supiera de técnicas de archivo. Entonces le recomendé a Janice, que acababa de terminar un curso de secretariado. Le hicieron las pruebas de ingreso y la contrataron al poco tiempo. Duró un par de años como responsable del archivo, y luego la pasaron a labores administrativas: Janice era alérgica a los ácaros y le hacía daño pasar horas enteras escarbando esos papeles llenos de polvo.

—¿Y el archivo no estaba digitalizado?

—No en esa época.

—¿Usted sabe si el doctor Sullivan es todavía el director del New York Children's Bank?

—No, él se fue a dirigir un banco de semen en Boston. Ahora no sé quién lo sea.

—¿Y conoce al dueño?

—Era el padre del doctor Sullivan. Él murió y la empresa les quedó a sus dos hijos.

—¿Y quién es el otro hijo?

—Una mujer que vive en Alemania. Creo que eso es todo lo que puedo decirle.

Ya eran cerca de las tres y media de la tarde. Me despedí.

Antes de encontrarme con Maurice quería hablar un momento con Sara para poner en orden las ideas con ella y tener claros los pasos que debía seguir. Me acerqué a la universidad. La llamé: tenía apagado el celular. En su apartamento no respondían. Entonces me senté en la cafetería a reconstruir la información que había obtenido de Jean François: 1) En la época en que yo fui concebida el archivo se guardaba en papel. 2) Sólo el doctor Sullivan, su hermana y el actual director tienen acceso a ese archivo. 3) Mi próxima meta tiene que ser averiguar dónde guardan el archivo de hace veinticinco años o más.

Pronto serían las cinco. Di por terminada la jornada. Me dirigí a Washington Square para encontrarme con Maurice. En la plaza, un saxofonista interpretaba *Europa*, esa canción preciosa de Carlos Santana que tanto le gustaba a mi madre. ¿Qué será de tu vida, mamá? ¿Por qué han pasado tantos días sin que hablemos? ¿Se estará formando una brecha entre las dos?

Maurice Delon apareció en una esquina de la plaza: caminaba de prisa, llevaba *jeans*, camisa blanca y un suéter verde biche. Definitivamente era atractivo.

Sonrió al verme...

XV

Malik Sabbagh guardó silencio después de escuchar mi historia de los últimos años, cuando opté por alejarme de su lado, desechar el sueño de construir una familia con él y sepultar para siempre su recuerdo, porque abrigaba la esperanza de que su ausencia le abriría la puerta a la posibilidad de edificarme una nueva vida. Se sorprendió al saber que, ante su negativa de tener un hijo conmigo, yo hubiera elegido dar a luz una hija producto de la inseminación artificial, con semen de un donante que tuviera sus características. Quedó aturdido al darse cuenta de mi devoción por él durante los últimos cuarenta años de nuestra vida…

—Yo no merecía ese amor, Verónica —dijo después de un largo silencio—. No tuve el valor para amarte, no fui capaz de romper mis cadenas, pese a que decía que me preocupaba ante todo por conservar mi libertad; no logré salir de mi propia cárcel y viví décadas atado a una mujer que me servía pero a la que no amaba. Y a pesar de que te extrañaba, continué unido a esa esposa envejecida y ausente que, según descubrí después, me odió a lo largo de los treinta años que duró nuestro matrimonio.

Entonces Malik me contó esa historia suya de la que nunca me había hablado, esa sucesión de frustraciones y fracasos que arrastraba desde su infancia, cuando creció al lado de un padre inalcanzable y autoritario que todo lo prohibía, de una madre estricta que todo lo solucionaba sin afecto y que parecía no necesitar nada ni a nadie, de un montón de hermanas que tejían, cocinaban y cosían y de un hermano apenas un año mayor, que todo lo sabía, todo lo podía, todo lo estudiaba, que asistía a la mejor escuela, obtenía las calificaciones más altas y era el orgullo de la familia, mientras él era el desjuiciado, al que apodaban para nada... Entonces sus hermanas, por ser mujeres, y su hermano, por ser mejor, eran los que obtenían los premios y las pequeñas recompensas: el paseo dominical, el helado de chocolate a la hora del almuerzo, el dinero duplicado para las onces, el permiso de salir, el viaje de vacaciones, el vestido nuevo, el derecho de pasar más tiempo con el padre, el beso de la madre... Por eso Malik se habituó a vivir en frustración permanente, a aceptar las prohibiciones, las ausencias y el desamor, a vivir con un temor invencible a transgredir las normas, a no poder alcanzar sus metas a pesar de su aguda inteligencia, a no ser capaz de terminar una tarea, a causar daño. Por ello, desde su infancia, su vida se volvió una angustia continuada, un desierto de esperanza, una sinsalida al desamor, y sólo el abandono de su esposa logró rescatarlo de ese infierno.

Un día, sin proponérselo, Malik Sabbagh descubrió en el desván de su casa, entre un baúl que su mujer mantenía siempre cerrado con candado, pero que por alguna razón había dejado abierto, centenas de cuadernos escritos de su puño y letra, una especie de diario que ella había ido llenando cada uno de los catorce mil seiscientos treinta y cinco días en los que había vivido a su lado, y cuyas páginas estaban repletas de insultos, improperios y humillaciones contra él. Gracias a eso, Malik fue capaz de dejarla pero habiéndose atrevido antes a decirle que no soportaba más sus irrespetos, su suficiencia, su orgullo, sus humillaciones, sus críticas permanentes, sus reclamos porque sí y porque no, en especial porque con el sueldo de catedrático a duras penas pagaba unos pocos gastos de la casa. Sí, Malik Sabbagh por fin se atrevió a gritarle a Florencia Sutacá que no aguantaba más sus desatenciones, sus abandonos permanentes y su falta de amor, y se fue para siempre de esa casa desierta de cariño. Entonces, por fin, alcanzó uno de sus sueños: vivir en el campo, en medio de la naturaleza, cuidando un pequeño hato lechero, enseñando Matemáticas en la escuela secundaria de un pueblo y despertándose en la madrugada para meditar sobre una inmensa piedra, desde la cual se sentía en contacto con el universo mientras esperaba el canto de los pájaros al amanecer.

—Quiero recuperar el tiempo perdido contigo, Verónica —dijo de pronto.

Lo miré a los ojos.

—Ya es demasiado tarde —respondí—. Ya se nos pasó la vida. Sólo tenemos delante la vejez. Y a mí se me agotó el amor de tanto esperarte.

Estaba exhausta: un cansancio profundo envolvía cada músculo de mi espalda y me llenaba de pesadez los brazos y las piernas. Me recosté en la cama. A medianoche me despertó el repicar del teléfono:

—Mami, ¿estás bien? Llevo días sin saber de ti.

—Estoy bien, Estrella, no te preocupes.

—No eres la misma… ¿Te pasa algo? ¿Estás molesta conmigo?

—¿Molesta? No. Es que… tengo que darte una noticia: apareció Malik Sabbagh.

—¿Qué dices?

Estrella no podía creer que el azar me hubiera atropellado de nuevo. Pero menos podía entender que yo hubiera rechazado a Malik, que había sido, más que el amor, la obsesión de mi vida.

—¡Eso sí que no lo comprendo, mamá! —exclamó—. Después de que arruinó tu vida, que existía sólo en retratos colgados de las paredes de la casa, que fue el causante de que yo no tuviera un padre de verdad, que estampó en mi mente la imagen de los hombres como fuentes de frustración y de abandono, como unos seres ausentes, inalcanzables e innecesarios; después de que pensaste en él cada uno de los días de tus últimos cuarenta años y, muchas veces, te sorprendí llorando en silencio ante su recuerdo… después de todo eso, ahora que regresa de nuevo a ti con la intención de que recuperen el tiempo perdido y por fin vivan juntos a la luz de todos; ahora que ya puedes cumplir tu sueño y salir de tu soledad, ¿te das el lujo de decirle no, gracias?

—Es que se me acabó el amor, Estrella.

—Mira, mamá: ya está tarde, yo tengo que madrugar, mejor dejemos esta charla para después.

Cuando escuché en la bocina que Estrella me había colgado el teléfono, me enfurecí. Quería decirle que no se entrometiera en mi vida, que no tenía derecho de hacerlo, que ya me había hecho suficiente daño con su abandono, que yo no merecía ese trato, que de hecho era grande la amargura que vivía yo con su ausencia para que ahora pretendiera indicarme qué debía o no hacer.

Entonces recordé la herramienta que me había dado Pedro Alcántara. Me acomodé en la poltrona de mi cuarto, cerré los ojos, aflojé los músculos y me imaginé a Estrella sentada en el sillón mientras yo la regañaba. Luego apareció sentado un muñeco sin cara: estaba amordazado, tenía los pies y las manos atadas, trataba de hablar y no podía, quería zafarse las amarras pero no era capaz. Quise pegarle. Sin embargo, me detuve. Tuve el impulso de desanudar sus ataduras... Pero retrocedí... Entonces me alejé y en la distancia observé cómo, poco a poco, el muñeco fue transformándose en un hombre con una musculatura de atleta, que empezaba a forcejear cada vez con más fuerza hasta que por fin zafaba el lazo que le amarraba los pies, y empujaba con las rodillas la cuerda que le ataba la mano derecha y, cuando la soltaba, desamarraba los lazos de la mano izquierda, así como el trapo que tenía anudado en la nuca y que le tapaba la boca, y el muñeco pegaba un alarido y, en ese instante, adquiría la figura del joven Malik Sabbagh. Pero yo permanecía impávida ante él, inmóvil, insensible, neutra... No me provocaba acercármele, ni acariciarlo, ni agredirlo. Sólo me interesaba observarlo.

Me levanté de la poltrona, puse el concierto de violín de Beethoven y me quedé dormida.

XVI

—¡Qué dice la Estrella luminosa! —me dijo Maurice, al tiempo que abría los brazos para abrazarme.

Era definitivamente cálido, atractivo... No cabía duda de que cada vez se interesaba más en mí.

Me propuso que fuéramos a Dante, un café italiano localizado en la calle McDougal.

—Hablé con tu tío. Pero no le conté la verdad: temo que le parezca indebido lo que estoy haciendo.

—¿Y qué te importa si le parece indebido? —repuso.

—¿Y si le revela mi propósito a alguno de los funcionarios del New York Children's Bank?

—¡Él no haría eso, Estrella!

Invité a Maurice a que habláramos de otro tema, o a que mejor nos fuéramos a bailar.

—No quiero obsesionarme con esa investigación —le comenté.

—Me parece fantástico. Esa es la mejor noticia que me han dado en mucho tiempo —dijo.

Al terminar la cena, Maurice me dijo que visitáramos El Corso, un sitio donde se bailaba al ritmo de los mejores conjuntos de salsa y de música del Caribe. Esa noche se presentaba allí Maía, una colombiana que, con su energía, su ritmo barranquillero y su voz similar a la de Celia Cruz, ponía a bailar hasta al más reacio. Cuando llegamos, Maía interpretaba *Niña bonita*. De inmediato, Maurice y yo nos trenzamos en un abrazo lleno de ritmo que al compás del son nos hacía ver como bailarines expertos y acoplados desde hacía mucho tiempo.

La noche era propicia para que surgiera entre ambos una relación más cercana. A mí me gustaba Maurice y él sentía atracción por mí. A medida que bailábamos nos juntábamos cada vez más. Sin embargo, algo me detenía, algo me impedía derrumbar mis murallas para permitir que Maurice entrara de verdad en mi vida. No sé si se debía a que siempre le había temido a la cercanía de los hombres.

Me despedí de él antes de la medianoche. Quería llegar pronto a casa.

Hacía días que no hablaba con mamá. No había mensajes suyos en el contestador: ¿por qué no me habría llamado? ¿Estaría bien? Ya eran más de las doce. No obstante, marqué su teléfono: necesitaba oírla. Nadie contestó. No podía dormir. Trataba de concentrarme en contemplar ovejitas en mi mente, en imaginármelas como un gran rebaño que se encontraba en un potrero y debía contarlo antes de que pasara a la pradera contigua. No obstante, la voz de mamá relatando su increíble historia interrumpía mis pensamientos: «Apareció Malik», oía que me decía. Pero «Se me acabó el amor, Estrella». Y esas dos frases se repetían como un estribillo en mi cabeza. No lograba entenderla: se había pasado desde los diecinueve años hasta los cincuenta y nueve añorando tener a ese hombre; se había negado a aceptar el amor de Peter Stein, un empresario inteligente, apuesto, que deseaba casarse y construir una familia con ella, porque insistía en que ella amaba a Malik Sabbagh; había esperado todo ese tiempo que él volviera, y ahora que regresaba, ¿lo rechazaba? Eso no tenía sentido, y menos en esos momentos en que mamá se hallaba sola, jubilada, sin obligaciones que le impidieran vivir en cualquier parte y con quien ella deseara, sin limitaciones ni barreras distintas de las de su propia imaginación. Definitivamente, el comportamiento de mamá no tenía explicación, a no ser que estuviera desquiciada. ¿Lo estaría? ¿Lo habría estado durante toda su vida? ¿Sería yo un producto de su locura? Pensé en llamar a Pedro Alcántara, pero eso equivaldría a volverme como mi madre: invasiva, entrometida, irrespetuosa de su autonomía y de su privacidad.

La ciudad amaneció cubierta de aguacero. El otoño aparecía inconfundible, con sus lluvias frecuentes y sus ventarrones helados. Comenzaba octubre: los árboles empezaban a mutar el verde de sus hojas por los tonos sepia que anunciaban la proximidad del invierno. Las mañanas luminosas de septiembre se habían vuelto recuerdo.

Nueva York me pareció hostil esa mañana. Me aterró imaginar la posibilidad de que mi madre no hubiera adquirido el semen de mi padre en el New York Children's Bank sino en el Sperm Bank. Pensé sin embargo que, como este último estaría cerrado hasta el 15 de noviembre y lo único que podía hacer por ahora era continuar con la investigación en el New York Children's Bank, debía confiar en que allí estuviera la información sobre mi padre y recopilar todos los datos posibles para entregarle al profesor Johnston, al final del mes, un primer borrador aceptable. Llamé a Sara. Le relaté mi conversación con Jean François y le leí el resumen de mis siguientes tareas.

—Ya vas aprendiendo a ser periodista —afirmó—. Ahora lo principal es que ubiques ese archivo en papel. Tal vez Katty te pueda ayudar.

—¡Pero Katty está de licencia, Sara! Y debe estar a punto de tener su bebé. No puedo ser tan imprudente.

—Mira a ver qué te inventas.

Philippe me recibió con la noticia de que ya me había hecho el contacto con la persona que en el New York Children's Bank podría darme toda la información que yo necesitara sobre los métodos de inseminación, sus costos y el proceso de selección de los donantes.

—Se llama Carol Bitterman. La recibe hoy a las once de la mañana —me dijo.

Le entregué las evaluaciones examinadas por mí y le pregunté si Katty ya había dado a luz.

—En dos días van a hacerle cesárea. El médico consideró que, dada su edad, era mejor no correr riesgos.

—Me gustaría llevarle un regalo para su niño. ¿Cree que se moleste?

—¡Por supuesto que no! ¡Le encantará! —dijo.

—¿Conoce a Katty desde hace tiempo, Philippe?

—Solo desde hace un año, cuando ingresé a trabajar al New York Children's Bank.

En ese momento, un jovencito rubio esperaba a que lo atendieran. Parecía avergonzado.

—Vengo a donar —escuché que decía sonrojado y en voz baja.

—Siga —le dijo Philippe—. Aquí está su probeta, y el video está puesto en el DVD. No tiene sino que oprimir el control.

—¿Video? —le pregunté al francés en cuanto el joven cerró la puerta del cubículo que le habían asignado.

Se rio.

—A todos se les ponen películas pornográficas. Si no, ¿cómo logran inspirarse? —exclamó Philippe.

Me invadió entonces una ira incontenible contra ese hombre anónimo que era mi padre y quien, seguro, igual que el idiota que acababa de encerrarse en ese cubículo, por dinero había respondido al estímulo de una sucia y vulgar película porno: ese era mi sórdido origen. No había nada que hacer. No podía remediarlo. ¿Y todavía mi madre pretendía que yo no sintiera rabia contra ella? Si fue mamá quien buscó traerme al mundo de esa forma tan poco estimulante, si fue ella la que optó por concebirme sin amor, ¿cómo no iba yo a culparla por mi ausencia de raíces?

—Siga —me dijo Carol Bitterman.

En su tarjeta de presentación figuraba que era sicóloga. Pensé que debía cuidar lo que dijera, de modo que no sospechara de mis propósitos. Me entregó un folleto con la información básica del New York Children's Bank, me dijo que la mirara, que regresara más tarde y que entonces le hiciera todas las preguntas que se me ocurrieran.

Un librito de veinticuatro páginas, más de la mitad de ellas colmadas con fotografías de familias blancas que parecían felices con sus bebés, hablaba de los orígenes de los bancos de semen, que empezaron a fundarse en los comienzos de la década de los setenta, luego de que se anunció en un congreso de genética que, en 1953, se había realizado con éxito el primer embarazo proveniente de semen mantenido bajo congelación. El folleto traía retratos de parejas de todos los estilos: hombres y mujeres que contaban que el marido era estéril, o tenía algún defecto o lesión que se transmitía genéticamente, o había adquirido una enfermedad, o su esperma era débil y no había logrado embarazar a su mujer, lo cual minaba su autoestima y le hacía sentir su masculinidad disminuida; había parejas de mujeres que decían que llevaban una buena relación pero que se sentían incompletas porque les faltaba un hijo, e incluso parejas de mujeres en las que ambas habían tenido hijos del mismo donante; había mujeres solas que, o bien se habían casado con la esperanza de tener hijos pero al final el marido se había negado, o bien no se habían organizado en pareja y ya se les estaba pasando la edad de procrear, como había sido el caso de mi madre. No había parejas de hombres con hombres, lo cual me hizo pensar en que mamá tenía razón al decir que a los hombres, en realidad, las mujeres no los necesitamos para mayor cosa; tal vez para que levanten objetos pesados, o para que nos carguen las maletas, o para que reparen la nevera, o para que arreglen la licuadora, o para que nos hagan los trabajos que requieran esfuerzo físico. Pero si hay formas de autosatisfacer nuestro impulso sexual y si existen los bancos de semen que nos proporcionan los hijos que queramos tener, ¿para qué más nos sirven los hombres?

Al concluir la sección de fotografías, un subtítulo explicaba lo que podría esperar un usuario de un banco de semen: «Si usted forma parte de una pareja con un problema de reproducción masculina, o si conforma una pareja de mujeres que desean un hijo, o si es una mujer sola que ha elegido ser madre, puede encontrar en un banco de semen la solución de sus necesidades. Pero no puede obtener la garantía de que tendrá una concepción exitosa, o un parto sin complicaciones, o un bebé sano, o de inteligencia superior, o con talento para la música, o con determinadas características físicas». Y agregaba: «La leyenda cuenta que una vez la famosa bailarina Isadora Duncan le escribió a Bernard Shaw: "Usted tiene el mejor cerebro del mundo y yo el cuerpo más bello; de modo que nosotros deberíamos producir el hijo más perfecto". Y se dice que Shaw le respondió: "¿Y qué sucedería si el niño heredara mi cuerpo y su cerebro?"».

—Por lo menos en este banco de semen tienen sentido del humor —dije.

En el folleto se describían después los costos de los procedimientos: tener un hijo de inseminación artificial podría valer unos mil seiscientos dólares si el embarazo ocurría en la primera inseminación, lo que no era usual, ya que normalmente la concepción se producía en la cuarta parte de los intentos. Y cada pajilla adicional con su envío valía, según el destino y la velocidad del despacho, cerca de ochocientos dólares si se trataba de un donante anónimo y de novecientos si el donante era conocido. Y si el método de inseminación escogido era intracervical, que ofrecía más garantías de éxito, valía unos cien dólares más que si era intrauterino. Pero también había tarifas adicionales para acceder a un perfil extenso del posible donante, a un ensayo escrito de su puño y letra, a un análisis grafológico, a una conversación suya, a un test de su personalidad y a sus retratos de infancia. Y luego, aun cuando era factible que las mujeres se autoinseminaran si escogían el método de inseminación intrauterina, debían tener un ginecólogo personal que ordenara el pedido y que les hiciera la inseminación: no se realizaban despachos de semen si no había un médico responsable de practicar el procedimiento.

En el folleto no se hablaba del tema que a mí me interesaba conocer: ¿qué sucedía si un día la persona nacida de inseminación artificial quería conocer a su padre y él era un donante anónimo? Me armé de valor y regresé a la oficina de

Carol Bitterman. Me preguntó si prefería que habláramos en español. Cuando escuché su castellano casi perfecto, con un dejo de acento del Caribe colombiano, le pregunté la razón. Entonces ella, una sueca de unos treinta años, me contó que había llegado a estudiar Sicología en la Universidad de Nueva York y, allí, había conocido a su marido, Amílkar Fiorillo, un barranquillero hijo de un director de cine amigo de mi madre. Descubrir ese vínculo hizo que pronto entráramos en confianza.

Carol me preguntó si deseaba que abriéramos de una vez mi historia, pero le dije que antes prefería recopilar toda la información para después tomar la decisión final. Le hice las preguntas obvias. Luego averigüé por qué la mayoría de los casos publicados en el folleto se referían a inseminaciones de mujeres blancas.

—Porque la mayoría pertenece a esa raza. Pero si usted quiere inseminarse con esperma de donante negro, puede consultar nuestro catálogo. Aquí está: hay varios —dijo, y me entregó el índice de donantes.

—Seguramente, escogeré un donante negro —le dije, y luego pregunté—: ¿Qué pasaría si un día mi hijo quisiera conocer a su padre?

—Es muy sencillo —repuso—. Escoja a un donante abierto y, cuando su hijo tenga dieciocho años, puede acudir al New York Children's Bank y obtener el nombre de su padre. Y si quiere hablar con él, le preguntamos al donante, y si él está de acuerdo, los ponemos en contacto.

—¿Y si el donante es anónimo?

—¡Pues si tiene ese temor escoja un donante abierto! O elija a un amigo suyo que quiera darle su semen. Ese servicio también lo prestamos aquí, sin necesidad de que haya una relación sexual entre ustedes.

—Pero si el donante es anónimo —insistí.

Entonces Carol Bitterman me miró con curiosidad o compasión, no sé, y me dijo:

—Estrella, ¿por qué está usted aquí?

XVII

Me despertó el crepitar de la lluvia después del amanecer. Bogotá estaba teñida de un gris intenso.

Recordé entonces esa tarde en que terminaba mi tercer semestre en la universidad. Me sentía feliz porque al día siguiente viajaría a Caracas con Malik Sabbagh, para tomar de allí una avioneta que nos llevaría a Los Roques, ese archipiélago venezolano que es un paraíso, en el que el mar de agua cristalina y tonos azules y verdes tiene un fondo de arena blanca y brillante, y las gaviotas, los pelícanos, los pájaros de infinitas especies y colores llegan de un solo golpe a la hora del crepúsculo y se posan en las canoas de los pescadores, en las piedras y en las quillas de los barcos; un paraíso salvaje al que aún no ha llegado la civilización y en el que las calles polvorientas todavía no están contaminadas con los gases que expelen los carros.

Íbamos a permanecer cinco días juntos en un hotelito encantador atendido por su dueño, un chef maracucho de origen italiano. Ese viaje, que yo había ido adquiriendo por cuotas durante el último semestre, sería mi regalo de cumpleaños para él. Había empezado a prepararlo once meses atrás, cuando comencé a dictar clases de Español en un colegio y ahorré todos mis ingresos para cumplirle a Malik mi promesa de invitarlo a pasar conmigo unas vacaciones.

Al llegar a la facultad para mirar mi casillero y recoger las calificaciones del semestre, encontré una carta suya. Me emocioné al reconocer su letra. Pero, al leerla, mis ilusiones construidas durante tantas semanas se hicieron añicos.

Verónica:

Después de meditarlo durante días, te escribo esta carta con el corazón afligido por el riesgo de que mis palabras te lleven a tomar la decisión de no vernos más. Pero no puedo actuar de otra manera...

No voy a ir a Venezuela contigo, no puedo hacerlo: tengo una familia, dos hijos por quienes debo velar y para quienes tengo que ser un ejemplo del que se sientan orgullosos. No puedo arriesgar así la estabilidad de mi hogar, que es lo único que tengo. Sé cuánto has soñado con ese viaje de los dos... Sin embargo, no puedo acompañarte. Pero ve tú, Verónica, invita a una de tus amigas (¡tienes tantas y te quieren tanto!), tómate ese descanso, te lo mereces...

Aquí me encontrarás siempre que quieras hallarme. Valoro el ser que en ti habita y honro tu esencia. Ya habremos de encontrarnos en el camino. Con un abrazo te digo: ¡Gracias por permitirme soñar!

¡Gracias, Verónica!
Malik

Dejé la carta en el casillero y caminé sin rumbo. Un vacío me invadía la boca del estómago. Un sudor frío me humedecía el rostro. Tomé un taxi, le pedí al conductor que me llevara a la avenida Circunvalar con calle 70 por donde pasa una quebrada, y ascendí hasta la cima del monte por el sendero que corre paralelo a su cauce, y en la cumbre, cuando ya no vi gente cerca, grité durante no sé cuánto tiempo. La lluvia arreció. Permanecí inmóvil bajo el aguacero. Más tarde, empapada, me devolví a la casa, me puse la ropa de dormir, me acosté en la cama y, por fin, conseguí llorar. Por fortuna, mi padre se encontraba en un viaje de trabajo: yo no tenía ánimo para tolerar presencia alguna.

Decidí viajar sola y pasar esos días meditando en soledad junto al mar cristalino de Los Roques. Sin embargo, no perdía la esperanza: llamé a Malik y le dejé un mensaje en su buzón de voz:

—Viajo mañana a Caracas, como estaba planeado. Ojalá cambies de opinión.

Eran apenas las seis de la tarde. De pronto, un sueño profundo se apoderó de mí. Dormí sin parar hasta las cinco de la mañana, la hora precisa en que debía levantarme para llegar a tiempo al aeropuerto con el fin de tomar el vuelo a Caracas. Empaqué mi maleta con los atuendos nuevos que había conseguido, los dos bikinis en azul y amarillo, el *déshabillé* de seda blanca, los vestidos de verano, los collares de colores, el maquillaje de moda… Aún esperaba un milagro… Revisé el buzón de mi celular: sólo había un mensaje del operador en el que se me indicaba que en dos días se vencería el plazo para pagar el servicio. Tal vez Malik llegue al aeropuerto, pensé.

Cuando retiraron la escalerilla del avión y cerraron la puerta, acepté que definitivamente Malik no iría, y tal vez fue en ese instante cuando decidí sin darme cuenta que permanecería sola el resto de mis días.

Miré el reloj: eran las seis de la mañana; aún podría dormir un rato antes de ir al gimnasio y alistarme para llegar a las diez a mi cita con Pedro Alcántara. Me recosté un momento.

¿Qué le habré visto a ese hombre?, me pregunté entonces al evocar en duermevela mi viaje solitario a Los Roques. ¿Qué poder ejercía Malik Sabbagh sobre mí para que me mantuviera atada a él durante los mejores cuarenta años de mi vida, pese a que no me había prometido nada, que había tenido tan poco tiempo para mí y que no me había dado casi nada de sí mismo? Habían pasado cuatro décadas y yo no sabía aún qué sentía Malik Sabbagh ni cuáles eran sus sueños, qué lo motivaba, a quién había amado, a quién amaba, qué temores albergaba o qué pasiones lo movían. En el fondo, ¿quién era él? ¿Era un buen ser humano o era un hombre incapaz de amar? ¿Qué aroma irresistible despediría para que me hubiera enamorado de él de esa manera tan obsesiva? ¿Con qué pócima me habría embrujado? ¿A quién me evocaría? ¿Qué necesidad profunda me llenaría? Esas preguntas me las repetí una y otra vez esa mañana, pero no obtuvieron respuesta.

Fui al gimnasio. Hice un rato de aeróbicos, y luego me puse los guantes de boxeo y le pegué a la perilla con toda mi fuerza, hasta quedar exhausta.

A las diez en punto toqué a la puerta del consultorio de Pedro Alcántara.

—Adelante —me dijo inexpresivo.

Permanecí unos minutos sin pronunciar palabra. De pronto interrumpió mi silencio:

—¿No quieres tener sesión hoy? —me preguntó.

Entonces me sorprendí al escucharme:

—Tengo mucha rabia.

—¿Rabia contra quién?

—Contra mí misma, Pedro…

XVIII

Katty Parker se veía complacida.

—¡Gracias, Estrella! —repetía—. A Emma le va a encantar el conejito. Yo siempre había soñado con tener un hijo, ¿sabe? Y ya había perdido las esperanzas. Pero en el momento menos pensado quedé embarazada.

—¿Nunca consideró inseminarse?

—No —respondió tajante.

Esperé un momento y pregunté:

—Katty, ¿usted está de acuerdo con que una mujer sola se insemine?

—No —dijo—. Más importante que satisfacer la necesidad de la mujer de ser madre es que los hijos crezcan junto a un padre que los ame.

—Pero también es justo que si una mujer no tiene un hombre a su lado pueda llenar su necesidad de ser madre, ¿no le parece?

—¿Y no cree que más importante que satisfacer la necesidad de la madre es llenar la del niño?

—Tal vez tenga razón —afirmé, cuando lo que de verdad quería decirle es que estaba segura de que se hallaba en lo cierto.

Le manifesté que aún no había decidido inseminarme y que tenía dudas, pues temía que el banco de semen no fuera riguroso en la selección de donantes y confundiera las muestras.

—El banco es riguroso en los exámenes genéticos, que es lo fundamental. De modo que si confunde una muestra, ¿qué más da?

—No sé —le dije—. Por ejemplo, no me gustaría que si quiero que mi hijo sea negro, resulte blanco. O que cuando sea mayor, si desea encontrar a su padre, el banco lo envíe donde el donante equivocado.

—Eso no es posible hoy, Estrella. Los protocolos de manejo del archivo digital son muy seguros. Tal vez esos errores podían ocurrir cuando el archivo se llevaba en papel.

Entonces le pregunté si había conocido a Janice Friedman, una rubia de ojos azules que manejaba el archivo y había muerto hacía tiempo en un accidente.

—No la conocí, pero me hablaba de ella su sucesor en el cargo, Perry Newton, un negro que se jubiló hace unos cinco años. ¿Por qué le interesa?

—¡Curiosidad, no más! —me apresuré a contestar—. Ella fue el amor de la vida de Jean François, el recepcionista del edificio. ¿Usted tiene el teléfono de Perry Newton?

—No. Pero recuerdo que una vez lo acompañé a su casa: vivía en un edificio localizado en la esquina de la calle 116 con Riverside Drive... Estrella, ¿qué es lo que está buscando?

Debí sonrojarme.

Katty Parker pareció extrañada. En ese instante pensé que era preferible decirle la verdad. Pero después temí que, si lo hacía, me retiraran del empleo, con lo cual tendría que desistir de mi plan. Y, en ese caso, se me haría mucho más difícil descubrir mi origen. Le dije que ya me iba para que pudiera descansar. Sin embargo, antes de despedirme, le pregunté:

—Katty, ¿usted sabe qué hicieron con el archivo que llevaban en papel?

Entonces me miró detenidamente, como examinándome, y respondió:

—No, Estrella, no lo sé.

Sara Yunus me esperaba en su apartamento del norte de Manhattan, un pequeño estudio localizado en el piso 20 de un edificio situado en la avenida Amsterdam con calle 118.

La mesita que hacía las veces de comedor estaba debidamente puesta, con mantel y vajilla sepia, dos copas, una botella de vino blanco y una rosa amarilla sobre cada plato.

—¡Hoy cumplo veinticinco años, Estrella!

—¿Por qué no me lo habías dicho?

—Porque no me lo habías preguntado —contestó riéndose.

Entonces agregó que no le gustaba que sus amigos se molestaran llevándole regalos, pues para ella el mejor homenaje era que le brindaran su amistad; y afirmó que le encantaba celebrar el cumpleaños con ellos y preparar una cena para la ocasión.

—¿Sabías que Gabriel García Márquez decía que la muerte es no poder estar con los amigos?

—¡Qué bonito!

—¿Y sabías qué más decía él que había creído siempre?

—¿Qué, Sara?

—¡Que uno nace con sus polvos contados: polvo que no se echa, polvo que se pierde para siempre! ¡Qué frase tan sabia! —agregó muerta de la risa. Entonces confesó que sus mayores aficiones eran cocinar, bailar y leer a García Márquez—. Es que cocinando me permito inventar; bailando me permito ser yo; y leyendo a García Márquez me atrevo a percibir cómo es mi mundo, porque siempre encuentro en los personajes de sus novelas algo que me es familiar: o mi padre es tan coqueto como José Arcadio Buendía, o mi madre tiene tantos defectos como Fernanda del Carpio, o mi exsuegra es un ser tan lamentable como Bendición Alvarado, o yo me doy cuenta de que en el fondo quisiera ser como Pilar Ternera pero no me atrevo…

—Y mi mamá es como Amaranta, que vivió toda la vida esperando el amor de un hombre y, cuando por fin él fue a buscarla, ella lo despreció. Solo le falta tejerse su propia mortaja.

—¿Cómo así? ¿El tal Malik volvió donde tu madre?

—¿Cómo te parece? Y ahora mamá dice que se le acabó el amor.

Sara se dispuso a servir la cena sin salir de su asombro. Había preparado una entrada de berenjenas a la parmesana y un plato fuerte compuesto por langostinos flambeados en coñac y marinados en pimentones verdes, rojos y amarillos, acompañados con tomates horneados y arroz de almendras rociado con perejil y, de postre, un esponjado de higos con crema de leche.

—Para mí es de mal agüero partir la torta y permitir que me canten el feliz cumpleaños.

—¡Entonces brindemos por la vida! —dije, alzando mi copa—. ¡Que tengas una vida plena, Sara Yunus!

—Gracias —repuso ella—. Y yo te propongo que brindemos porque tú descubras quién es tu padre y, después, halles la felicidad. ¿Has pensado bien a qué obedece tu obsesión por encontrarlo?

—Creo que se debe a que necesito saber quién soy, Sara —le dije.

—¿Y no será que lo que necesitas es que la figura de tu padre tenga una forma, una voz, un contenido definidos para que a su vez los hombres que pasen por tu vida adquieran solidez y puedas construir relaciones estables, en vez de que los hombres desfilen por tu vida como olas que te llegan pero siempre se van? Mírate, Estrella, tú eres muy atractiva…

—No sé qué decirte —la interrumpí con los ojos llenos de lágrimas.

—Perdóname, no quería herirte —dijo—. ¡Mejor dejo las especulaciones! Más bien cuéntame en qué va tu investigación.

Al oír el relato de mis conversaciones con Carol Bitterman y Katty Parker, Sara me advirtió:

—¡Eres muy imprudente, Estrella! ¡Si sigues equivocándote, pronto van a sospechar de ti y van a despedirte! Lo que tenías que hacer era averiguar sin más rodeos dónde guardan el archivo en papel.

—¿Y si buscamos a Perry Newton?

—Puede ser. Pero primero pregunta en el New York Children's Bank dónde están esos fólderes.

Iban a ser las once de la noche.

Caminé hacia la estación del *subway* y me detuve en la calle 116 con Broadway, pero seguí hasta la 114 y crucé hacia el oeste rumbo a Riverside Drive. Estaba a un par de cuadras de donde me había dicho Katty que vivía Perry Newton. Nada perdería con ir a mirar el lugar. Al acercarme al sitio, vi a una negra que ingresaba a uno de los edificios de las esquinas. Apresuré el paso y le pregunté si allá vivía Perry Newton.

—Es mi vecino, pero está de viaje. Es difícil encontrarlo —dijo con expresión de disgusto.

—¿Por qué?

—Él es el ayudante del pianista Jacques Delon y se la pasa en giras con él. ¡Y a mí me deja encargada de su apartamento! ¡Ya estoy hasta la coronilla con eso! ¡Ayer se le rompió una tubería!

—¿Y cuándo regresa?

—Nunca se sabe…

Me despedí de la vecina de Perry y me alejé pensando en que no sabía si era el destino o era la vida lo que me empujaba hacia Maurice Delon: ahora resultaba que quien probablemente había guardado la información sobre la identidad de mi padre trabajaba con el suyo. Marqué su teléfono, pero me respondió el contestador automático. Pensé que probablemente habría salido de Nueva York en ese largo fin de semana del 12 de octubre. Pero entonces me di cuenta de que era ya la mitad del mes y que solo faltaban dos semanas para el día de la entrega del primer borrador de mi investigación al profesor Johnston. Y todavía no tenía nada para mostrarle. Me llené de angustia: ¿qué haría si antes de esa fecha no aparecía Perry Newton? Marqué de nuevo el teléfono de Maurice y le dejé un mensaje: «¡Te necesito con urgencia, mi amor!».

¿Por qué le había dicho así?, me pregunté luego.

Tomé el metro. Durante el viaje de regreso a mi apartamento pensé que si Katty Parker creía que los hijos necesitaban a su padre, seguro comprendería mi angustia por hallar el mío, y que si se enteraba de la verdad, no me delataría. Entonces decidí que si en tres o cuatro días no descubría dónde guardaban el archivo viejo, le revelaría la verdadera razón de por qué estaba trabajando en el New York Children's Bank.

En el contestador de mi casa solo encontré un mensaje de Sara Yunus:

—Quería saber si habías llegado bien y agradecerte tu compañía hoy. También quería ofrecerte disculpas por haber ahondado tus heridas, Estrella... ¡Perdona mi imprudencia!

En ese instante reviví el hueco que desde la muerte de mi abuelo se me había formado en el alma: el viejo Samuel había ocupado en mi vida un puesto que no era el suyo y, con una bondadosa impostura, en mis primeros años me había dado a entender que él era mi padre y luego, poco antes de morir de repente, ante una inocente pregunta mía que ya no recuerdo, me contestó: Es que yo no soy tu papá, yo soy tu abuelo... Entonces le perdí la confianza y, crecer con la duda de quién era mi padre, que mamá despejó demasiado tarde, me sumergió en un pasado de arena movediza y me convirtió en una niña llena de incertidumbres e inseguridad.

La mañana auguraba que habría lluvia todo el día. Había despertado con la sensación de que algo importante iba a sucederme. Quizás se debía a que había soñado que una bandada de gaviotas blancas, que volaban alineadas sobre el mar, llegaban al mismo tiempo a un gran acantilado contra el cual reventaban unas enormes olas blancas y se posaban en la roca más alta. Entonces caía en picada una gaviota negra y se situaba en el centro del círculo que acababan de formar a su alrededor las gaviotas blancas. ¿Qué significaba ese sueño? ¿Sería una premonición? ¿Descubriría a mi padre?

Mi celular indicaba que eran las seis y diez de la mañana del 13 de octubre. En el buzón se oía la voz de Maurice: «Son las cuatro de la madrugada, Estrella. Acabo de escuchar tu mensaje. ¡Perdona que te llame a esta hora! Pero como me decías que me necesitabas con urgencia... Además, con unos cuantos vinos adentro, te confieso que me habría fascinado encontrarte despierta a esta hora y cantarte:

Listen, do you want to know a secret?
do you promise not to tell?
Woh, woh, who
Closer, let me whisper in your ear,
say the words you long to hear,
I'm in love with you…

¿Por qué no permitirme conocer íntimamente a Maurice?, me dije. ¿Qué tal que él sea el hombre con el que pueda anclar y quedarme para siempre?

Quería conversar con alguien. Pero no tenía deseos de hablar con mamá. Maurice debía dormir aún. Entonces recordé que Jean François Delon debía estar a punto de terminar su turno en el trabajo. Lo llamé: acordamos vernos una hora más tarde para desayunar juntos en la cafetería situada en la esquina del New York Children's Bank.

Jean François, apuesto como de costumbre a pesar del cansancio que se le reflejaba en los ojos, me esperaba junto a la mesa frente a la puerta.

—Te ves mejor cada día, Estrella: ¿no estarás enamorada? —me dijo con picardía en cuanto me vio, y agregó—: ¿Qué hay de mi sobrino?

Le contesté la verdad a medias: le dije que hacía días no lo veía, pero no que esa madrugada me había grabado en el teléfono una serenata de amor.

—¡Yo no pierdo las esperanzas, Estrella! —exclamó riendo.

Evadí el tema. Entonces le conté que la tarde anterior había visitado a Katty Parker, que estaba a punto de que le hicieran la cesárea, y que ella me había hablado de Perry Newton, un amigo de Janice, su antigua novia. De inmediato, Jean François adoptó una expresión de disgusto.

—¿Lo conoces? —le pregunté.

—¡Por desgracia sí! Estaba obsesionado con Janice: ¡la asediaba! Una noche, borracho, me agredió. ¿Sabes, Estrella? Perry Newton es la persona más desagradable que he conocido en mi vida.

—Y me contaron que trabaja con tu hermano…

—Sí, ¡qué mala suerte la mía! Ahora él es la mano derecha de Jacques.

XIX

—Pienso en Malik Sabbagh y me invade un sentimiento de frustración, de ilusiones fallidas, de promesas incumplidas, de compromisos desatendidos, de sueños vacíos.

—Creías que lo amabas, Verónica —dijo Pedro Alcántara.

—¿Qué me atraía tanto de ese hombre? Era apuesto, sí. Era simpático. Pero era poco claro, misterioso, parecía estar siempre ocultando algo. Además, la suya era una relación prohibida. Y salvo cuando me hizo el amor de una forma que no había podido olvidar en cuarenta años y me llevó a creer que de su mano conocería el cielo, todo lo que viví a su lado fue una mentira. Fue mentira su promesa de amor, fue mentira su decisión de acompañarme a vivir, fue mentira el apoyo que ofreció darme, fueron mentiras sus emociones, fue mentira su pasión por mí. Yo te decía, Pedro, que no había podido olvidar a Malik por su forma de poseerme. ¡Pero te prometo que ya lo olvidé!

—Quizás te sentías cómoda con que fuera un amor prohibido.

—¿Cómo así?

Pedro Alcántara guardó silencio unos segundos y dijo:

—Se nos agotó el tiempo, Verónica.

Bogotá era triste en octubre. Y lo era en noviembre, en marzo, en abril y en mayo. En realidad, Bogotá era gris casi siempre. Y para mí, hoy, era más sombría aún, cuando la película de mi juventud perdida había desfilado por mi mente, cuando en ella se habían agolpado los recuerdos de mis incontables tardes de fallida espera, de mis largas noches en soledad, de mis inevitables fines de semana con la cama vacía, cuando pensaba qué habría sido de mí si yo hubiera aceptado el amor de Peter Stein y cómo habría sido Estrella si en vez de haber sido engendrada por un líquido fuera hija suya.

¿Y por qué sería negra mi hija? ¿Habrían confundido en el banco de semen la muestra del donante de ascendencia árabe que yo había solicitado? ¡Por Dios, qué idiota había sido yo al desear que mi hija se pareciera a Malik Sabbahg! Por fortuna, había resultado ser esa linda negra de ojos verdes.

Fui a mi casa. En la biblioteca contemplé el sillón de mi padre. Ese era su lugar preferido: allí, mi viejo Sami, como yo le decía, se sentaba a leer en las madrugadas mientras mamá dormía. Y durante la enfermedad de ella, cuando los dolores que le producía el cáncer de colon llevaron al médico a bloquearle los nervios para que perdiera la sensibilidad de la cintura hacia abajo, y le suministraban somníferos para que estuviera casi siempre dormida, papá llevó ese sillón al cuarto de mamá y, desde él, velaba su sueño. Él amaba a mamá. Pero cuando ella enfermó, hacía ya mucho tiempo que habían dejado de dormir en el mismo cuarto: a mi madre le molestaba que papá roncara. Y él sufría si la incomodaba. Entonces él dormía en el cuarto conmigo. Y a mí me encantaba que lo hiciera. Es que la mayor parte del tiempo que yo estaba en la casa la pasaba con papá: él me bañaba, me vestía, me llevaba al colegio, llegaba poco después de que me dejara el bus y me acompañaba a hacer las tareas, me consentía, me contaba cuentos, me arrullaba, me hacía dormir. Papá era mi ídolo. Cuando él murió, creí que me hundía. Por fortuna, ya había tenido a Estrella. Y… pensar que ahora empiezo a no necesitarla tanto como antes… Cuánto me duele aceptarlo. El repicar del teléfono interrumpió mis pensamientos:

—Te invito a almorzar hoy, quiero hablar contigo —escuché que decía Malik Sabbagh al otro lado de la línea.

Colgué. Poco después tocaron a la puerta. Decidí que no abriría, ni siquiera me asomaría a mirar si era él quien me buscaba. No quería encontrármelo. Tal vez tenía miedo de derrumbarme de nuevo ante sus encantos. O quizás temía herirlo o golpearlo, ¡qué sé yo! Tocaron dos veces más. Me comuniqué con Yamid Sabbagh y le pedí que hiciéramos la clase en un lugar distinto.

—¿Por qué? —me preguntó.

—Esta tarde lo sabrá...

Bajo el umbral de la puerta vi que deslizaban un sobre. Creí que era una carta que me dejaba Malik Sabbagh, pero llevaba el membrete del New York Children's Bank. ¡Qué extraño!, pensé. Lo abrí: me pedían que verificara si esa era la dirección del lugar de origen de Estrella de la Espriella. Agregaban que ella había comenzado a trabajar haciendo un reemplazo en esa institución, que estaban considerando contratarla de manera permanente, pero que, antes de hacerlo, querían comprobar cada uno de sus datos. «El New York Children's Bank no puede tener entre sus empleados a personas que no sean honestas y veraces», concluían. No puede ser una coincidencia: ¡Estrella tiene que estar buscando a su padre!, pensé. ¡Y cómo me gustaría hallarlo a mí también!

Marqué su teléfono. Me encontré con el buzón de voz.

—¡Hija, te necesito con urgencia! ¡Tal vez pueda ayudarte en tu propósito! —le dije.

Miré el reloj: ya era tarde. Yamid iba a molestarse. Lo llamé para advertirle mi demora. Bajé en carrera al garaje. Me monté en el carro. En la calle, frente a mi casa, Malik Sabbagh se disponía a salir de un Peugeot rojo. Me hacía señas de que me llevaba.

—No, gracias, estoy de prisa —le grité, y arranqué a toda velocidad.

XX

—¿Qué la trae por aquí tan temprano? —me dijo
Philippe, al tiempo que ponía en orden la recepción del New
York Children's Bank.

—Vine a recoger más cuestionarios para evaluar.

—Si ayer se llevó los que había... ¿ya los examinó?

—Aún no, pero me encontraba cerca y pasé a mirar si
había nuevos.

—No todavía —dijo—. ¿Y en qué va su decisión? ¿Al
fin se va a inseminar?

—No lo sé.

Entonces le propuse que aprovecháramos que faltaban
veinte minutos para que el banco abriera sus puertas al público y me mostrara las dependencias del lugar, que aún yo no
conocía.

—¡Por supuesto! —repuso.

De inmediato, el francés me llevó a los cuatro cubí-
culos destinados a la toma de muestras, todos con paredes de
un blanco impecable, una mesa con probetas, un lavamanos
con dos toallas, un sillón, una pantalla de video y un estante
con películas pornográficas.

—El semen pasa de aquí a este laboratorio para ser
analizado, si se trata de esperma de aspirantes a convertirse en
donantes; y si es semen de donantes ya aceptados, pasa a estos
congeladores, donde es almacenado luego de que las probetas
son marcadas, clasificadas y guar ' las en un orden riguroso,
según sus códigos y fechas. Esta es la zona de los consultorios
del genetista, del biólogo, del urólogo y de la ginecóloga. Y esta
es el área administrativa, que usted ya conoce.

—¿Y dónde tienen el archivo? —le pregunté.

—En los computadores.

—¿Pero la información sobre la identidad de los donantes no es reservada?

—Claro que lo es: está en el computador del director y sólo él tiene acceso a ella.

—¿Y dónde guardan el archivo viejo, Philippe, el que se llevaba en papel?

—No sé. Un día le escuché decir a Katty Parker que el doctor Sullivan, cuando era director del New York Children's Bank, le había pedido al encargado del archivo, un señor Newton, que lo sacara de aquí, pues se consultaba muy rara vez y ocupaba demasiado espacio. Y el sitio donde estaba el archivo es ahora el de la cafetería.

Llamé a Sara Yunus. Me dijo que nos encontráramos a las once en la puerta de la Biblioteca Pública de Nueva York. Me senté en las escalerillas. Llegó puntual, como era su costumbre.

—¿Cuál es tu urgencia de verme?

—¡Estoy comenzando a desesperarme, Sara! Parece como si se me cerraran los caminos.

Le relaté entonces mis charlas con la vecina de Perry Newton, con Jean François y con Philippe.

—Creo que Katty Parker me mintió —agregué—. Ella sí sabe qué hicieron con el archivo. ¡O por lo menos conoce quién se lo llevó!

—¡No la juzgues así, Estrella! A lo mejor quería que la dejaras descansar. Piensa que estaba a punto de que le practicaran una cesárea: tenía la cabeza en otra parte. Pero no sufras, el asunto está fácil: todo conduce a que la clave de tu investigación la tiene tu amigo Maurice: ¡él puede llevarte donde Perry Newton!

—¡Por supuesto, Sara! ¡No lo había pensado! ¡Qué tonta soy!

Maurice Delon caminaba de prisa rumbo a Washington Square. En cuanto me descubrió, emprendió carrera hacia donde yo me encontraba.

—No pensaba hallarte por aquí, Estrella —dijo—. Acabo de escuchar tu mensaje: ¿qué sucede?

—Me acerqué a esta zona para buscarte, Maurice; necesito encontrar a Perry Newton, el asistente de tu papá. Él era el encargado de guardar el archivo que llevaban en papel en la época en que se inseminó mi mamá. ¡Él sabe dónde puedo conseguir la información sobre quién es mi padre! ¡Por favor, ayúdame!

—No sé dónde esté papá ahora, Estrella. Él tiene un teléfono que rara vez enciende. Voy a intentar localizarlo.

El teléfono repicó varias veces. «Padre, soy Maurice, lo necesito con urgencia. Ojalá pueda llamarme», dijo, y colgó .

—Tal vez si escucha el mensaje, me llame —afirmó—. ¿Sabes? Papá es un hombre difícil, no te imaginas cuánto: le desagrada decir dónde está, no le gusta que yo lo busque, detesta que lo llame, él aparece cuando quiere y no piensa en qué sucede si yo lo necesito. Mi relación con él es de una sola vía: va de aquí para allá no más.

—Tal vez lo juzgas mal, Maurice. ¿Qué tal si intentas acercarte a él?

—No vale la pena, Estrella. Mi padre no tiene tiempo para mí. Yo no le intereso. Y yo ya aprendí a hacer mi vida solo. Ya me acostumbré a vivir sin él.

Pensé entonces en mamá: ¿qué sería de su vida? Me parecía como si hiciera siglos que no hablaba con ella. Y en realidad lo había hecho un par de días atrás. ¡Pero hacía tanto que no nos comunicábamos de verdad!

—¿Qué te sucede, Estrella? —interrumpió Maurice—. De pronto te sentí ausente, como si te hubieras ido lejos.

—Nada, pensaba en mamá. ¡Qué falta me hace a veces! Huyo de ella, pero la necesito. Me le escapo, pero vuelvo a su lado. Me le escondo, pero si no me busca la extraño. La alejo, pero me le acerco. No la soporto, pero la adoro. No puedo vivir con ella, pero sin ella no soy feliz... Ahora cuéntame más de tu papá, Maurice. ¿Cuál es su historia?

Jacques Delon había llegado a Nueva York cuando era un niño de cinco años. Estaba acostumbrado al calor, a deambular desnudo por su casa de Saint-Martin, a jugar con la arena blanca de las playas aledañas a Marigaux, a nadar con sus hermanos en las aguas cristalinas del Caribe y a perseguir las tortugas que, con frecuencia, aparecían cerca de ellos en el mar. El impacto del frío había sido tan grande en él, que Maurice le había escuchado contar a su padre que su vida había dado vuelcos con dos tragedias: llegar a Manhattan durante un invierno helado a permanecer encerrado entre un apartamento hermético y diminuto, y ver morir a su esposa dándole a él la vida. «¡Es como si Ochún hubiera tenido que morir para que tú vivieras, Maurice!», le había dicho varias veces, desinhibido por unas cuantas copas de licor. Después de veintisiete años, Jacques Delon no había logrado reponerse de su viudez. Según él, su esposa se inventaba desde el cielo la forma de no ser reemplazada por otra mujer. Por esa razón creía que no había encontrado un nuevo amor y no había engendrado más hijos ni constituido una familia: ella se lo había impedido.

Desde cuando era un niño, Jacques Delon había mostrado su talento musical: en la escuela era el solista del coro de primaria, y cuando entonaba el *Ave María* en la misa dominical, en la iglesia retumbaba su voz aguda y a muchos de los asistentes se les erizaba la piel. Durante el bachillerato, en Brooklyn, Jacques se dedicó a tocar piano y formó con compañeros suyos un conjunto de *jazz* que se ganó varios concursos y que solía presentarse los jueves en Smalls, ese legendario bar del West Village que tanto le gustaba a Maurice. Fue allá donde conoció a esa haitiana de la que se enamoró hasta su muerte.

—Cuando murió mamá, papá me entregó a mis abuelos. Luego ingresó a la Facultad de Música de la universidad, se fue de la casa y se mantuvo cantando y pidiendo a cambio dinero en la calle; más tarde se volvió famoso y se desentendió de mí —dijo Maurice—. Solo aparecía muy de vez en cuando en casa de mis abuelos. Sin embargo, cada mes se las ingeniaba para enviarles dinero y pagar mis gastos.

El sonido del teléfono interrumpió su relato. «¡Hola, padre! ¡Gracias por llamarme! ¿Cuándo viene a Nueva York? ¡Qué buena noticia! ¿Y Perry Newton sigue trabajando con usted? Sí... Estrella, una amiga mía muy querida, necesita hablar con él con urgencia. ¿Tiene su teléfono? Bien, muchas gracias. Hasta la próxima semana».

Una sonrisa iluminó la expresión de Maurice:

—Mi padre se presenta en Blue Note dentro de quince días, Estrella. Nos invitó a escucharlo. ¡Entonces podrás conocerlo!

—¡Gracias, me encantará! ¿Y qué te dijo de Perry Newton?

—Que anda algo enfermo, que no tenía su teléfono en ese momento y que, cuando lo vea, le va a dar mi número para que me llame.

—¿Y qué pasa si no te llama? En quince días ya habrá pasado la fecha de entrega del primer borrador de mi investigación, Maurice —le comenté—. ¡Tengo que hablar antes con Perry Newton! ¿Puedes llamar de nuevo a tu padre y preguntarle dónde se encuentra? Yo voy a donde sea para hablar con él.

Maurice me miró molesto y luego me dijo:

—Vuelvo a llamarlo porque tú me lo pides, Estrella. Pero no me agrada hacerlo: no quiero recordar cada rato esa relación tan difícil que he tenido con mi papá. Prefiero tenerlo lejos...

Entonces marcó el teléfono de su padre y le dejó un mensaje en el que le pedía que lo volviera a llamar, pues había olvidado decirle algo importante.

—Te invito a almorzar por aquí cerca, Estrella, quiero hablar contigo. ¿Te parece?

—¿Y por qué le pones tanto misterio a la invitación?

—Ya lo verás... Pero antes quiero que escuches esto.

Entonces Maurice me condujo a una banca del parque, sacó un papel escrito a mano, lo miró y cantó una preciosa balada que decía:

Mira, mi amor,
si vuelo alto y toco el sol,
si siento y pienso que soy Dios,
tus manos no me dejarán caer, lo sé…

—¡Qué linda, Maurice!
—La compuse pensando en ti.
Lo miré en silencio. Poco después le tomé la mano y le dije:
—Me da miedo…
—¿Qué te da miedo, Estrella?
—Temo estropear nuestra amistad. Tú y Sara son lo único que tengo aquí. No nos enredemos, no quiero arriesgarme a perderte.
—¡O a ganarme para siempre! —exclamó muerto de la risa y me llevó de la mano a un pequeño restaurante mexicano donde preparaban esa sopa de tortilla que él sabía que me encantaba.
Durante el almuerzo, insistió en que ensayáramos a ser pareja.
—Dame un tiempo, Maurice, permíteme pensarlo; déjame avanzar en la investigación porque tengo que entregar a tiempo el primer borrador y no quiero distraerme. Esperemos a que termine octubre; ayúdame más bien a descubrir quién es mi padre —le propuse.
—Te prometo que te consigo el lugar donde se encuentra Perry Newton y te acompaño a buscarlo —me dijo al despedirse—. Creo que para entonces ya me querrás…

Un mentiroso sol de verano alumbró de pronto. Nueva York se iluminó por unas horas con la luz brillante de septiembre. Marqué el teléfono de Katty Parker. Respondió su marido, quien me dijo que la niña acababa de nacer y que la madre se encontraba bien. Le pregunté cuándo era prudente visitarla.

—Katty no va a recibir visitas durante el primer mes. No quiere que a Emma la contagien con algún virus de los que abundan en el cambio de estación —contestó en tono áspero—. Le contaré que usted llamó.

Ese era un escollo más en mi camino...

Al llegar a casa vi en el contestador automático que había tres mensajes. Todos eran de mamá: «Estrella, te necesito con urgencia»; «Voy a dictar la clase de francés, y te llamo en cuanto llegue»; «Hija, tal vez yo pueda ayudarte en tu propósito».

¿Cuál sería la urgencia que tenía mamá de hablar conmigo? ¿Qué querría decir con eso de que tal vez podría ayudarme en mi propósito? Para saberlo, tendría que esperar a que ella terminara de dictarle la clase al nieto de Malik Sabbagh. Aún faltaban más de dos horas para que se desocupara. Entonces me entretuve pensando en el reencuentro de mi madre con Malik y en el impacto que en la vida juega el azar, que hace que por ese tren que se pierde te separes para siempre del amor de tu vida, o que el desconocido que viaja a tu lado en el avión acabe convirtiéndose en tu pareja, o que esa conexión de vuelos que no logras tomar te salve de la muerte, o que aquel suceso modifique para siempre tu rumbo, o que ese espermatozoide, y no otro, sea el que haga que tengas los ojos verdes y no azules, o la piel negra y no blanca. En un segundo, el azar te cambia el destino...

XXI

—¿Qué le parece si dedicamos la clase de hoy a conversar sobre su vida? —le propuse a Yamid Sabbagh.

—¿Y si conversamos sobre la vida de los dos, Verónica? ¡Me parece que la suya debe ser muy interesante! —exclamó con picardía.

Mi alumno insistió en que le explicara por qué esa tarde no había querido dictarle la clase en su casa. Entonces me atreví a responderle:

—Porque no quería correr el riesgo de que se apareciera su abuelo…

—Me lo imaginé. ¿Pero por qué, Verónica?

—Para contestarle, tendría que hablarle primero de mi vida.

—¡Adelante!

Entonces le pedí que me indicara si encontraba alguna palabra del francés que no comprendiera, y en ese idioma le hablé de mi juventud desperdiciada a la espera del amor imposible de Malik Sabbagh, de las frustraciones diarias ante mi obsesión por ese abuelo suyo que había arruinado mis sueños, de mis noches de irremediable soledad, de mi equivocada creencia de que llegaría un día en el que él elegiría hacer su vida conmigo, de mi loca decisión de inseminarme artificialmente de un hombre anónimo porque no quería permitirme que nadie distinto de él fuera el padre de mis hijos, y de mi desquiciada pasión por ese ser que no me pertenecía o que no merecía un amor tan profundo como el mío.

—La vida nos da varias oportunidades, Yamid, pero llega una que es la última y no la reconocemos —concluí.

—¿Qué quiere decir con eso?

—Que una tarde de abril, después de haberle perdonado que no se hubiera ido conmigo a un viaje al que yo lo había invitado, Malik se volvió a disculpar con el pretexto de que por un asunto urgente de trabajo no podía quedarse conmigo, pero que ya tendríamos otra ocasión de estar juntos. Entonces la vida le estaba dando la última oportunidad. Y él no se dio cuenta. A partir de ese momento, sin que yo misma lo supiera, comenzó el olvido: quizás fue entonces cuando empecé a pensar que permanecería sola y que, si quería ser madre, lo haría por inseminación artificial.

—Mi abuelo es un ser extraño, Verónica; lo es en asuntos de trabajo y lo es con las mujeres: uno nunca sabe exactamente qué hace ni con quién está. Parece como si le asustara el éxito y se prohibiera la felicidad, como si algo dentro de él le ordenara salir en estampida ante su cercanía. Mire usted: el viejo era inteligente, agradable, vivía lleno de ideas y se la pasaba inventando proyectos, pero bastaba que iniciara uno y estuviera a punto de volverlo realidad para que lo abandonara y emprendiera otro; y así vivía, y así le sucedía en todos los campos: en una época dijo que se dedicaría a la política, logró que lo eligieran diputado y asistió a unas pocas sesiones de la asamblea del departamento, pero no volvió más y abandonó a sus electores. En otra, se empleó como interventor de obras, pero siempre duró poco tiempo y decía que se iba porque le había aparecido una opción mejor. Donde más duró fue en la selva del Amazonas: allá se quedó dos años haciendo una interventoría. Y así fue también en el amor. Mi abuela le toleró su mal carácter, sus intransigencias, sus caprichos, sus fracasos, aceptó sostener la casa con su herencia, pero cuando supo que él tenía una amante, le pidió que no volviera a dormir a su lado. Y así, separados y juntos, vivieron más de veinte años, hasta que el abuelo descubrió el diario que ella había escrito, y leyó sus pensamientos, y su orgullo lo obligó a dejarla para siempre. Y en lugar de construir una relación sólida con ella, que era una mujer bonita, adinerada y que lo quería, o de amarla a usted, una joven y atractiva profesional que le entregaba su vida sin pedirle nada a cambio, se ató a esa recepcionista, una tal Malena, vulgar, poco atractiva, que a duras penas había logrado terminar la secundaria en un colegio de monjas.

Al escuchar semejante traición, para ocultar mi indignación comenté, simplemente, que quizás ella no le amenazaba su seguridad ni le hacía tambalear su ego de patriarca, y le propuse que analizáramos un texto de *L'Express* sobre las próximas elecciones en Francia.

Recordé entonces aquella mañana en que, sin revelarle el propósito, le pedí a Malik que me ayudara a conseguir una cita con el gerente del banco.

—Habla con esta persona, ella seguro te colaborará —me dijo él y me entregó una tarjeta de presentación.

Pertenecía a una dama que se anunciaba como angeloterapeuta.

—¿Y eso qué significa, Malik? ¿Qué hace una angeloterapeuta? ¿Qué tiene que ver ella con el banco?

—Significa que realiza unas terapias con ángeles que son impresionantes: los ángeles te visitan, te hablan, te sanan el cuerpo y el alma, y te indican cuál es tu mejor camino. Y ella es también la recepcionista del banco.

—Ah, ya entiendo —le contesté, y recordé que últimamente él decía que dedicaba gran parte de su tiempo libre a profundizar en la espiritualidad.

Fui entonces a la sucursal bancaria localizada en la esquina de la universidad y saludé a una funcionaria que estaba sentada tras un escritorio cerca de la puerta.

—¿En qué puedo colaborarle, señorita? —me preguntó esa dama trigueña, de nariz grande y ojos y pelo negro atado atrás en forma de trenza.

—Busco a esta persona —recuerdo que le dije y le mostré la tarjeta de presentación—. Vengo de parte de Malik Sabbagh.

—Soy yo. Si Malik la envía recibirá atención VIP —contestó ella, sonriente—. Me llamo Marta Helena pero me dicen

Malena. ¡Y si me llaman por mi nombre, no entiendo! —agregó en medio de una estridente carcajada esa mujer de mediana edad a quien iba a pedirle que me consiguiera una cita con el gerente de la sucursal, pues quería tramitar un crédito para comprar los tiquetes del viaje a Venezuela que iba a regalarle a Malik.

Nunca había entendido por qué recordaba tanto mi encuentro con aquella mujer. Pero ya lo comprendía. Y ahora, en lugar de sentir rabia contra ese hombre que me había mentido y estropeado la vida, sentí una necesidad incontrolable de entenderlo y de escuchar sus razones. Ya en la noche, junto a la puerta de mi casa, encontré una rosa roja y, a su lado, un sobre con una nota que decía: «Verónica, no pretendo molestarte: no te buscaré más. Te esperaré durante los años que me falten de vida. Así me lo indica el ser que en mí habita. Tuyo, Malik Sabbahg».

Entonces escuché el contestador automático y me encontré con la voz de Estrella que me decía:

—Mami, espero tu llamada.

XXII

—Vas por buen camino, Estrella: el sitio donde trabajas es justamente el banco de semen en el que conseguí el esperma de tu padre —oí que decía mi mamá al otro lado de la línea, y luego agregaba—: ¡Cómo me gustaría ayudarte a encontrarlo!

Guardé silencio. No podía creer que mi madre me hablara de mi origen con franqueza ni que por fin me diera una certeza.

—¿Por qué no me habías contado que querías saberlo? —me preguntó después.

—Pensé que te molestaría —fue lo que se me ocurrió decirle.

En realidad, no sabía qué responderle. Creía que ella lo sabía, que su corazón lo había intuido. Es más, pensaba que se lo había manifestado en muchas ocasiones. Pero traté de hallar en mi memoria una sola escena en la que le hubiera confesado que anhelaba descubrir la identidad de mi papá y no la encontré. Entonces me di cuenta de que durante la vida se tejen a veces diálogos silenciosos, batallas mudas que llenan de rabia, retahílas de reclamos que por no expresarse crecen, alejan y separan.

—¿Me permites viajar a ayudarte, Estrella? —me preguntó mamá.

Le expliqué que descubrir la identidad de mi padre era el tema que había escogido para mi trabajo de Periodismo Investigativo; que disponía de poco tiempo para entregar el primer borrador; que Sara Yunus, mi amiga periodista, me estaba colaborando; que me permitiera pensar y consultar con ella qué datos podrían serme útiles, y que yo le avisaría si la necesitaba.

—Por ahora solo quiero pedirte que busques la fecha precisa en que te entregaron ese semen, y decirte que te agradezco que me apoyes y me hagas sentir que estás de mi lado, mamá —le dije—. Pero quiero hacerte una última pregunta: ¿tú estás segura de que no solicitaste el esperma de un negro?

—Estoy segura: pedí el de un árabe.

Ya habría tiempo para hablar con mi madre y reparar nuestros silencios. Por ahora solo debía darme prisa para conseguir los datos oportunamente. Llamé a Sara.

—¡Es increíble que no hubieras hablado antes con tu mamá, Estrella! ¡Tan fácil que era hacerlo! ¡Te hubieras ahorrado tanto tiempo! ¿Y ahora qué piensas hacer?

—Encontrar como sea a Perry Newton.

—¿Y no es más fácil que le digas a ella que pida la información en el New York Children's Bank?

—Mi padre era un donante anónimo, Sara.

Maurice Delon me esperaba, como lo hacía casi siempre, en una mesa de esquina de una cafetería situada frente a Washington Square.

—¡Llegó mi obsesión linda! —dijo con ese tonito burlón que había empezado a utilizar últimamente.

—¿Qué te pasa, Maurice? Tengo que hablar seriamente contigo —le dije molesta—. ¡Debe existir alguna forma de ir ya hasta donde está tu papá!

—No la hay si él no me contesta, créeme.

—¡Por favor, intenta llamarlo una vez más!

—Estrella, tienes que comprender que esto es difícil para mí: cuando tú me pides que llame a mi padre, me estás devolviendo a una relación complicada de la cual ya había logrado escapar. Yo no quiero que me tiendas un puente hacia él. Además, siento que tú y yo estamos en búsquedas diferentes: mientras tú buscas a tu padre, yo te busco a ti. Y esa obsesión tuya por encontrarlo hace que no veas mi amor por ti. Y eso me duele…

—Maurice, por favor…

—Bueno, sólo por complacerte, lo intentaré otra vez. ¡Mira! —dijo, al tiempo que desde su celular marcó un número telefónico que él creía que nadie respondería.

Sin embargo, se llenó de asombro cuando alguien le habló. Y yo alcancé a escuchar que le decían:

—Aquí Perry Newton, ayudante de Jacques Delon; ¿allá quién?

Maurice me entregó el teléfono y, con impaciencia, me dijo:

—¡Aquí lo tienes!

Tomé el auricular, me presenté como una estudiante de Periodismo y afirmé que necesitaba con urgencia hablar con él.

—Va a tener que esperar porque estoy en el hospital de Manhasset, Long Island, a causa de un enfisema pulmonar ocasionado por ese maldito cigarrillo que no soy capaz de dejar —dijo en tono hostil.

—Yo puedo desplazarme de inmediato hasta allá para que conversemos —insistí, y agregué—: Por favor, señor Newton, atiéndame; es un asunto de vida o muerte, créame.

El hombre aceptó mi solicitud de mala gana. Sin embargo, cuando le mencioné que iría acompañada por Maurice Delon, el hijo de Jacques, comentó que así el asunto sería distinto.

—Los espero al mediodía —dijo—. ¿Su nombre?

—Estrella de la Espriella.

Maurice me pidió que lo acompañara hasta uno de los salones de música de la universidad, a donde sus primos llegarían en unos minutos con el propósito de ensayar juntos un concierto que darían al día siguiente a beneficio del asilo de ancianos del barrio.

—Les diré que no puedo acompañarlos hoy. Daniel y Jean no me lo van a perdonar: no ir a un ensayo es para nosotros una falta grave. Sin embargo, prefiero ir contigo hasta donde está Perry Newton porque para mí es más grave que no me perdones tú, Estrella.

Entonces lo abracé despacio y le susurré «gracias» al oído.

Maurice me levantó el mentón, me miró a los ojos y me dio un beso largo, de amor; un beso extraño que me revolvió las entrañas, me llenó de temores y me impulsó a decirle:

—Maurice, habíamos acordado que aún no nos había llegado el momento. Habíamos prometido que esperaríamos a que yo adelantara mi investigación, ¿recuerdas?

—El problema es que yo te amo, Estrella.

Perry Newton era un jugador de ajedrez de un metro con noventa y cinco de estatura, un negro de buena musculatura a pesar de sus sesenta y tantos años, un cantante frustrado que por haberse dedicado a dominar ese juego había hecho a un lado la música, y ahora consolaba su talento de artista acompañando en sus giras a Jacques Delon.

Para completar sus ingresos, Perry había realizado trabajos de mantenimiento en varias instalaciones, entre ellas las del New York Children's Bank, y allí se había enterado de que el recepcionista del edificio era hermano de su ídolo, el famoso pianista Jacques Delon. Entonces logró convencer a Jean François de que le diera su dirección y asedió al músico hasta conseguir que se fijara en él y se convirtiera en su amigo. Luego, el New York Children's Bank lo contrató para que reemplazara a la encargada del archivo, una muchacha alérgica al polvo que, por esa causa, había tenido que abandonar el oficio. Era Janice Friedman, una preciosa rubia de quien Perry se había enamorado con locura en el instante en que ella lo había mirado con sus profundos ojos azules. Había empezado a asediarla desde el primer día, con la misma insistencia con que lo había hecho para hacerse amigo de Jacques Delon. Al comienzo no tuvo éxito, pero después ella comenzó a fijarse en él; sin embargo, justo en ese momento, las ilusiones de

Perry Newton se hicieron añicos porque Janice Friedman
pereció en un accidente de automóvil cuando conducía su novio, Jean François Delon. Perry no logró superar su ausencia
y, desde el instante en que se produjo su muerte, se apoderó
de él un odio irremediable contra el conductor del carro. No
obstante, ni siquiera ese resentimiento lo alejó de su ídolo,
y tampoco al músico lo separó de su amigo, porque Jacques
Delon creía que los sentimientos que se tuvieran a favor o
en contra de una persona no podían volverse una obligación
transferible a la familia y compartida por ella.

—Soy el hijo de Jacques —dijo Maurice.

—Ya lo sabía, se parece a él —repuso en su cama de
enfermo Perry Newton, quien trató de añadir algo pero fue
interrumpido por un fuerte ataque de tos.

—Estrella, mi amiga, necesita su ayuda…

—Gracias por recibirme en el hospital, señor Newton
—le dije—. Es un asunto de vida o muerte.

—¡No entiendo qué pueda necesitar de mí que sea tan
urgente!

—Debo entregar en muy pocos días un trabajo para la
universidad y no puedo hacerlo si no consulto el viejo archivo
del New York Children's Bank. Usted lo manejaba...

—¡Ese no es un asunto de vida o muerte, señorita! ¡Y
para que lo sepa de una vez, ese maldito archivo se incendió!
—gritó enfurecido el hombre, quien solo se calmó cuando
Maurice le pidió que lo hiciera.

—¿Qué dice? —pregunté estupefacta.

—¡Que el archivo se incendió! ¡Se in-cen-dió! ¿No me
entiende?

Entonces los ojos se me llenaron de lágrimas. Y él, tal
vez conmovido o asombrado por el impacto que había tenido
en mí la noticia, cambió de actitud y en tono reposado me dijo:

—Discúlpeme, no me siento bien. Además, compren-
da que por ese incendio perdí mi empleo.

Hacía casi un cuarto de siglo, durante un partido de
baloncesto, Perry Newton había sufrido una caída que le ha-

bía afectado para siempre la movilidad de la rodilla derecha, motivo por el cual había tenido que dejar ese deporte, y había logrado que lo contrataran de manera permanente como responsable del archivo del New York Children's Bank.

El archivo, compuesto por cientos de fólderes, contenía las historias clínicas, los resultados de los exámenes genéticos y de personalidad, las fotografías de infancia y los textos que escribían los hombres que habían sido seleccionados como donantes. Por instrucciones del doctor Sullivan, director de la institución, los fólderes tenían que guardarse en una gran caja fuerte, cuya clave no la sabían sino él y el encargado del archivo. Los expedientes que debían mantenerse con mayor cuidado y en estricto orden eran los de las inseminaciones exitosas, las cuales también estaban clasificadas por fechas, razas y nivel de instrucción de los donantes. Cuando se extendió el uso de los computadores, los archivos empezaron a guardarse de manera digital. Y después de cinco años de estar utilizando de modo seguro ese sistema, el doctor Sullivan ordenó llevar el viejo archivo a una bodega y destinar ese espacio para poner una pequeña cafetería y un cubículo adicional para donantes. Entonces encargó al responsable del archivo de su traslado y le advirtió que ese era un trabajo que debía realizar con el máximo cuidado. Perry Newton cumplió al pie de la letra las órdenes de su jefe: puso los fólderes en un camión, los llevó a la bodega, los colocó en orden estricto; es más, descubrió que algunos habían estado mal clasificados, así que los acomodó como era debido; y antes de salir, luego de permanecer encerrado entre esa montaña de papeles y de polvo por más de seis horas, se sentó un momento y encendió un cigarrillo, pero no se dio cuenta de que el fósforo que había utilizado para prenderlo había caído encendido sobre un cerro de papeles; así que sin preocuparse por nada salió de la bodega, ajustó con llave la puerta y emprendió viaje a Massachusetts para pasar el fin de semana con su madre. Cuál no sería su sorpresa cuando el lunes siguiente, al llegar al New York Children's Bank, se encontró con que la secretaria le impidió la entrada y le entregó una carta del doctor Sullivan en la que le decía que, por su descuido, se había quemado el archivo y él había sido despedido de su trabajo.

Una lluvia intensa caía sobre la ciudad. Esa tarde, Nueva York me parecía un lugar angustioso, de sirenas estridentes, de caminos cerrados, de futuro sin sentido.

—No te obsesiones con ese tema, Estrella —me dijo Maurice, al tiempo que me acariciaba la mano en el pequeño restaurante de la calle 42 con Broadway al que habíamos entrado para comer algo, pero, ante todo, para resguardarnos del aguacero.

—Siento que no tengo raíces, Maurice, que no pertenezco a ninguna parte, que no sé de dónde vengo ni para dónde voy... Tú, por lo menos, dispones de una fotografía de tu madre, y la miras, y buscas en ella algún rasgo tuyo. ¿Pero yo?

—Tú tienes a la tuya. Y ella te ama, Estrella.

Sara me esperaba en la biblioteca de la Escuela de Periodismo de la Universidad de Columbia. Había prometido ayudarme a armar la estructura del primer borrador de mi investigación, que debía entregarle al profesor Johnston en un par de días. Y con ese propósito habíamos quedado de encontrarnos al anochecer.

—Bueno, ¿y? —me dijo sonriente apenas me vio, poniendo cara de que estaba convencida de que le llevaba buenas noticias sobre mi encuentro con Perry Newton.

—Se incendió el archivo, Sara —repuse, y me eché a llorar—. Estoy pensando en renunciar al New York Children's Bank.

—¡Ni se te ocurra, Estrella! —exclamó—. Así son las investigaciones: se presentan obstáculos. Pero no te desesperes. Pensemos en qué datos tenemos...

—No tenemos ninguno, Sara.

—¿Cómo que no? Sabemos que el semen de tu padre lo compraron en el New York Children's Bank, que Perry Newton manejaba entonces el archivo, que el director y actual dueño del negocio es el doctor Sullivan, quien dirige un banco de semen en Boston, y que el recepcionista del edificio es Jean François Delon. Y tú ya tienes acceso tanto a Newton como a Delon. Entonces no todo está perdido.

—Eres incansable, Sara —le dije.

—Siéntate a escribir ese borrador. Habla primero de por qué elegiste ese tema de investigación; recuerda algún episodio doloroso de tu infancia provocado por tu ausencia de raíces, alguna mofa de un compañero de colegio, algo que te haya marcado; después menciona tu vacío de padre, tu necesidad de saber de dónde vienes; refiérete al hermetismo que tu madre guardó sobre ese tema tan vital para ti; y, finalmente, pasa a hablar de tu descubrimiento de cuál fue el banco de semen utilizado por ella. Pero antes da una información breve sobre la historia y los antecedentes de los métodos de inseminación artificial. Y escribe una nota final en la que menciones el inconveniente que atraviesas con el incendio del archivo, expliques que ese es tu primer borrador y describas el camino que tomarás para continuar con la investigación.

—Es que no hay caminos, Sara.

—¡No seas pesimista, Estrella! Claro que los hay.

XXIII

—Creo que la verdadera razón por la que Estrella viajó a Nueva York fue porque quería averiguar allá quién era su padre, Pedro.

—¿Qué te hace pensarlo? —repuso el siquiatra.

Le hablé de la carta que me había llegado del New York Children's Bank y de mi conversación con mi hija, y le dije:

—Yo nunca imaginé que sería tan grande el impacto en ella de no saber quién era su papá. Creí que yo podría ser mamá y papá al mismo tiempo, que le llenaría todos los vacíos, que a mi hija le bastaría con mi amor incondicional. Pero no fue así. A Estrella le faltó ese padre: necesitaba conocerlo, sentirse querida por él, ser libre de amarlo, no mantenerse atada a la madre solamente. Y mira, Pedro, ahora me doy cuenta de que por el hecho de concebir un hijo, y por llevarlo nueve meses dentro del vientre, y por sentirlo patear nuestras entrañas, y por darle la vida, las mujeres nos creemos con el derecho de pensar que los hijos nos pertenecen, que son nuestros, que son propios, que surgen de nosotras no más, y que podemos exigirles lo que queramos y manejarlos a nuestro antojo. Mi mamá, por ejemplo, me decía en chanza cada vez que deseaba que le alcanzara algo o que le hiciera un pequeño favor: ¡Para eso tuve una hija! Pero los hijos no son propiedad de la madre, Pedro, no surgen de ella no más. Los hijos se pertenecen a sí mismos.

Pedro Alcántara interrumpió mi monólogo y dijo:

—Hablabas de tu amor incondicional por Estrella, Verónica.

—¡De mi amor egoísta, dirás! —exclamé con un pesar vergonzoso que nunca había sentido.

—Ahora lo importante es que Estrella te perciba de su lado y que vea que deseas ayudarla a descubrir su identidad. ¿Cómo podrías colaborarle?

—Ella quiere encontrar el archivo de la época y consultarlo.

—Pero tú, Verónica, ¿cómo podrías ayudarle?

—No sé. Quedé en que buscaría la fecha en que me entregaron el semen. Estando aquí no se qué otra cosa pueda hacer. Y Estrella no quiere que yo viaje a Nueva York.

—Desde aquí puedes hacerle sentir que la apoyas, la respetas, aceptas que haya escogido alejarse de ti y aun así la querrás siempre.

Entonces le dije:

—Pedro, tengo otro tema que quisiera hablar contigo hoy: es el de Malik Sabbagh.

En ese momento, por primera vez, me atreví a revelarle en detalle lo que había sido mi relación con él, la vergüenza que me daba conmigo misma al haber perdido mi juventud esperándolo, la historia de la tal Malena, lo tonta que me sentía, y agregué:

—¡Y lo peor es que, a pesar de todo, todavía hoy quisiera entenderlo y descubrir sus porqués!

El doctor Alcántara me miró a los ojos y después de unos segundos dijo, como siempre:

—Se nos acabó el tiempo.

Hacía días que no hablaba con mi prima Eugenia Vengoechea. Pensé que me haría bien pasar un rato con ella: su modo alegre y fácil de ser, tan propio de las gentes de la Costa, me serviría de antídoto contra la ansiedad que me producía imaginar la búsqueda angustiosa y solitaria que había emprendido Estrella para descubrir el nombre de su padre, y me disimularía la certeza de saber que a pesar de conocer cada uno de los defectos de Malik Sabbagh, aún existía algo que me ataba a ese hombre y que yo no lograba imaginar qué era. Marqué su teléfono. Como de costumbre, Eugenia estaba disponible y lista para participar en el plan que le propusiera. Quedamos de encontrarnos para almorzar en un nuevo restaurante vegetariano que acababan de inaugurar cerca de su casa. Pero antes pasaría por la mía para buscar el dato que me había pedido Estrella.

El archivo con mi historia clínica y todo lo relacionado con el proceso de mi inseminación artificial y el parto de ella lo mantenía guardado en la pequeña caja fuerte que había en mi cuarto. La abrí: encontré primero un sobre con las cartas que me había escrito mi padre; después vi un cofre que contenía unas pocas joyas, entre las que estaba el anillo de diamante que con motivo de su matrimonio le había regalado a mi madre, y en el fondo hallé la carpeta con el archivo que buscaba.

Un pequeño sobre guardaba una hoja con la fecha en que me habían entregado el semen y un código, el B-040962-27-221182, que equivalía al de la identificación del donante. Otro contenía un papel en el que estaba escrito el día en que había sido inseminada y el nombre de la médica que me había practicado el procedimiento. Copié la información, puse los papeles en orden, los guardé de nuevo, cerré la caja fuerte, llamé a Estrella y, como no me respondió, le dejé mensajes tanto en el buzón de su casa como en el de su celular. En mi mente resonaban entonces las palabras que le había escuchado a Pedro Alcántara: «Es muy importante que ahora Estrella te sienta de su lado».

Me asomé al balcón: el cielo era una mezcla de azules y grises. Ese día, Bogotá tenía un sabor agridulce. Me detuve a contemplar las montañas. Miré el reloj: ya había pasado la una de la tarde.

—¡Perdona mi demora, Eugenia! —le dije a mi prima apenas la vi acomodada en una esquina del restaurante vegetariano, con su inconfundible sombrero tejido en lanas amarillas, moradas y verdes.

—¡Tranqui, niña! ¡Oye, si tú estás como para que te elijan presidenta de Asoviche! —exclamó.

—¿Y qué es Asoviche?

—¡Cómo va a ser que no lo sepas, Vero! ¡Es la Asociación de Viejas Chéveres! —dijo, en medio de una contagiosa carcajada.

Entonces me reí a su ritmo y Eugenia agregó:

—¡Así, alegre, es como me gusta verte, primaza! Te traje estas nuevas goticas de Rescate que te harán sentir mejor; y estas otras de esencia de rosas que te abrirán las puertas del amor.

El sonido de mi teléfono celular interrumpió el recetario floral de mi prima Eugenia, pero no alcancé a contestar. Me dejaron un mensaje: llamaban del New York Children's Bank. Querían confirmar las referencias de Estrella.

XXIV

Era 29 de octubre. A las ocho de la mañana del día siguiente debía presentarle el primer borrador de mi investigación al profesor Johnston. Había pasado el día redactando el texto con las sugerencias de Sara Yunus, pero al releerlo por última vez había tenido la certeza de mi fracaso: todavía no había conseguido ningún dato relevante, salvo la confirmación que me había dado mi mamá de que mi padre era uno de los donantes del New York Children's Bank, que el semen con el que yo había sido engendrada se lo había extraído antes del 24 de noviembre de 1982, fecha en que se lo habían entregado a mi madre, y que la doctora que la había inseminado se llamaba Trinity Black. También sabía que el código tras el cual se escondía la identidad de mi papá era el B-040962-27-221182. ¿Pero quién lo descifraría?

No sería tan grave perder esa materia, pensé. Lo que sería trágico sería no hallar mis raíces.

Inquieta, me serví un vaso de ron cubano, busqué entre mis discos uno de Los Beatles, me recosté en la cama y escuché esa canción de John Lennon y Paul McCartney que deseaba oír en ese momento:

Hey Jude, don't let me down
You have found her, now go and get her
Remember to let her into your heart
Then you can start to make it better.

Recordé entonces a mamá. La vi en un atardecer frente al mar, con un traje de baño azul oscuro salpicado de pepas blancas, sentada a mi lado. Construía castillos y fortalezas, y dibujaba mi nombre sobre la arena blanca. Luego me dijo: «¿Sabes por qué te llamas Estrella? ¿Ves esa luz allá lejos? Es un planeta, su nombre es Venus. Y tú, como Venus, eres la estrella que me ilumina el camino». Mamá me abrazó. Parecía como si no quisiera soltarme, como si deseara decirme algo pero no se atreviera a hacerlo. Después me vi en nuestra casa de Bogotá, sentada sobre sus piernas, pidiéndole que me leyera de nuevo el cuento de «La Cenicienta», jugando a escondidas con ella. O la vi en el parque enseñándome a montar en bicicleta, o llevándome a patinar, o dándoles lechuga a los conejos, o acompañándome al colegio y protestando ante la profesora porque las niñas me maltrataban y se burlaban del color de mi piel. Era solidaria mi madre, no había duda, siempre lo había sido.

> *Remember to let her into your heart*
> *Then you can start to make it better.*

El crepitar de la lluvia contra los ventanales interrumpió mi sueño. Aún parecía como si fuera de noche, pero eran ya las cinco y media de la mañana. Me cercioré de que la alarma del despertador sonaría a las seis en punto y me dispuse a dormir un rato más. Al momento, oí el teléfono y me levanté de un salto: ¿Habrá pasado algo?, pensé, como ocurría siempre que escuchaba el timbre a horas inesperadas: vivía con el temor de que durante mi ausencia a mamá le diera un infarto o sufriera un accidente cerebrovascular. Sin embargo, por fortuna, al otro lado de la línea escuché la voz de Sara que me decía:

—¡Tranquila, Estrella, vas por buen camino! Suerte con el profesor. Me cuentas.

Le agradecí su apoyo, me arreglé rápidamente, me serví un cereal y salí de mi casa antes de tiempo: la estación del *subway* más cercana estaba en reparación y, seguro, la intensa lluvia de esa mañana volvería imposible conseguir un taxi. Tuve que correr cuatro cuadras para ir a la parada siguiente. Descendí en carrera hasta el tren, llegué a la universidad, subí a toda velocidad las escaleras de la facultad y, jadeante y empapada, a las ocho en punto pude golpear la puerta de la oficina del profesor Johnston.

—Buenos días, Estrella. Tengo mucha curiosidad de saber si ha llegado a alguna conclusión.

—Por desgracia no, profesor.

Johnston leyó con cuidado mi borrador, retrocedió una página, saltó a la siguiente, reflexionó un rato, me miró unos segundos y dijo:

—Si solo consigue estos datos, pierde la materia, Estrella. Pero creo que aún le quedan caminos.

—¿Como cuáles? —le pregunté al borde de las lágrimas.

—Como descifrar qué significa el código B-040962-27-221182. Ahí parecen indicarse dos fechas: una, el 4 de septiembre de 1962, y otra, el 22 de noviembre de 1982. Esa última debe corresponder al día en que fue recolectado el semen de su padre, pues a su madre se lo entregaron dos días después. ¿Será la otra fecha la del nacimiento de su padre? Si fuera así, faltaría descubrir a qué corresponde la B y qué indica el 27.

Lo miré sorprendida.

—Busque más, Estrella —agregó—. Quizás encuentre al doctor Sullivan. Y puede averiguarle si él guarda una copia con los nombres de los donantes y las fechas de las inseminaciones exitosas hechas con sus espermas. Pero comience por lo más sencillo: regrese donde Perry Newton y pregúntele si él recuerda el significado de la letra que antecedía los números de los códigos y el de los otros dígitos. Y la espero aquí dentro de una semana, el 6 de noviembre, a las ocho de la mañana. Entonces revisaremos sus nuevos hallazgos.

Me despedí del profesor Johnston y le prometí que lo intentaría de nuevo.

—Vale la pena que lo haga —dijo él—. A lo mejor le cambia la vida. Pero dese prisa porque en dos semanas debe entregarme la investigación completa.

Fui a esperar a Maurice antes de la hora convenida.

La cafetería de Washington Square que habíamos convertido en nuestro habitual punto de encuentro estaba colmada de gente que se amparaba de la lluvia. Maurice no había llegado aún. O tal vez me era difícil encontrarlo en medio del tumulto. Finalmente lo vi entrar. Parecía cansado, como si no hubiera dormido. Voy a tener que tomar pronto una decisión sobre Maurice, pensé. No puedo permitir que se enamore de mí si yo no estoy segura de querer una relación con él. Sin embargo, sabía que algo me atraía mucho de él…

—Tengo planes para los dos, Estrella —me dijo, a manera de saludo—. Qué te parece si…

—Ahora me cuentas, Maurice. Antes necesito decirte que tengo que ir a hablar de nuevo con Perry Newton. Ojalá hoy mismo.

—¡No soporto más esa obsesión tuya que se atraviesa siempre en esta relación que quiero construir contigo, Estrella!

—Pero si aún no tenemos ninguna relación, Maurice —le dije.

—Es verdad —contestó, y me miró con tristeza.

Entonces le tomé la mano, le pedí perdón, le relaté mi conversación con el profesor Johnston y le conté la sugerencia que él me había hecho de que ante todo conversara otra vez con el responsable del archivo.

—¿Me acompañas, Maurice? Todo sería más fácil si tú lo hicieras.

—¿Te parece si vamos mañana? —repuso—. Tuve ensayo de la banda durante toda la noche y no he dormido: me disponía a hacerlo cuando tú me llamaste, y de inmediato vine a verte.

Quedamos de encontrarnos en el mismo lugar a las nueve de la mañana del otro día, para desayunar juntos e ir a Manhasset.

—Antes intentaré hablar con mi padre para cerciorarme de que Perry Newton aún se encuentra allí —comentó Maurice al despedirse.

Le dije adiós pero no fui capaz de confesarle que no lo esperaría y que, en cuanto lo perdiera de vista, iría a la estación para tomar el próximo tren que saliera hacia Long Island.

El hospital de Manhasset era más grande de lo que yo imaginaba. Una joven dominicana atendía la recepción. Le pregunté por la habitación del paciente Perry Newton.

—Fue transferido ayer al hospital Monte Sinaí.

—¿Estaba muy mal?

—No estoy autorizada para dar información, señorita.

La lluvia empañaba las ventanas del tren y sólo me permitía adivinar la silueta de los árboles que, a lo largo, de la carrilera, se teñían de otoño. Me sentía agotada. Sin embargo, en el viaje de regreso a Manhattan decidí que iría de inmediato al hospital Monte Sinaí a buscarlo.

Al llegar a Pennsylvania Station llamé a Sara, le conté la noticia y le confesé que estaba a punto de retirarme de la materia, de desistir de mi obsesión de conocer el nombre de mi padre y de empezar a pensar en que tenía que ser capaz de aceptar mi realidad y aprender a vivir con ella.

—Al fin y al cabo, lo mío es la sicología, no tu insoportable periodismo —concluí.

—¡Ni se te ocurra claudicar, Estrella de la Espriella! Como te dijo Johnston, la clave está en ese código.

Acordamos que la buscaría en la universidad en cuanto saliera del hospital Monte Sinaí. Entonces, me dirigí a la estación rápidamente, tomé el *subway* y me bajé en la parada de la calle 96 con Lexington, la más cercana al lugar donde me habían contado que se encontraba Perry Newton. Milagrosamente, en esa zona de Manhattan había dejado de llover. Caminé tan rápido como pude y entré al hospital. En la recepción me informaron que el paciente Newton no tenía habitación porque se hallaba en la Unidad de Cuidados Intensivos. Pregunté por qué.

—Aquí dice que fue trasladado de Manhasset con una insuficiencia respiratoria —dijo la recepcionista—. ¿Es familiar suyo?

—Es un amigo muy cercano —contesté—. ¿A qué horas puedo visitarlo?

—Dentro de cinco minutos comienza la visita: es todos los días de ocho a ocho y quince de la mañana y de cuatro a cuatro y cuarto de la tarde. Siga por ese pasillo.

Un corredor largo de paredes blancas conducía a la Unidad de Cuidados Intensivos. Su directora, una enfermera amable pero estricta, me entregó bata, gorro y forros para los zapatos, todo previamente esterilizado, y me advirtió:

—Solo puede durar cinco minutos. El paciente no debe hablar, tiene que permanecer tranquilo y no agitarse. Siga al primer cubículo a mano derecha.

Perry Newton se hallaba conectado a un respirador artificial. A su lado, un monitor dibujaba el ritmo de su corazón. Otro aparato indicaba su pulso y su presión arterial. Una bolsa con suero en la que introducían broncodilatadores y antiinflamatorios colgaba de una varilla situada al lado de la cabecera y, a través de un catéter que llegaba a una aguja conectada permanentemente a su vena, le suministraban los líquidos y los medicamentos que su cuerpo requería.

—¿Cómo se siente, señor Newton?

El hombre me miró con expresión de disgusto, balbució algo, me hizo varias veces la señal de «no» con el índice derecho, y tocó un timbre. Al instante llegó una enfermera y, enfurecido, le hizo señas para que me sacara del lugar.

—Creo que no es bienvenida por el paciente, señorita —me dijo la mujer, al tiempo que con suavidad me tomaba del brazo y me sacaba.

—¡Nunca me habían hecho sentir tan mal, Sara! —le dije a mi amiga por el teléfono—. Yo no sirvo para el periodismo: no soy capaz de meterme de esa manera en la vida de la gente, no soy tan invasiva, no puedo serlo.

—¡No te preocupes, Estrella! Es solo un escollo —repuso, de manera acorde con su persistencia sin límites—. Ven y recapitulamos la información que tenemos a ver qué se nos ocurre. Te espero.

Sara se acomodó en una de las sillas del comedor de su pequeño estudio, y me pidió que desplegara todas las notas que hubiera tomado.

—Pero léelas sin omitir detalle —insistió—. De pronto descubrimos alguna nueva pista.

Entonces me pidió que me sentara frente a ella para examinar los apuntes y me ordenó que subrayara los lugares donde hablaba de Perry Newton. Cuando llegué al resumen de mi encuentro con Katty Parker, me dijo que hiciera una señal. Y al mencionarla de nuevo, repitió la orden.

—Ahora todo nos conduce a ella —comentó Sara en cuanto terminé la lectura de las notas—. Katty Parker conversaba con Perry Newton. Y tú dijiste que sentiste que ella te mintió pues crees que sí sabía lo que había sucedido con el archivo. Y a lo mejor Perry era buen amigo de ella y charlaban bastante. Y como lleva tanto tiempo trabajando en el New York Children's Bank, tal vez Katty conozca el significado de los códigos. La otra opción sería buscar al doctor Sullivan.

Le pregunté a mi amiga si no creía que sería más sencillo solicitarle a mi mamá que buscara a Sullivan, y agregué que tal vez el profesor Johnston estaba en lo cierto al creer que debía existir una copia con los códigos y los respectivos nombres de los viejos donantes.

—A mamá le queda más fácil hablar con él, pues puede decirle que su hija está obsesionada por saber el nombre de su padre y que necesita que le indique el camino para hallarlo —concluí.

—Eso hay que pensarlo —repuso—. Creo que sería la última opción, Estrella. ¿No ves que antes de que tu madre hable con él tendrías que retirarte del New York Children's Bank y aún puede ser útil que estés ahí? Si Sullivan, que es el dueño, te descubre como infiltrada, sería gravísimo.

El timbre del teléfono interrumpió nuestra conversación; era Maurice.

—Linda, te tengo una mala noticia. Llamó mi padre: acaba de morir Perry Newton…

XXV

Estrella parecía devastada.

—Me siento agotada, mami —dijo—. Estoy a punto de claudicar, voy a hacer el último esfuerzo y, si fracaso de nuevo, te ruego que busques al doctor Sullivan para que le pidas que nos ayude. Pero si él se niega a hacerlo, o si definitivamente toda la información se incendió, tendré que resignarme a aprender a vivir para siempre con esta incertidumbre, con este vacío.

Al otro lado de la línea, Estrella guardó silencio… Y entonces, cuando menos me lo imaginaba, la escuché entre sollozos hacerme ese reclamo que hacía tiempo temía oírle:

—Mamá, ¿por qué me hiciste eso? ¿Por qué cuándo decidiste inseminarte con esperma anónimo no pensaste en mí? ¿Por qué no te detuviste a imaginar lo que yo sentiría? ¿Por qué no tuviste en cuenta que a lo mejor así remediarías tu soledad pero sacrificarías a tu hija?

—Perdóname, mi niña —fue todo lo que se me ocurrió decir.

Y Estrella gritó:

—¡Mamá, ya yo no soy tu niña! ¡Yo no te pertenezco!

Me invadió entonces una sensación de fracaso, de soledad, de elecciones equivocadas, de caminos errados, de vida perdida. La próxima cita con Pedro Alcántara sólo sería dos días después. Intenté aliviarme sin su ayuda: cerré los ojos e imaginé que ese muñeco sin cara estab⁀ ⁀ntado frente a mí. En ese momento no le aparecían rasgos. Sin embargo, sí me suscitaba deseos de acercarme a él, de consolarlo: el muñeco lloraba. De pronto vi que ese ser anónimo se transformaba en Verónica, que yo tenía el cuerpo lleno de pequeñas y molestas heridas, algunas de las cuales sangraban, y que el dolor me humedecía los poros. Después vi que ese objeto se iba convirtiendo en una niña asustada y sola, en una pequeña que gritaba mamá y nadie le respondía, en una criatura aterrorizada que veía a un hombre inmensamente grande que decía quererla tanto que la apabullaba con su amor, pero luego ese amor se volvía una piedra gigantesca que caía sobre ella y la aplastaba, y ella no lograba levantarla, ni empujarla, ni salir. Pegué un grito en la soledad de mi alcoba, me levanté, me puse mi atuendo deportivo y me fui al gimnasio. Allí me ejercité a toda velocidad en la bicicleta estática, hice una sesión de veinticinco minutos en la elíptica al máximo nivel de resistencia, troté un rato en la caminadora y me sumergí en la piscina de agua tibia para flotar, para dejarme ir.

Esa noche, al llegar a mi casa, sentí deseos de hablar con Malik Sabbagh. Quería entender su verdad. Traté de llamar a Estrella pero no me respondió. No insistí: el cansancio físico me ayudó a dormir.

Se anunciaba noviembre: arreciaban las lluvias. El gris del invierno se colaba por las ventanas. El frío de Bogotá me atravesaba los huesos. ¿Qué sería de Estrella? En ese instante escuché el timbre del teléfono:

—Mami, perdóname…

—Perdóname tú, hijita —le dije—. Nunca imaginé que tú… Mira, Estrella, es tan difícil hablar de este tema a distancia… ¡Permíteme ir a visitarte! ¡Necesito abrazarte!

—Yo te aviso cuándo, mami —afirmó—. Déjame avanzar un poco más. Y si llegamos a que no me queda sino buscar al doctor Sullivan, te aviso y vienes. ¿Te parece?

—Como tú digas —le contesté.

Quedamos de volver a hablar en la noche.

Entonces me atreví a marcar el teléfono de Malik y le dejé un mensaje de voz en el que le decía que me gustaría hablar con él. Al momento me respondió:

—¡Qué alegría me diste, Verónica! Te invito a almorzar hoy.

Le dije que prefería que nos viéramos en la noche, cuando terminara de dictarle la clase a su nieto: ese día, 2 de noviembre, debía ir a cobrar mi pensión. Y esa gestión bien podría tomarme la mañana entera.

Mi celular sonó de nuevo: del New York Children's Bank insistían en saber si ese teléfono que les había dado Estrella de la Espriella era su número correcto de contacto. Entonces les pregunté dónde podría ubicar al dueño de la empresa, el doctor Sullivan.

—No tengo autorización para darle su número, pero puedo hacerle llegar su mensaje. ¿Qué le digo? —repusieron.

—Es un asunto privado, señorita.

Colgué con la sensación de que había cometido una imprudencia que podría perjudicar a mi hija. ¡En cuántas ocasiones hacemos daño sin proponérnoslo ni querer causarlo!, pensé. ¡Cuántas heridas ocasionamos sin desearlo! ¡Cuántas veces vamos por el camino de la vida estampando una huella que no conocemos y que no querríamos dejar!

A las seis de la tarde terminé de dictarle la clase a Yamid. Estaba complacido porque había aprendido bastante vocabulario analizando textos de Flaubert. Cuando nos despedíamos, tocaron a la puerta de su apartamento: era Malik Sabbagh. Me recogía para llevarme a cenar.

XXVI

—La maternidad es más dura de lo que yo había imaginado —dijo Katty Parker luego de pasar un rato intentando
aliviarle un cólico a su bebita.

Y cuando la niña se durmió, comentó:

—Le agradezco su visita, Estrella. Esas atenciones no se
acostumbran en este país. Aquí la gente no tiene tiempo para ver
a los amigos ni a la familia. Aquí no se tiene tiempo para vivir,
sólo para trabajar. ¡Y no se imagina lo bien que me sienta aprovechar este rato de sueño de Emma para pensar en algo distinto
de los teteros y los pañales y para hablar con alguien que no sea
mi marido! Le confieso que me siento agotada, Estrella, cansada,
me falta sueño, quiero llorar. ¿Será que mis cuarenta años ya son
demasiados para parir y para criar? —preguntó con un tono
inconsolable—. La doctora cree que tengo depresión posparto
y dice que ese es un estado normal… Pero más bien hablemos
de usted, Estrella: ¿cómo le va en el New York Children's Bank?
¿Ya tomó la decisión de inseminarse?

Entonces guardé silencio y me demoré mirándola a
los ojos mientras pensaba que debía aprovechar ese momento
de confesiones íntimas, arriesgarlo todo, y revelarle mi verdad.
Intuía que ella estaría de mi lado.

—Katty, debo confesarle algo —dije—: yo le mentí;
no es cierto que esté pensando inseminarme ni buscando
información sobre ese tema. Lo que quiero saber es quién es
mi padre. He vivido atormentada de sentirme hija de un ser
anónimo, o más exactamente de un líquido. Fui engendrada
por negocio y concebida por egoísmo y locura. Ahora quisiera

agotar el último recurso para encontrar a mi padre y decirle: Mírame, papá, soy tu hija. Yo necesito comprobar que ese hombre existe o existió. ¡Necesito saber de dónde vengo!

Entonces Katty me miró con tristeza y me dijo:

—Sospechaba que usted estaba tratando de descubrir algo así, Estrella. Lo imaginé desde que empezó a hacer preguntas sobre el archivo. ¿Finalmente buscó a Perry Newton?

—Murió hace unos días...

—¿Qué? —exclamó consternada.

—Tenía insuficiencia respiratoria y enfisema pulmonar.

—Yo sabía de su enfisema. Perry fumaba todo el tiempo. Me duele su muerte, éramos buenos amigos. Él era un hombre extraño, solitario, no tenía familia. ¿Alcanzó a conocerlo?

—Sí, hablé un minuto con él en la clínica de Manhasset. Me dijo que el archivo viejo se había incendiado debido a un descuido suyo, y que por eso lo habían despedido del trabajo. Después lo trasladaron al hospital Monte Sinaí y ya no pudimos hablar.

Entonces le conté a Katty que mi madre se había inseminado con esperma de un donante del New York Children's Bank, le pregunté si Perry le comentaba los asuntos de trabajo, y le dije que si de casualidad ella sabía qué significaban y a qué se referían los códigos con los que se clasificaba el semen de los donantes.

—No sé, no recuerdo —contestó.

Pese a su negativa, le entregué la copia con el código del esperma con el que había sido inseminada mi madre. Ella lo observó, miró un rato al vacío, y dijo:

—Estrella... si mal no recuerdo, la letra se refería a la raza, la cifra siguiente era la fecha de nacimiento del donante, la otra era el número de donaciones de semen que ese hombre había hecho ese año en el New York Children's Bank y la última era el día de la extracción de la muestra.

—Entonces mi padre...

—Entonces su padre —interrumpió ella—hizo su vigesimoséptima donación de semen el 22 de noviembre de

1982, cuando tenía veinte años, ya que había nacido el 4 de septiembre de 1962. Y era negro.

—¿Negro?

—Sí, la B significa *Black*, negro.

—¡Pero mi madre pidió que el semen perteneciera a un árabe!

—Seguramente se confundieron, o hubo algún error: pero el semen con el que la engendraron a usted fue el de un negro, Estrella. ¡O a lo mejor era el de un árabe negro!

—¿Y había muchos donantes negros en esa época?

—No —repuso.

La niña lloró en ese instante y solo alcancé a preguntarle si creía que el doctor Sullivan conservaba copia de los códigos de los donantes y de sus respectivos nombres. Dijo que no sabía. Al despedirme, le agradecí la ayuda y le pedí que me guardara el secreto.

—Cuente conmigo.

Papá, ¿un negro? Así tenía que ser, así lo intuía yo, es más, así me gustaba que fuera. Con esa información ya podía empezar a imaginármelo: mi padre era un negro de cuarenta y siete años, alto como yo, quizás jugador de baloncesto. En fin, ya me sentía mejor, ya todo comenzaba a ser más fácil para mí. Sin embargo, aún estaba muy lejos de saber quién era, de descubrir su nombre: ¿se llamaría Joseph? ¿John? ¿Bob? ¿Louis?

En el tren rumbo a casa de Sara escuché los mensajes de voz de mi celular: uno era de Maurice: «Linda, estoy pensando en ti»; y tres eran de Sara: «Llámame cuando salgas, Estrella»; «¿Cómo te fue?»; «Estoy pendiente». Parecía desesperada por conocer el resultado de mi charla con Katty Parker.

Estos periodistas no pueden esperar, me dije. Todo lo quieren saber ya.

En cuanto abrió la puerta del estudio, Sara, con la impaciencia reflejada en el rostro, me dijo:

—¿Qué hubo, Estrella? ¿Qué dijo Katty Parker?

—Que mi papá es un negro nacido el 4 de septiembre de 1962.

—¡Bravo! —exclamó feliz—. ¡Yes! —repetía y brincaba al mismo tiempo—. Bueno, a trabajar se dijo.

Entonces me hizo leerle las notas de mi encuentro con Katty y luego afirmó:

—Tienes que pedirle más información, Estrella: ¿por qué clasificaban el semen por razas? ¿Cuál era la política de recolección de semen de las minorías? ¿Lo pagaban al mismo precio que el de los blancos?

—¿Pero eso de qué me sirve? ¡Con esos datos no puedo descubrir el nombre de mi padre!

—Pero con ellos das la información de contexto que tu trabajo necesita. Johnston te lo va a exigir.

—Ay, Sara Yunus, ¿no ves que a mí no me interesa ser periodista?

Entonces mi amiga volvió a mi realidad y dijo:

—El asunto está difícil, Estrella: habría que averiguar el nombre de los negros nacidos en Estados Unidos el 4 de septiembre de 1962 y el de los inmigrantes negros que también hubieran nacido en esa fecha, y que tuvieran un permiso de trabajo vigente en este país en noviembre de 1982. Y entre esos nombres estaría el de tu padre.

—Parece una misión imposible...

—¡No hay nada imposible, Estrella! Es cuestión de perseverar.

Nueva York se veía oscuro aún. Ya empezaban a acortarse los días. Ya se acercaba ese invierno al que tanto le temía. El profesor Johnston me esperaba una hora más tarde. Apenas tendría tiempo de arreglarme y de correr para llegar a la hora convenida. A las ocho en punto toqué a su puerta.

—¡Hola, Estrella! ¿Alguna noticia?

—Dos, profesor: mi padre es negro y nació el 4 de septiembre de 1962.

—¡Bien! ¡La felicito! Pero eso no es suficiente. Y el problema es que la entrega de la investigación es el próximo martes, en una semana. Ese es el plazo final.

—¿Y qué hago, profesor? ¿Qué me sugiere? —le dije con alguna molestia que debió advertir—. ¡Buscar en los registros de nacimiento y de inmigración me tomaría mucho tiempo!

—No se moleste, Estrella. Todavía puede hallar a su padre. Pero creo que le va a tocar buscar al doctor Sullivan y renunciar al trabajo en el New York Children's Bank. Sin embargo, antes averigüe los nombres, los teléfonos y las direcciones de los empleados que trabajaban allá en noviembre de 1982. A lo mejor alguno de ellos recuerde a un donante con las características de su progenitor.

—Estoy agotada, profesor Johnston…

—No desfallezca. Aún le queda una semana.

Maurice insistía por teléfono en invitarme a almorzar. Y a pesar de la angustia que me había producido la charla con el profesor Johnston, acepté feliz encontrarme con él: su compañía seguro me mejoraría el estado de ánimo. Además, hacía más de una semana, desde la víspera de la muerte de Perry Newton, que no nos veíamos. Y ya empezaba a extrañarlo. Quizá por eso le dije que esa vez lo invitaría yo. Entonces le propuse que fuéramos a un restaurante griego situado en la calle 43 con la Tercera Avenida. Allá preparaban una ensalada exquisita y un pescado espléndido. Y a Maurice le encantaba la comida de mar. Ese día tenía deseos de complacerlo. Habíamos quedado de vernos a las doce: aún faltaban tres horas. Entonces llamé a Katty Parker para preguntarle si podía visitarla un momento, y ella accedió encantada.

Mi amiga se veía de mejor semblante, parecía más descansada, más tranquila.

—¡Te ves muy bien, Katty! Te sienta la maternidad. Tal vez era cansancio y no depresión lo que tenías.

—Seguramente —afirmó—. ¿Y cómo va tu investigación?

—No he avanzado —contesté—. Y sólo me queda una semana para terminarla. El profesor me dijo ahora que debo conseguir la nómina de los empleados que había en el New York Children's Bank en noviembre de 1982, con sus direcciones y teléfonos. ¿Es posible obtenerla?

—Creo que no —respondió—. Esa nómina también se incendió con el archivo.

Entonces, al ver mi pesadumbre, me dijo con dulzura:

—No te desesperes, Estrella. Para ti lo importante no es pasar la materia sino encontrar a tu padre.

—Así es —afirmé, más tranquila.

—No claudiques, amiga, ya lo hallarás —me dijo.

Manhattan me parecía alegre esa mañana: la gente caminaba como siempre, de prisa, sin mirar a los demás transeúntes, y los vendedores de *pretzels* ofrecían los mismos panes trenzados cubiertos de sal. A pesar de mi desesperanza, algo sonreía dentro de mí. Llegué al restaurante griego. En una mesa del fondo vi a Maurice. No parecía el mismo ese día: no sonreía, se mostraba distante, indiferente; era otro.

—Te veo triste. ¿Qué te sucede? —le pregunté.

Guardó silencio unos segundos, y después me dijo:

—He estado pensando en ti, Estrella, en mí, en nosotros. Esta situación no puede continuar. Me está haciendo daño tu indefinición, tu indecisión, tus evasivas, tus aplazamientos, tus disculpas. Necesito saber qué sientes. Y descubrir para dónde vamos… Yo te amo, Estrella y quiero hacer una vida contigo. Necesito saber si tú me amas. Y si no me amas, prefiero no verte más. No quiero hacerme daño.

—Me tomas por sorpresa, Maurice —le dije.

—¿Por sorpresa? —afirmó molesto—. ¿Por sorpresa, Estrella? —repitió.

—No te enfades, Maurice, yo a ti te quiero.

—¿Pero me amas?

—Tal vez podríamos intentarlo…

—¿Quieres decir que tengo esperanzas? —dijo.

Sonreí…

Entonces me tomó la mano y afirmó:

—¿Te parece, linda, si vamos el fin de semana a Ithaca para contemplar juntos los árboles teñidos de otoño?

—¿Y qué tal si vamos a New Hampshire? Dicen que es bonito…

—No, yo a ese lugar no voy porque una vez que mi padre iba a presentarse allá, no le permitieron alojarse en el hotel por ser negro.

—¿Qué dices? ¡Tienes razón! Vámonos a Ithaca, Maurice.

XXVII

Esa noche, Malik Sabbagh parecía otro: ya no era ese hombre único a cuyo encanto no podía resistirme; ya no era ese ser poderoso que todo lo conseguía, ni ese personaje alegre que guardaba el secreto de la felicidad. Ya, ante mis ojos, era un hombre más, atado a su pequeño mundo y prisionero de su cadena de fracasos (¡y pensar que había perdido la vida esperándolo!). Entonces lo vi más viejo, su vientre me pareció más pronunciado, no tenía proyectos que contar, no había tema entre los dos. Era como si todo nos lo hubiéramos dicho la víspera, como si no hubieran transcurrido tantos años de silencio.

—Adelante —comentó él al llegar a ese restaurante árabe que había elegido porque le recordaba la cocina de su madre.

—¿Qué hiciste el casco de ingeniero, ese que te ponías a veces? —le pregunté cuando pasamos a la mesa.

—Me deshice de él hace muchos años. ¡Era horrible! ¿Por qué me lo preguntas?

—Porque a mí me gustaba. Era igual al que usaba papá cuando iba a visitar sus obras.

—¡Ya duerme el sueño de los justos! —exclamó riéndose de su mal chiste.

La cena transcurrió sin sobresaltos: habíamos conversado de cualquier cosa. Y cuando ya nos íbamos a marchar, dijo, como acostumbraba hacerlo años atrás:

—¿Y cuándo te vuelvo a ver?

En ese momento, sin planearlo y sin saber por qué me atrevía a pronunciar esas palabras que me había guardado tanto tiempo, le dije:

—Malik, por primera vez te pido que seas sincero y me digas la verdad. ¿Quién eres? ¿Quién es Malik Sabbagh? ¿Cómo es? ¿Cuál es su realidad? ¿Qué ve cuando se mira al espejo? ¿Cuál es por fin su verdad?

—No te entiendo, Verónica. No sé qué quieres decirme… ¿Qué sucede?

—Sucede que de pronto te vi como eras, Malik Sabbagh. Y… cuéntame, ¿qué hay de la angeloterapeuta?

—¿Qué dices?

—Que qué hay de Malena, la angeloterapeuta...

Sus ojos miraron el vacío. Guardó silencio unos instantes. Después, como hablando para sí mismo, dijo en voz baja:

—Me hizo daño, mucho daño.

Marta Helena Cipagauta, Malena, era hija de una campesina adolescente de la Mesa de los Santos, quien la dio en adopción a una mujer del pueblo que después tuvo dos hijas. Una de ellas padecía una sicosis que la hacía entrar y salir del manicomio. Por orden de la madre, Marta Helena debía hacerse cargo de la enferma mientras estaba en la casa, tarea que detestaba hacer. Una vez, desesperada con la locura de su hermana, buscó el consejo de la bruja del pueblo. La bruja le dijo entonces que veía poderes en ella. Y, desde ese momento, empezó a comprobar que maldad que deseara hacerle a su hermana, maldad que se cumplía. Y fue así como, guiada por la bruja, aprendió la práctica de la magia negra, y un día su hermana loca amaneció muerta, sin que nadie hubiera sabido nunca cómo ni por qué.

Luego de esa extraña muerte, que ocurrió cuando Marta Helena tenía quince años, esta empezó a usar un alias por recomendación de la bruja: escogió un nombre inocente, el de Malena, que le facilitaba aparentar ingenuidad y convencer a la gente de que los ángeles la visitaban, cuando en realidad ella se mantenía en contacto con los espíritus del mal.

Debido a la presión de la madre adoptiva, Marta Helena terminó la escuela secundaria en un colegio de monjas a las que engañó siempre con su fe mentirosa y con su devoción aparente por el Niño Jesús. Pero después se negó a ingresar a la universidad, se contentó con hacer un corto curso de secretariado y contabilidad, dijo que los ángeles le habían indicado que su destino era ayudar a los demás y, desde entonces, se volvió Malena, «angeloterapeuta y sanadora de cuerpos y de almas», y se mudó a Bogotá: consiguió un puesto de recepcionista en un banco, alquiló una pieza y, cuando intuía que al lugar ingresaba un posible cliente susceptible de ser embaucado, exhibía sus dotes de inocente seductora, se desabrochaba el segundo botón de la blusa para dejar ver sus pronunciados senos y atacaba a su presa: le contaba su impresionante historia de cómo los ángeles la visitaban y cómo, a través de ella, transmitían mensajes que guiaban y develaban el futuro de sus clientes; luego le decía que lo atendería en su casa, que la consulta valía tanto, y que ella no querría cobrar por ese servicio pero que era una orden de los ángeles que así lo hiciera, pues de lo contrario las personas no se esforzaban en seguir sus angelicales consejos.

Fue por esos días cuando ella conoció en el banco a Malik Sabbagh, un hombre atractivo de algo más de treinta años, un ser encantador que parecía exitoso y feliz. Y Malena se sintió de inmediato atraída por él. Y lo convirtió en su cliente asiduo. Y le sacó el dinero que pudo. Y a los pocos días lo volvió su amante. Y se enloqueció de amor por él. Y le pidió al diablo que no lo dejara irse de su lado. Y Malik, que la había consultado con el fin de rogarles a los ángeles que lo ayudaran a tener éxito en sus proyectos y a llenarse del valor necesario para decirle a su mujer que ya no la amaba, acabó atado a esa mensajera del mal de una manera tal que ni él mismo entendía. Y pese a que a Malik le desagradaba el ser humano que adivinaba que había detrás de Malena, empezó a sufrir de una enfermedad y de otra hasta que entró en una impotencia sexual que sólo se curaba con el aroma íntimo de Marta Helena Cipagauta.

Fue entonces cuando Malik Sabbagh, empujado por la vergüenza que le producía su hombría en receso, empezó a sacar disculpas y poco a poco se fue alejando del amor de su vida que, según acababa de decir, había sido yo, y se fue involucrando en un negocio y otro para satisfacer la ambición desmedida de Malena, que un día le exigía que le comprara una pulsera de oro, otro que la invitara al restaurante de moda, después que en vacaciones la llevara a un crucero y, siempre, que en cada celebración de cumpleaños o aniversario le regalara ropa de marca. Pero como a Malik no le alcanzaban los honorarios de profesor ni el sueldo de interventor de obras para mantenerse y complacer a Malena, poco a poco empezó a involucrarse en negocios turbios y a vender a constructores pequeños los materiales que él robaba en las obras donde hacía las interventorías. Y así, robando para satisfacer los caprichos de Malena y para complacer su apetito sexual, que solo encontraba sosiego con ella, permaneció diecisiete años visitándola día de por medio, y siéndole fiel por fuerza mayor, hasta que descubrió que Malena hacía pactos con el diablo: ocurrió una mañana que llegó de improviso a su casa, cuando se suponía que se hallaba en el trabajo y su esposa se encontraba de viaje. La encontró en su alcoba matrimonial, en trance, despeinada, pronunciando una retahíla incomprensible, manchada de rojo, mientras restregaba una prenda íntima de su esposa con la sangre extraída de un gato muerto que tenía a su lado, y sacaba del clóset un par de calzoncillos suyos quién sabe con qué macabro fin. Pero la bruja parecía no verlo: estaba sonámbula. Y a él se le ocurrió hacer la señal de la cruz y gritarle:

—¡Malena, por Jesucristo, sal de aquí!

Entonces ella volvió en sí y salió en estampida. Días después, Malik Sabbagh encontró un atado amarrado a la pata de su cama, con dientes y cabello adherido a pegotes de sangre seca. Al cogerlo para arrojarlo a la basura, sintió náuseas. Y una semana más tarde ocurrió lo que nunca se había imaginado que llegaría a sucederle, a pesar de que era lo más probable: fue capturado y procesado por hurto continuado y por abuso de confianza, y condenado a pagar cinco años de prisión que, con las rebajas de penas por trabajo y buen comportamiento, le quedaron en dos.

De su paso por la cárcel no se enteró nadie: mediante una carta que envió a través de un abogado, logró convencer a su mujer y a sus hijos de que le había resultado un trabajo como interventor en una zona selvática, de donde le sería muy difícil comunicarse. Y agregó que no se había despedido de ellos para evitar el dolor que dejan los adioses.

Cuando salió de la prisión, Malik quiso enderezar su rumbo. Intentó hallar una convivencia más grata con su mujer y vivir tranquilo. Pero fue poco después de eso cuando encontró el baúl con el diario de su esposa lleno de palabras de odio y de desprecio hacia él. Así que se fue de la casa y pensó en buscarme otra vez. Pero ya era demasiado tarde para rectificar: la vida no ofrece tantas nuevas oportunidades. Malik Sabbagh se acercaba entonces a la vejez, ya había torcido su camino, y ya la felicidad parecía habérsele escapado para siempre.

Al terminar su relato, sentado junto a una mesa situada en la mitad de ese restaurante árabe atestado de gente, aquel hombre que nunca hablaba de sus sentimientos ni de sus debilidades, de sus anhelos ni de sus frustraciones, por primera vez en setenta años había conocido el alivio que significa decir la verdad mirando a los ojos.

A la una de la mañana encontré en el contestador de mi casa cinco mensajes telefónicos: uno era de mi prima Eugenia y cuatro eran de Estrella: «Mami, quiero hablarte». «Mami, ¿ya llegaste?». «¡Mami, necesito que hables con el doctor Sullivan!». «Mamá, ¡llámame!».

XXVIII

Mamá había quedado de llegar a Nueva York el lunes siguiente.

Yo veía que los caminos para continuar la investigación se me habían cerrado y que la única alternativa que me quedaba era que ella buscara al doctor Sullivan, averiguara si en alguna parte existía copia de la información que yo necesitaba y, si la había, intentara conmoverlo con mi historia y conseguir de él el nombre de mi padre. Entonces le había dicho que, para hacer esa tarea, tal vez tendría que viajar a Boston, donde él vivía.

—¡Poder colaborarte es lo que más anhelo! —había exclamado de inmediato mi madre y, con la voz quebrada, había añadido —: Yo le había pedido a Dios que tú me permitieras ayudarte, Estrella. ¡Y se me cumplió el milagro! Necesito que me dejes hacerte sentir que estoy de tu lado, que cuentas conmigo, que aún subsiste ese vínculo fuerte entre las dos, que la obsesión por encontrar a tu padre no nos ha alejado. —Y luego, como hablando para sí misma, mamá agregó—: Pero también quiero que sepas, Estrella, que en este tiempo de ausencia he aprendido a vivir sin ti…

Esa frase de mamá me quedó resonando en la cabeza: la verdad, me había extrañado que mamá dijera que podía vivir sin mí; pero así era mejor para ambas.

El martes debía entregarle la investigación terminada al profesor Johnston. Y no tenía nada concreto todavía. Sin embargo, me consolaban las palabras de Katty Parker: «Para ti lo importante no es pasar la materia sino encontrar a tu padre, Estrella». De modo que pensé que ella tenía razón y, si no ocurría un milagro de esos en los que creía mamá, el martes le diría al profesor que me retiraba de su curso y que, con calma y persistencia, seguiría averiguando sobre mi origen.

Así que ese sábado me alisté para viajar a Ithaca a pasar el fin de semana con Maurice. Estaba inquieta pero sentía deseos de ir. Hacía tres años que no tenía una relación de pareja. Mi último novio había sido Rubén Di Ruggero, un compañero de la Facultad de Sicología, nieto de un italiano que había llegado a Colombia huyendo de la guerra, del fascismo y de la persecución de Benito Mussolini, y había emprendido con su mujer un pequeño negocio de elaboración de espaguetis, macarrones y raviolis que, a base de esfuerzo, disciplina y restricción de gastos, había convertido en la principal fábrica de pasta del país. Rubén había heredado la belleza de su madre y los ojos verdes de su padre, y a su abuelo le había copiado su afición por la cocina italiana y su avaricia sin límites: la tacañería de Rubén llegaba hasta el punto de que nunca me invitaba a nada y, si de casualidad, en un día caluroso, me proponía que saliéramos a comernos un helado, yo tenía que pagar el mío y, por lo general, también acaba invitándolo. Y siempre que me llamaba de su celular, colgaba para que yo le respondiera y no tuviera él que pagar la llamada. Sin embargo, su avaricia con el dinero no se reflejaba en los asuntos del amor: en la cama, Rubén Di Ruggiero era un hombre tierno, cuidadoso, generoso, pendiente de gratificarme, de hacerme feliz. No sé por qué motivo, después de llevar casi un año de amores, nuestra relación se agotó, como siempre sucedía; se diluyó como se me diluían las relaciones con los hombres, y Rubén se esfumó de mi vida como yo no quería que de ella se esfumara Maurice.

Maurice Delon era para mí un ser especial, un amigo entrañable, un hombro sobre el cual quería reclinarme, un espejo en el que me veía reflejada, alguien a quien no deseaba perder ni estaba dispuesta a permitir que por cualquier razón se alejara de mi lado. Tal vez por ese motivo, por esa atracción extraña que él ejercía sobre mí, temía pasar esa noche con él: el sexo crea lazos y situaciones irreversibles que si bien nos conducen al éxtasis y nos hacen creer que tocamos el cielo, también, súbitamente, pueden enredarse y dar una voltereta tal que acaben por sumergirnos en el infierno.

A las diez de la mañana, como lo habíamos planeado, Maurice llamó para avisarme que estaba esperándome en la puerta del edificio. Tomé mi equipaje, compuesto por un pantalón negro, un buzo rojo, un collar de tonos vivos, una camisa de seda para la noche, mi maquillaje y un perfume de rosas cuyo aroma él me había alabado alguna vez.

¿Qué estoy haciendo?, me dije. Tenía dos intuiciones contradictorias: la una, que iba por el camino adecuado, y la otra, que lo que me disponía a hacer era una locura.

—¡Qué bonita estás! —me dijo radiante a través de la ventanilla del pequeño Chevrolet rojo que había arrendado por el fin de semana. Observé que se había perfumado y se había puesto ese atuendo de *jeans* azules claros, buzo del mismo tono y chaqueta de gabardina en azul eléctrico que él sabía que me gustaba—. Vengo decidido a hacerte feliz —dijo, una vez pusimos nuestro equipaje en la parte de atrás del carro y él encendió el motor del vehículo.

—Yo estoy dispuesta a intentarlo… —repuse.

—¿Qué te sucede, Estrella? Creí que estarías más entusiasmada. Si no deseas que pasemos juntos el fin de semana dímelo de una vez.

—Tengo miedo, Maurice. ¿No ves que los hombres de mi vida han sido efímeros? Y no quiero que tú también lo seas.

—Tranquila. Yo voy a enseñarte lo que es el amor.

Los árboles a un lado y otro de la carretera estaban colmados de hojas que cambiaban de tono. Maurice quería mostrarme el esplendor del otoño: viajábamos rumbo a Fall Creek, una cascada que desemboca en Beebe Lake, en pleno campus de la Universidad de Cornell. De pronto, en la radio del carro sonó *Preserve Your Memories,* una de las canciones más bellas que se hayan compuesto. Era de Simon and Garfunkel, uno de mis dúos favoritos, descubierto por mí gracias a las nostalgias de mi madre:

A time it was, and what a time it was, it was
A time of innocence, a time for confidences
Long ago it must be, I have a photograph
Preserve your memories: they are all that's left you.

—Maurice —le dije—, ¿te has puesto a pensar que, al final, lo único que va a quedar de nosotros es una simple fotografía?

—¡Yo no estoy de ánimo para hablar de cosas tristes, Estrella! Y menos si el tema es la muerte. Vinimos a buscar la felicidad.

—En el caso de los artistas es distinto —continué—. De los músicos quedan sus canciones, de los escritores trascienden sus libros, de los pintores permanecen sus cuadros…

—Y en el caso de las otras personas quedan sus hijos y sus nietos —comentó él.

—¿Será por eso por lo que mi mamá se empeñó en tenerme, Maurice? ¿Será que me tuvo porque encontró esa forma de no morir? ¿Y mi padre me habrá engendrado por la misma razón?

—Estás filosofando demasiado hoy, linda, y yo tengo hambre —dijo.

Entonces me invitó a que nos refugiáramos bajo una enramada para hacer picnics que había en medio del camino y que disfrutáramos de la merienda que él había llevado para la ocasión: emparedados de jamón con queso mozarela y tomate, y una botella de vino que dejamos para abrirla después porque en ese momento el frío del otoño nos obligó a continuar nuestro camino. Ya muchas hojas habían caído y tapizaban el suelo de los bosques en distintos tonos café. Maurice apuraba el paso para que alcanzáramos a tener luz en Fall Creek. Llegamos después de cuatro horas largas de camino. Descendimos del auto para contemplar la cascada de aguas blancas que saltaba sobre grandes piedras en declive y pasear un rato por entre los árboles amarillos y rojos que se volcaban sobre las orillas del riachuelo. El murmullo del agua al golpear las piedras interrumpía el silencio con su música. Maurice me atrajo hacia él y me dio un beso de volcán que encendió mi deseo. Entonces, por primera vez, le dije: «Te amo».

Nuestra idea era pasar la noche en algún hostal en medio del bosque o a la orilla del lago Cayuga. Pero encontramos uno, el Rainbow Cove, con una vista espléndida sobre el lago Séneca. Pedimos que nos dieran una habitación con vista al lago. Nos acomodaron en la Deluxe Lake View, amplia, con dos camas dobles, y un balcón desde el cual se divisaban los árboles en tonos ocres y rojos alrededor de un lago de aguas que a esa hora parecían teñidas de dorado por el naranja del crepúsculo. Maurice puso a enfriar en el minibar una botella de champaña que sacó de su maletín.

—Es para esta noche, mi amor —dijo, al tiempo que me acercó hacia él y me besó.

Le propuse que fuéramos a caminar alrededor del lago hasta que terminara el atardecer. Nos abrigamos con chaquetas y bufandas y, por un sendero tapizado de otoño, emprendimos una marcha que apenas duró unos minutos porque la brisa helada nos obligó a regresar. Al llegar, Maurice sacó su guitarra del baúl del automóvil. Nos instalamos en un rincón del bar del restaurante. Destapó la botella de vino que habíamos guardado a la hora de la merienda, pidió dos vasos, los llenó y me preguntó:

—¿Recuerdas esto?

Tomó la guitarra y, mirándome a los ojos, empezó a cantar con su voz perfecta esa otra canción que le encantaba a mi madre:

It's not the way you smile that touched my heart
Sha la la la la la la la.

Y luego, en un coro que parecía ensayado desde siempre, los dos concluimos a dúo ese *Baby It's You*, de los inolvidables Beatles, y cantamos

Don't want nobody, nobody,
'cause baby it's you.

La velada de *rock* viejo y *jazz* nuevo continuó un rato más, hasta que nos anunciaron que la cena estaba servida. Maurice disfrutó saboreando su pollo a la parmesana y yo mi trucha con almendras. De pronto, al verlo sentado frente a mí, con su piel azabache, su cabello apretado y su buzo azul celeste, y al recordar su voz de barítono y su ritmo perfecto, pensé que Maurice era el hombre que yo había estado esperando. Teníamos tanto en común…

Cuando concluimos la cena, dijo:

—La champaña nos espera.

Entonces me tomó de la mano y me condujo a la habitación sin que yo pronunciara palabra. El disparo sordo del corcho al salir de la botella anunciaba que la champaña estaba en su punto.

—¡Brindemos por este amor que hoy se nos vuelve realidad! —exclamó Maurice y levantó la copa.

—¡Brindemos, mi amor! —repuse, al tiempo que toqué su copa con la mía.

En ese momento empezó a besarme, primero con ternura, después con pasión y, suavemente, me empujó hacia la cama, me acarició despacio, recorrió mi cuerpo lentamente, me besó el cuello, las orejas, los senos, me desnudó, deslizó su mano por mi vientre, se adentró en mí, se detuvo un instante, se desnudó rápidamente y, de pronto, vi que justo debajo de su ombligo se asomaba una mancha ovalada, color café claro. Un sudor frío me recorrió el cuerpo. Me levanté de un salto. Molesto, Maurice me preguntó:

—¿Qué sucede? ¡No te detengas ahí, por favor!

Sin voltearme a mirarlo, le pregunté:

—¿Qué día nació tu padre, Maurice?

—¡Y eso qué importa ahora! —gritó enfurecido.

—¡Importa mucho!

—En septiembre de 1962. No sé la fecha exacta. Mi papá celebra el mes de su cumpleaños, no su día. ¿Pero por qué, Estrella? ¿Qué importa?

—Importa mucho —le dije, di la vuelta y le mostré ese raro lunar que yo llevaba estampado desde mi nacimiento del lado derecho de mi vientre, un poco más arriba de donde comienza el vello púbico.

—¡Y eso qué tiene que ver! —exclamó.

—Ambos tenemos ese mismo lunar, Maurice. Ambos tenemos papás negros. Y la fecha de nacimiento de nuestros dos padres parece ser la misma.

—¿Qué quieres decir? —gritó con rabia.

—Que tú y yo podemos ser hermanos, Maurice.

—¡Estás loca! —vociferó iracundo, y se vistió de prisa—. Me voy.

—Maurice —le dije, asiéndolo de un brazo cuando se disponía a abrir la puerta—. Tú y yo nos queremos, manejemos esta situación con inteligencia: te propongo que nos realicemos un examen de ADN y así salimos de dudas. A lo mejor no es verdad lo que me estoy imaginando.

—¿Y qué sacamos con saber si somos hermanos, Estrella? ¡Si no lo somos, magnífico! Pero si lo somos… Yo estoy enamorado de ti, tal vez como nunca antes lo había estado. Yo te amo. Y tú y yo nos conocimos hace poco, no nos criamos juntos ni hemos crecido como hermanos. Procedemos de culturas y de países distintos. Sería una injusticia que este amor se truncara ahora.

Guardé silencio. Maurice trató de atraerme hacia él y de envolver mi cuerpo desnudo entre sus brazos.

—No, Maurice, esperemos a tener el resultado del examen —le dije, me vestí y salí de la habitación.

Me asignaron el único cuarto disponible. Quedaba en el primer piso y carecía de vista, pero lo acepté así. Me acosté de inmediato en esa cama estrecha. No podía dormir: una sucesión de imágenes desfilaba por mi mente: Jacques Delon con su piano, en un afiche, cuando se presentó en el Lincoln Center dos años atrás; Jacques Delon en el escenario de Blue Note, en el otoño anterior, acompañando en el piano un mano a mano de vientos entre Paquito D' Rivera y Arturo Sandoval; Jacques Delon en Birdland, a comienzos de año, en otro encuentro de pianos con el gran Chucho Valdés; Jacques Delon cuando era muy joven, en el escenario de Smalls; Jacques Delon en una fotografía de una fiesta familiar con Jean François y sus otros hermanos; Jacques Delon en vestido de baño construyendo un castillo de arena con Maurice, cuando este tenía tres o cuatro años de edad; Jacques Delon conmigo fundidos en un abrazo interminable… Jacques Delon… ese grande del *jazz* a quien yo tanto había admirado, ¿sería acaso mi padre? ¿Sería yo su hija? ¿Y Maurice sería mi hermano? En mi corazón no había mucho lugar para las dudas. Los tres teníamos características similares: el color negro de la piel, el pelo crespo, el cuerpo delgado, la estatura elevada, el talento para la música. Entonces recordé la charla que había tenido con Jean François Delon el día en que había visitado por primera vez el New York Children's Bank. En esa ocasión me había contado que su hermano menor, cuando estudiaba música, había sido donante permanente de esperma en un banco de semen, y que así había sobrevivido durante un año, antes de que comenzara a ganarse la vida como pianista.

Me dormí de pronto, pero pasé la noche sobresaltada: me despertaba, cerraba los ojos, daba vueltas. En duermevela, imaginaba a mi padre; pensaba en cómo sería mi encuentro con él; me preguntaba si me reconocería como su hija, si me aceptaría, si me abrazaría. Evocaba a Maurice: ¿cómo sería mi futuro con él?, ¿podría verme como su hermana únicamente?, ¿sería ilícita una relación entre los dos?, y, si no lo fuera, ¿podría yo amarlo?

La avalancha de preguntas me levantó antes del amanecer. La aurora se volcaba sobre el lago Séneca. Los pájaros empezaban a cantar y las ardillas trepaban por las ramas del bosque. El viento soplaba las hojas sepia del otoño. El frío me penetraba los huesos. El murmullo del agua al tocar la arena me brindaba un poco de paz. El Rainbow Cove apenas encendía sus primeras luces. Eran las seis y media de la mañana. De pronto, vi que Maurice se paraba en el umbral de la puerta de la casona y miraba hacia todos los lados. Me acerqué. Parecía triste. En mi interior bullía en cambio un volcán de emociones, entre las que prevalecían la alegría y la ansiedad que había despertado en mí la íntima convicción de que por fin estaba próxima a descubrir quién era mi padre. Me acerqué a donde él se encontraba.

—No podía dormir —le dije.

—¡Ven! —repuso, y me llevó de la mano—. Te invito a que desayunemos y hablemos con calma, ¿te parece?

Entonces le propuse que fuéramos al día siguiente a hacernos el examen de ADN para determinar si era cierta mi sospecha, y que ese día lo disfrutáramos paseando por los alrededores de Ithaca, del lago Cayuga y de la Universidad de Cornell.

—¿Qué vamos a hacer, Estrella? —insistió—. Ponte en la realidad, por favor: yo estoy aquí; en cambio, tu papá no sabemos si exista. Yo no estoy dispuesto a seguir jugando este juego tuyo.

—No nos precipitemos, Maurice. Esperemos el resultado del examen y luego pensamos, ¿quieres? Además, ¡los rollos no se forman solos, los forma uno!

Nos reímos… Luego caminamos de la mano por los alrededores del lago Cayuga y recorrimos las calles de Ithaca. Y así, con afecto y tacto, logramos que la mañana transcurriera de manera grata, cargada de recuerdos de infancia y salpicada de uno que otro silencio. Maurice me habló de su padre, me contó que había sido duro con él, que él sentía que lo había rehuido desde cuando era niño, que casi lo despreciaba, o quizás —y en eso insistía—que no le perdonaba que por darle la vida hubiera muerto su madre. Desde que la conoció, Jacques Delon no había podido amar a una mujer distinta. Y cuando la joven Ochún había resultado embarazada, él le repetía que ese sería el primero de los doce hijos que él quería tener con ella, porque soñaba con construir a su lado una familia donde hubiera amor y música, y en la que todos conformaran una banda que se convirtiera en la mejor orquesta de *jazz* del mundo.

—Estrella, quiero hacerte una pregunta —dijo Maurice, muy serio, en un punto del camino de regreso a Nueva York, cuando ya nos aproximábamos a Manhattan—. ¿Tú tendrías inconveniente en ser mi pareja si se comprobara que somos hijos del mismo padre?

—¿Por qué rompes nuestro pacto de no precipitar el tema sobre el futuro de los dos hasta no tener el resultado de nuestra prueba de ADN, Maurice? —le dije—. Te propongo más bien que, en lugar de discutir el asunto, busquemos en internet un lugar en el que podamos practicarnos el examen mañana temprano, antes de que aterrice mi madre, ¿te parece?

—Me parece —dijo, con una expresión de nostalgia que no lo abandonó durante el resto de la jornada.

Cuando parqueó el carro frente al edificio donde yo habitaba, Maurice dijo que tenía prisa. Nos despedimos con un abrazo estrecho. Luego esquivó mi mirada y se fue.

XXIX

Mi vuelo para Nueva York salía a las nueve de la mañana del día siguiente: a las seis debía estar en el aeropuerto. Estrella me había advertido que ese fin de semana se ausentaría de Nueva York y que el lunes en la tarde, cuando yo aterrizara, estaría en la universidad y no podría esperarme en su casa ni contestar el teléfono. De modo que debía llegar a su edificio, reclamar las llaves en la portería y aguardarla en su apartamento.

Bogotá parecía tranquila ese domingo. Unos cuantos nubarrones auguraban una tarde lluviosa. Sin embargo, el clima no estaba nada mal si se comparaba con el frío y los aguaceros torrenciales de noviembre. La mañana invitaba a caminar. Cuando cerraba la puerta de mi casa, sonó el teléfono:

—¡Verónica, quiero verte!

—¡Pero si anoche nos vimos, Malik! —exclamé.

—¿Y eso qué importa?

—Tengo muchas cosas que hacer: pagar las cuentas, empacar… ¿No ves que viajo mañana temprano?

—Lo sé, por eso quiero verte. Déjame acompañarte: yo te ayudo a empacar la maleta y a pagar las cuentas, y luego almorzamos tranquilos y hablamos, ¿te parece?

—No, Malik, no puedo, hablamos a mi regreso; te aviso cuando llegue —le dije.

—¿Y cuándo vuelves?

—Cuando Estrella ya no me necesite.

El teléfono sonó de nuevo: lo desconecté. Debía poner mis ideas en orden. Por ahora tenía claro que no quería saber más de ese Malik Sabbagh. Me parecía como si todo el amor que había sentido por él durante cuarenta años no le perteneciera a él sino a otro Malik que yo me había inventado y que nunca había existido en la realidad.

Salí a caminar. Me haría bien mirar la luz de la mañana y contemplar los árboles a un lado y otro de la calle. En días de sol, Bogotá era una ciudad grata. Me sentía liviana, como si un peso enorme que hubiera cargado durante años sobre mis hombros, y del cual no había sido consciente, hubiera desaparecido de pronto; me sentía libre. ¿De qué? ¿De quién? ¿De Malik? ¿De mí misma?

Pensaba en él: desde la noche anterior, cuando lo había visto desmoronarse y asumirse delante de mí como era en verdad, sin esconderse, sin callar, sin calcular si la imagen que proyectaba de sí mismo era su mejor rostro; cuando lo había visto despojarse de su fachada de falsa alegría y de su postiza seguridad en sí mismo y me había permitido observar su verdad, había empezado a verlo de otra manera y me había liberado para siempre de la angustia de incomodarlo y del miedo a perderlo: ahora lo veía como a un hombre débil de carácter, frágil, al que prefería entender en vez de odiar, pero a quien ya no amaba ni podría amar: un asunto de principios se había interpuesto para siempre entre los dos, y yo ya había entendido que nos guiaba una manera diferente de comprender las relaciones y de orientar la vida. Y eso hacía imposible una convivencia y cerraba las puertas de cualquier diálogo.

¿Cómo no me había dado cuenta antes de quién era él? ¿Cómo no había pensado que si era capaz de llevar dos o tres vidas, podría engañar a cualquiera, y que si alguien vive entre secretos es porque está habituado a mentir y a esconder sus intenciones? ¿Por qué no me había detenido a reflexionar sobre el hecho de que la lealtad excluye la falsedad? Pero ¿qué tan cómplice había sido yo de su comportamiento? ¿Por qué me había permitido permanecer cuarenta años atada a un hombre tan poco claro, tan ajeno, tan lleno de equívocos, tan impredecible? A pesar de que era domingo y de que dos días antes me había despedido de Pedro Alcántara, me atreví a llamarlo: quería encontrar una respuesta a mis preguntas.

—No suelo ver pacientes los domingos, Verónica. Pero como viajas mañana, hago una excepción contigo. Si puedes ir ahora a mi consultorio, te atiendo un momento.

Le agradecí el gesto, apuré la marcha, y media hora más tarde estaba sentada frente a él. No sé por qué esa vez preferí no recostarme como siempre en el diván detrás del cual él se sentaba; me acomodé en el sillón de en frente.

—Necesito que me expliques por qué fui tan tonta, Pedro; por qué no percibí quién era Malik Sabbagh.

—Eras muy joven cuando lo conociste, y estabas muy necesitada de afecto. Además, lo amaste sinceramente. Y amar es uno de los privilegios que da la vida, Verónica. No tienes por qué avergonzarte de ti misma ni darte tan duro por haber amado.

—¿Pero no ves que perdí mi vida?

—¡No la perdiste! ¡Tienes a Estrella! ¡Y te tienes a ti! Mírate, Verónica: eres una mujer atractiva aún, con buena salud, inteligente. Puedes estudiar una carrera, aprender a quererte, disfrutar con tu propia compañía. Y puedes también ayudarle a Estrella a encontrar a su padre. Eso sería algo que ella te agradecería y que la acercaría mucho más a ti.

—Creo que hay algo deshonesto en mí, Pedro; algo que me volvió cómplice de Malik Sabbagh, de sus engaños; algo que me permitió facilitarle que llevara esa doble vida.

—El hecho de que tú no se lo permitieras no lo iba a hacer distinto: él es así, tiene varias caras, es poco confiable.

—¿Y yo, Pedro?

—Tú eres una mujer espléndida. Vete tranquila a Nueva York, Verónica. Encuentra a tu hija. Ayúdala. Acompáñala en la búsqueda de su padre. Y acompáñate tú también.

Las palabras de Pedro Alcántara me quedaron resonando en la mente: Acompáñate tú también, Verónica.

Pasé por el gimnasio. Quería relajarme haciendo un rato de ejercicio y despedirme de Jerónimo: su amistad había sido grata en este tiempo. Lo invité a almorzar: comimos un sándwich en una cafetería cercana y le prometí que le escribiría.

Luego fui donde Eugenia. Como no estaba, le dejé una nota en la que le agradecía su amistad y le decía que, como ella vivía en contacto con las fuerzas del universo, no olvidara enviarme sus buenas energías. Luego me dirigí a mi casa para tomar el carro e ir donde Yamid Sabbagh a dictarle la última clase de francés. Al salir del garaje vi por el espejo retrovisor a Malik timbrando en el portón de mi casa. Arranqué a toda velocidad. Unas cuadras más adelante me detuve para llamar a Yamid. Le pedí que hiciéramos la clase en otro lugar.

—¿Por qué? —me preguntó.

—Porque no quiero volver a ver nunca más a Malik Sabbagh.

XXX

Apenas llegué a mi apartamento, llamé a Sara y le dejé un mensaje:

—Te tengo buenas noticias. Llámame en cuanto llegues.

Me acosté porque estaba agotada: quería recuperar el sueño perdido y recobrar las fuerzas porque el lunes me aguardaba un día difícil. Maurice y yo nos encontraríamos para practicarnos la prueba de ADN, después escribiría mi informe para el profesor Johnston, asistiría a la aburrida clase de Sicopatologías y, en la noche, me encontraría con mi madre.

(Todavía no había pensado qué iba a decirle de todo esto…).

Ese lunes, el cielo de Manhattan anunciaba lluvia. Sin embargo, el informe meteorológico decía que habría sol a partir de la media mañana. Preferí confiar en lo que constataban mis ojos; me vestí de otoño, me puse la gabardina y las botas de lluvia, saqué el paraguas, y salí a tomar el metro para llegar a tiempo al Best Bagel & Coffee de la calle treinta y cinco entre las avenidas Séptima y Octava, donde había quedado de encontrarme con Maurice a fin de ir juntos a un centro de exámenes de ADN que había cerca de ahí.

Maurice apareció pasadas las nueve de la mañana. Tenía expresión de disgusto.

—¿Estás segura de que tenemos que hacernos este examen, Estrella? —me dijo, luego de saludarme con un displicente beso en la mejilla.

—Lo estoy, Maurice.

En el centro de DNA, una recepcionista rubia y robusta nos dijo que sacáramos un turno y esperáramos.

—Serán unos quince minutos —dijo la mujer.

Pasado un rato, una médica de piel cetrina, con aspecto hindú y un pequeño óvalo rojo pintado en el entrecejo, nos pidió que la siguiéramos. Se presentó como la doctora Banderalaika, responsable de la recolección de muestras de ADN en el centro, y nos preguntó la razón de nuestra visita. Maurice guardó silencio. Yo le resumí la historia.

Entonces tomó un palillo similar a los que se usan para limpiar las orejas de los niños pero bastante más largo y terminado, no en un copo de algodón, sino en una tela especial que facilita que se le adhieran las células impregnadas de ADN que se desprenden de la boca de los examinados. La doctora me restregó varias veces la parte interior de la mejilla e hizo lo mismo con Maurice. Después guardó los palitos en dos recipientes distintos.

—El resultado estará listo en cinco días —dijo.

—¿Eso es todo? —pregunté sorprendida.

—Es todo —contestó.

Salimos. Maurice me invitó a su casa para que escuchara la grabación de una canción que había compuesto la noche anterior.

—No puedo, tengo que escribir mi informe para el profesor Johnston —le dije—. Debo enviárselo mañana.

—¿Y qué vas a decir? —me preguntó.

—La verdad: que el trabajo está inconcluso y que sólo podré tenerlo cuando reciba el resultado de las pruebas de ADN.

—Probablemente te toque retirar la materia porque Johnston no te va a conceder la prórroga.

—Probablemente, Maurice.

Eran las diez de la mañana: mamá debía llevar una hora de vuelo. Ojalá logremos no enfrentarnos en estos días, pensé… En ese instante sonó mi celular. Era Sara:

—¡No he hecho más que llamarte, Estrella! ¿Cuáles son las buenas noticias?

—Creo que ya sé quién es mi padre.

—¿Qué dices?

Media hora después, Sara Yunus me esperaba en el café de la calle 116 con Broadway, donde con frecuencia nos encontrábamos.

—¡No aguanto más la curiosidad! ¡Habla de una vez! —me ordenó.

Le conté entonces de mi viaje a Ithaca con Maurice; le relaté nuestro encuentro; le describí su lunar y le dije que ambos padres eran negros y habían nacido en septiembre. En ese instante, Sara irrumpió en un sollozo imprevisible, se levantó de la silla, me abrazó y yo pude, por fin, llorar abrazada a ella cuanto quise. Al cabo de un rato nos despedimos. Pero antes, Sara afirmó:

—Después de esto, me convencí aún más de que García Márquez tenía razón cuando decía que el periodismo es el oficio más bello del mundo, Estrella.

Le agradecí su solidaridad, su ayuda y hasta su obstinación, y me fui a la biblioteca a escribir mi trabajo para Johnston. Luego de varias horas dedicadas a hacer y deshacer párrafos en los cuales intentaba relatar la historia de mi vida y explicar por qué había escogido ese tema, me di cuenta de que lo único que podía escribir por el momento era la lista de hechos y de indicios que tenía sobre la identidad de mi padre, y añadirle al profesor mi solicitud de que me extendiera el plazo para presentar el trabajo. Entonces redacté un texto escueto:

Curso: Periodismo Investigativo
Facultad: Escuela de Graduados de Periodismo
Universidad: Columbia
Profesor: Richard Johnston
Alumna: Estrella de la Espriella
(Último borrador)
Tema de la investigación:
Descubrir la identidad del padre biológico de Estrella de la Espriella.

Hipótesis:

- Que el padre biológico de ella es el músico Jacques Delon.

Hechos:

- La concepción ocurrió por inseminación artificial el 23 de noviembre de 1982.
- El semen utilizado por la madre, Verónica de la Espriella, fue comprado en el New York Children's Bank de Nueva York.
- La referencia del esperma usado fue B-040962-27-221182.
- Ello significa que ese semen equivalía a la vigesimo-séptima muestra que se había extraído un hombre negro nacido el 4 de septiembre de 1962, y que la fecha de extracción de esta había sido el 22 de noviembre de 1982.
- El archivo con los nombres de los donantes de la época se incendió, de modo que fue imposible consultar el listado de entonces.
- Sin embargo, existen indicios que llevan a pensar que el padre genético de Estrella de la Espriella es el pianista Jacques Delon:
- Su hijo, Maurice Delon, y Estrella de la Espriella tienen el mismo extraño lunar: es una mancha color café claro, de unos tres centímetros de largo por uno y medio de ancho (se adjunta fotografía del lunar de ella). Ambos lo tienen cerca del vello púbico, aunque en lugares distintos.
- Jacques Delon nació en septiembre de 1962, igual que el donante del semen con el que se inseminó la madre.
- Según testimonio de su hermano, Jean François Delon, Jacques fue donante permanente de semen cuando era estudiante de Música (falta precisar la época y el lugar).

• Estrella, Maurice y Jacques no solo poseen un fenotipo similar (piel muy negra, figura esbelta y altura elevada), sino que todos tienen un oído musical muy desarrollado que Estrella no hereda de su madre ni proviene de su rama genética.

Solicitud:

Que se prorrogue el plazo para presentar el texto final de la investigación, ya que en cinco días debe llegar el resultado de la prueba de ADN que ayer se realizaron Maurice Delon y Estrella de la Espriella, la cual determinará si ambos comparten el mismo padre biológico.

Nueva York, 15 de noviembre de 2007

Después de ponerle el punto final a ese último borrador y de enviárselo por correo electrónico al profesor Johnston, sentí un sueño profundo. Hice esfuerzos para no dormirme y consulté el correo. Por fortuna encontré un mensaje del profesor de Sicopatologías en el que decía que estaba enfermo y que no dictaría cursos ese día. ¡Me alegré! Ese señor tenía una energía que me descomponía con solo mirarlo: definitivamente, nuestra química hacía cortocircuito. Como diría Eugenia Vengoechea, la prima de mi mamá, ese hombre debió haberme torturado o arrojado a los leones en mi vida pasada. Me senté a descansar un momento en una poltrona de la biblioteca. Al instante me quedé dormida.

Cuando desperté, eran las cuatro y media de la tarde. Había soñado que surgía a la superficie en un mar de aguas cristalinas. Mamá debía estar aterrizando en el aeropuerto de Kennedy. Salí a la carrera, tomé el metro, me bajé en la estación más cercana a mi casa, corrí a la floristería de la esquina y le pedí a la florista que me vendiera un ramo de rosas amarillas.

—Me acaban de llegar seis docenas. La mitad está en capullo.

—Démelas todas.

Esa tarde necesitaba inundar mi casa de buena suerte...

Segunda parte

I

Pétalos amarillos colmaban la canasta que adornaba la mesita del comedor del estudio en el piso 20 del edificio River Tower, en el Upper West Side. Capullos de rosas del mismo color llenaban dos floreros. Una vasija sobre el mesón de la cocina contenía nueces, marañones y uvas pasas. Al lado, sobre una bandeja, había un queso brie rodeado de dátiles. Una pequeña canastilla de mimbre contenía tajadas de pan francés. Una botella de Beaujolais, junto a dos copas de colores, reposaba sobre el mesón que comunicaba el estudio con la pequeña cocina. A su lado, una tarjeta manuscrita, decía: «¡Bienvenida, mami!».

Eran casi las siete de la noche. Estrella consultó en internet la página que brindaba información sobre vuelos y vio que el de su madre tenía dos horas de retraso. Entonces se acercó a la ventana, contempló los rascacielos iluminados de Manhattan y, sin proponérselo, como si fueran parte de una película, miró en un desfile de recuerdos las escenas más significativas de su vida: Estrella, de tres años, en la playa de Salgar, construyendo con su madre un castillo de arena… Ella, de la mano de Verónica, saliendo del agua en carrera hacia la playa para esquivar el reventar de una ola gigantesca… Estrella, con sensación de ahogo, entrelazada entre las piernas de su madre, esforzándose por salir a la superficie de un mar turbio y encrespado… Estrella desenredando madejas de hilos sentada junto a Verónica, quien pedaleaba la máquina de coser… Su madre, sentada en la orilla de su cama, leyéndole el cuento de «El gato con botas»… Estrella, de seis años, recién operada del apéndice, adolorida, abrazada a su madre en la cama del hospital… El abuelo Samuel, con su casco de ingeniero, su camisa y su pantalón caqui, llevándola al circo luego de visitar una obra… El mago invitándola ese sábado al escenario para ponerla de testigo de una prueba de magia; ella, asustada, temiendo que los leones regresaran a la tarima… Estrella, en el colegio, llorando escondida durante un recreo, luego de que una niña la excluyera del juego de golosa porque no aceptaban jugadoras negras… Ella, sentada junto al viejo Samuel, haciendo con su ayuda una tarea de matemáticas… Estrella, con lágrimas que rodaban por sus mejillas, escuchando de pie el *Ave María* que la solista del coro cantaba durante el entierro de su abuelo… Ella, al día siguiente del sepelio, preguntándole a su madre quién era su verdadero padre… Verónica guardando silencio ante su pregunta… Estrella comiendo milhoja con jugo de guanábana, mientras escuchaba a su mamá decirle que jamás podría descubrir la identidad de su padre… Ella, en sus noches de insomnio, preguntándose de quién provendría su color de piel, por qué era tan distinta de su madre, de su abuelo y de todos los que la rodeaban… Estrella, en la soledad de su alcoba, decidiendo que viajaría a Nueva York, que no descansaría hasta descubrir la identidad de su padre y que, para irse, usaría el pretexto de que deseaba hacer una especialización… Su madre, apesadumbrada, despidiéndola con la mirada cuando ya había pasado la puerta que conduce a la inmigración en el aeropuerto de Bogotá… Sara Yunus aconsejándole que tomara como electiva el curso de Periodismo Investigativo… El profesor Johnston respondiéndole que aceptaba que su tema de investigación fuera descubrir quién era su progenitor… Ella, aterrada, contemplando el lunar que Maurice tenía debajo de su ombligo…

El sonido del intercomunicador interrumpió la secuencia que desfilaba por su mente.

—Su mamá acaba de subir —le anunció el portero con su acento dominicano.

Estrella sintió que un vacío le recorría el estómago: ¿le contaría toda la verdad?

Verónica había tenido un vuelo agitado por los vacíos y la turbulencia. Su miedo al avión le había impedido pensar en cómo afrontaría ante su hija su reencuentro con Malik Sabbagh. ¿Qué iba a decirle si ella no sabía cómo abordar ese tema ante sí misma? ¿Cómo podría justificar ante su hija que lo que durante cuarenta años la había unido al recuerdo de ese hombre y la había confinado a vivir en soledad no había sido amor sino locura? ¿Cómo aceptar ante Estrella que apenas cuando había llegado al borde de los sesenta años había empezado a madurar? ¿Cómo pedirle perdón porque había sido justamente por esa inmadurez suya que ella no tenía padre? ¿Cómo implorarle que se olvidara de todos los sufrimientos que su desequilibrio emocional y su egoísmo le habían ocasionado? ¿Cómo esperar que aun así su hija la quisiera?

La puerta estaba entreabierta. Verónica la empujó suavemente. Estrella fue a su encuentro. Los ojos de Verónica se nublaron.

—¡Ven! —dijo la hija—. ¡No llores, que no hay por qué! Mira: llené el estudio de rosas amarillas, lo inundé de buena suerte. Deja tu maleta aquí y tomémonos un vino, mami.

El cálido recibimiento de Estrella hizo que Verónica se deshiciera de su armadura. Y el aspecto inerme de ella derrumbó las barreras que durante tanto tiempo habían alejado a Estrella de su mamá.

—¡Brindemos por ti, por la nueva vida que se te aproxima, por el encuentro que seguro tendrás con tu padre! —dijo Verónica, al tiempo que chocó su copa contra la de su hija.

—Mamá —dijo Estrella, apartándose un poco de Verónica para mirarla a los ojos—. Creo que ya sé quién es mi padre…

II

Jacques Delon no sabía cómo organizar su próximo concierto en Blue Note ni cómo solucionar las pequeñas cosas de su vida profesional sin la ayuda de su amigo Perry Newton. Su muerte no sólo lo había entristecido y lo había dejado sin amparo, sino que le había revivido la de su esposa, quien luego de un parto difícil en el que había dado a luz a Maurice, había muerto de hemorragia. Pero antes Jacques había alcanzado a tomarle la mano, a acariciarle la frente y a decirle: «No me dejes, Ochún. Quédate conmigo». Sin embargo, poco a poco la vida de esta mujer, que siendo aún una adolescente le había mostrado a Jacques Delon el significado del amor, se había esfumado a medida que la sangre escapaba de su vientre. Hasta que al final ella lo miró fijamente, trató de hablarle, no lo consiguió, perdió sus últimas fuerzas y cerró los ojos para siempre. Jacques Delon sintió que su vida se iba con la de ella... Sin embargo, no lloró en ese momento, como tampoco lloró a la hora del entierro de esa joven que lo había hecho tan feliz con su amor pero tan desgraciado con su ausencia. Ni volvió a llorar jamás, él, que antes se conmovía con frecuencia. Después del funeral, Jacques le pidió a su madre que lo acompañara a la sala de neonatos del hospital para recoger al niño. En cuanto una enfermera se lo puso en los brazos, Jaques se lo entregó a su mamá y le dijo: «Se lo encargo, madre. Haga de cuenta que es suyo. Bautícelo con el nombre de Maurice, que era el que Ochún había escogido para él». Después se fue de su casa, buscó posada donde un amigo y se mantuvo como pudo, haciendo trabajos aquí y allá, buscando cualquier fuente de ingreso con tal de vivir lo más lejos posible de ese hijo a quien él culpaba inconscientemente de su desgracia. Y a pesar de que le gustaban los niños, se juró que nunca tendría más hijos, que no volvería a enamorarse, ni a sufrir, ni a correr el riesgo de que lo abandonaran. Prefería mantenerse alejado de las relaciones profundas o de la experiencia de sentimientos intensos. Esos los reservaba para los momentos en que hacía su música. Por eso, cuando tocaba piano y componía canciones, Jacques Delon experimentaba las emociones que había bloqueado en su vida; y mientras interpretaba sus melodías, vivía los éxtasis que se había prohibido repetir en el amor y que él lograba transmitirle al público que lo ovacionaba luego de cada presentación. Era tal la devoción que despertaba, que conseguir tiquetes para un concierto suyo era algo que debía hacerse con mucha anticipación. Y, por ese motivo, Jacques siempre reservaba entradas para sus padres, sus hermanos y para Maurice, con quien mantenía una relación ambigua, pues su distancia con él no le dejaba la conciencia tranquila: sentía no sólo que lo había abandonado, pese a haberlo dejado al cuidado de su madre, sino también que, al hacerlo, había contrariado a Ochún, quien con seguridad habría preferido que él fuera el padre cercano que ella soñaba para su hijo. Por eso, tal vez, tenía pesadillas frecuentes: unas noches soñaba que Maurice le ataba al cuello una piedra enorme y lo empujaba hacia el mar profundo; y otras soñaba que, después de hundirse, cuando se aproximaba al cielo para encontrarse con Ochún, ella lo miraba desde la distancia y se alejaba envuelta en sábanas mientras le hacía las señas de un adiós sin retorno.

El próximo concierto de Jacques Delon estaba programado para el sábado siguiente en el legendario Blue Note del Greenwich Village de New York, donde se presentan figuras famosas del *jazz*. Delon tendría que tocar allí de todos modos, así no contara ya con su fiel Perry Newton. Entonces le pidió ayuda a su hermano Jean François.

—Hacía tiempo no te veía, Jacques… Estás más delgado —le dijo.

—La muerte de Perry me quitó el apetito... y me revivió la de Ochún... ¿Por qué será que ella no me permite olvidarla, hermano?

—¿Ella o tú, Jacques? —preguntó Jean François.

—Ella... La siento a mi lado. Es una presencia que no me deja un instante... ¿Será que así me reclama mi lejanía de Maurice y me pide que me ocupe de él?

—¡Pero si Maurice ya va a cumplir treinta años!

—¡Nunca es tarde para rectificar!

Entonces Jean François le contó las últimas noticias de ese sobrino al que luego de su nacimiento él había acogido como un a hijo más.

—Maurice tiene un magnífico conjunto de *rock* con mis hijos, Jacques... Te encantaría escucharlos... Y con ellos canta a veces una colombiana con una voz preciosa. Es una muchacha muy bonita de quien creo que está enamorado. Ojalá se casaran: ¡harían una linda pareja!

—¡Tú y tu empeño en andar casando a todo el mundo, Jean François! Si el amor no trae sino desgracias. Mira mi vida...

—Pero mira la mía: fíjate como yo logré superar la muerte de Janice y construí con Nancy una familia que me ha hecho feliz.

—Bueno, a trabajar, hermano —le dijo Jacques —. La filosofía y los consejos los dejamos para después... Ahora lo que necesito es que hagas todo lo necesario para que el espectáculo en Blue Note resulte perfecto. Sólo nos vamos a presentar el saxofonista, el bajista, el baterista y yo.

—¿Ya tienes el repertorio?

—No está del todo claro aún. Quiero hacer un concierto en homenaje a Chet Baker y a Ray Charles...

—Bueno, el repertorio es asunto tuyo. ¡Tú puedes estar tranquilo, que yo me encargo del resto!

A pesar de que Jacques y Jean François se veían con poca frecuencia, y de que entre los dos había una diferencia de cinco años, los unía una complicidad que venía desde la infancia: Jacques le ocultaba a su madre que Jean François, cuando era adolescente, se escapaba por la ventana del cuarto que ambos compartían para irse de parranda, y Jean François no les contaba a sus padres las pilatunas que hacía Jacques, y dejaba que Paul, el hermano que había nacido en medio de los dos y había emigrado a Francia porque nunca se había entendido con sus padres ni con sus hermanos, cargara con las culpas.

—Hermano, despreocúpate de los detalles del concierto. Tú solo concéntrate en los ensayos —le insistió Jean François al despedirse.

—¡Qué bueno es tener hermanos! —repuso Jacques—. A lo mejor me equivoqué al no darle uno a Maurice…

—¡Nunca es tarde!

III

Maurice Delon no había podido conciliar el sueño. Aun cuando estaba seguro de que la presencia en el cuerpo de Estrella de un lunar parecido al suyo y el hecho de que su padre y el padre biológico de ella hubieran nacido el mismo mes eran apenas coincidencias, lo inquietaba que su hipótesis fuera cierta. Además, él no sabía que su padre fuera donante de semen y tampoco se imaginaba que lo hubiera sido.

¿Serían hermanos Estrella y él? ¿Semejante tragedia sería posible? A Maurice le aterraba contemplar esa posibilidad. Temía perder a quien él intuía como el amor de su vida: sentía por Estrella una atracción muy fuerte y estaba convencido de que con ella tenía afinidades que no encontraría con nadie más: los unía el amor a la música, la pasión por el baile, el gusto por la naturaleza. Sin embargo, los ataba algo mucho más fuerte: había entre los dos una maraña de conexiones intangibles que se resumían en que, para Maurice, Estrella era su alma gemela, con la cual quería compartir su vida hasta la muerte y tener muchos hijos. Maurice había soñado con formar una familia sólida, un hogar normal con tres o cuatro niños que tuvieran un papá y una mamá presentes en su vida, que no crecieran como él, que no carecieran de un padre que les sirviera de guía y de una madre que los llenara de amor y de cuidados. Además, no deseaba envejecer solo: quería construir relaciones que lo nutrieran para siempre.

¿Por qué su padre habría optado por alejarse de él en vez de permitirle crecer a su lado y, a través de su presencia, conservar algo de su madre?, se preguntaba Maurice. ¿O sería que, en el fondo, lo que de verdad Jacques Delon anhelaba era acabar con el recuerdo de Ochún, sepultarlo, para que esa mujer que seguía apareciéndosele en sueños le permitiera por fin ser libre y vivir? Porque no debía haber sido fácil la vida de su padre, viudo antes de cumplir veinte años, con un niño a quien cuidar, y con un dolor a cuestas del cual no había podido deshacerse. Los dolores de las ausencias no sólo pesan sino que pasan a ser parte de uno mismo, hasta el punto de que ya no se puede vivir sin ellos porque se convierten en una piel de la cual uno no puede ni quiere desprenderse; y, si llega a hacerlo, queda uno en carne viva y esa carne le da paso a una nueva piel; y es entonces cuando las heridas comienzan a sanar y las ausencias empiezan a esfumarse hasta que desaparecen y súbitamente llega el olvido, que duele más que la misma ausencia. Esa, pensaba Maurice, la necesidad de Jacques de enterrar para siempre el recuerdo de su madre, era una buena explicación de su desapego hacia él. Aunque no estaba seguro de que esa fuera la verdadera razón de su actitud, creerlo lo tranquilizaba porque le hacía pensar que su comportamiento se debía al exceso de amor hacia su madre, y no a un rechazo hacia él; que era producto del dolor y no del desamor.

Hoy no voy a buscar a Estrella, se dijo Maurice. La dejaré que se encuentre tranquila con su madre. ¿En qué andaría? ¿Pensaría en él? ¿A qué horas se había enamorado de ella? ¿Sería cuando había visto por primera vez sus inmensos ojos verdes asomarse por la puerta del apartamento de su tío Jean François, o cuando juntos cantaron *Both Sides Now* con el acoplamiento que habrían tenido si hubieran llevado años de interpretar juntos esa canción? ¿Sería durante los ensayos de la banda o cuando bailaron en El Corso y sintió su cuerpo esbelto pegarse rítmicamente contra el suyo? Maurice no lo sabía. Lo que sí estaba muy claro en su mente es que no quería perderla.

Y si fuera cierto que el destino les había hecho una mala jugada y de verdad eran hermanos, ¿con qué ojos se mirarían después? En ese caso, él preferiría desaparecer de su vida y tratar de olvidarla. Eso significaba que también perdería lo poco que tenía de su padre. O, dado que no habían crecido como hermanos, podrían simplemente decidir que no tendrían hijos, olvidarse del descubrimiento, no divulgar su secreto y vivir su amor… Pero no, eso sería imposible porque en Estrella prevalecería el deseo de lograr que su papá la reconociera como hija y difícilmente aceptaría que vivieran un incesto a los ojos de todos… ¿Podría él más bien tratar de sublimar su amor y querer a Estrella como se quiere a una hermana? ¿Cómo sería el próximo encuentro de los dos? Los pensamientos de Maurice iban y veían por su mente hasta conformar un nudo de confusión y de tristeza. Sin embargo, le agradaba la idea de que le apareciera una hermana: siempre se había lamentado de ser hijo único, de no contar con alguien que llevara su misma sangre, sus mismos genes, que tuviera sus mismos valores y su mismo modo de pensar. Pero igual, era muy difícil que esa identidad se diera con Estrella, que había sido criada por una madre extraña en un país diferente, con un clima y una cultura distintos. De modo que lo mejor era pedirle al alma de su mamá que intercediera ante Dios para que esa coincidencia no existiera.

¿Y Dios sí existía? Era la primera vez que Maurice lo pensaba desde cuando había salido del colegio y meditaba sobre ese asunto hasta el punto de que, en un momento de su vida, se le había convertido en una verdadera obsesión. Sin embargo, había concluido que, como no podía solucionar el misterio, lo mejor era no perder tiempo buscándole una respuesta racional a una pregunta que no lo era. Pero en una cosa sí había creído siempre, aunque de una manera irracional: que si bien la existencia de Dios no podía probarse, la del alma de su madre sí, porque para él la suya era una presencia que lo protegía, que lo salvaba en los momentos más difíciles, que lo acompañaba cuando se sentía solo, que lo consolaba en las tristezas, y que era capaz de torcer el destino a su favor cuando todo parecía ponérsele en contra. Recordó entonces esa mañana del 5 de febrero en que cumplió quince años, cuando tomó entre sus manos la foto de su madre y, desde el fondo de su corazón, le pidió que se manifestara, que le permitiera sentirla cerca, que le diera un regalo que le hiciera saber que ella estaba ahí. Minutos después, cuando nada lo auguraba, en medio de un cielo que parecía un manto de un azul tenue, se desgajó un aguacero torrencial que crepitó intensamente contra la ventana de su alcoba y le hizo recordar la frase que su padre repetía siempre que se desataba un diluvio semejante: «Gracias, Ochún, por recordarme tu presencia». Entonces Maurice se dijo en silencio: «Mamá, ayúdame, no me abandones ahora; yo amo a Estrella, haz que suceda lo mejor para mí».

IV

La historia que Verónica acababa de escucharle a su hija la había dejado sin palabras. ¿Era posible que el azar se hubiera vuelto su cómplice? El azar determina tantas cosas en la vida, pensó. Desde el mismo momento de la fecundación, ya por el azar se han dibujado unas características y hasta un temperamento... No quedaba sino esperar a que se confirmara la hipótesis de Estrella. Verónica intuía que podía ser cierta. Pero no quería llenarla de un optimismo que pudiera causarle daño en caso de que el resultado del examen de ADN saliera negativo. Y tampoco deseaba desalentarla ni mucho menos volverse un obstáculo en su búsqueda. Lo que quería era hacerle sentir que de verdad estaba ayudándola a encontrar a su padre.

—¿Cuándo te entregan el resultado de la prueba?

—El viernes.

—¿Qué te parece si de todos modos busco al doctor Sullivan y despejo el camino para realizar la investigación también por esa vía? ¿Qué tal si viajo a Boston? No quiero desanimarte, Estrella, pero la prueba puede resultar negativa. Y yo vine aquí para colaborarte... Quiero hacer hasta lo imposible para ayudarte a encontrar a tu padre.

—Gracias, mami —respondió Estrella, y bajó la mirada al tiempo que los ojos se le llenaron de lágrimas.

—¿Qué te pasa, hija?

—¡A buena hora empiezas a preocuparte porque yo tenga un padre, mamá! ¿Por qué no lo pensaste antes? Si deseabas tanto tener un hijo, ¿por qué no le pediste a un amigo que lo tuvieran juntos? ¿Por qué me sometiste a la incertidumbre de no saber de dónde vengo ni quienes son mis antepasados?

¿Por qué permitiste que encontrara siempre sólo un hueco negro detrás de mí? ¿Por qué me expusiste a la burla de mis compañeros de colegio? ¿Por qué no pensaste en que tan importante como tener una mamá es tener un papá que te enseñe a sentirte amada y a aceptar el amor? ¿Y por qué crees que yo te pertenezco, mamá, que soy de tu propiedad, como si fuera una mascota que tiene que hacer lo que tú decidas? ¿Por qué me has avasallado tan intensamente, sin dejarme un descanso ni una posibilidad de escapar de lo que tú ordenas que yo haga, sea o quiera? ¿Por qué has pretendido manejarme la vida? ¿Por qué no has entendido que yo soy una persona distinta, separada de ti, que tengo mis propias aspiraciones y mis propios sueños, que mis características son diferentes de las tuyas, que anhelo hacer mi propia vida, tener mi propia casa, mi propio lugar en el mundo, muy alejado de donde tú estés, donde yo valga por ser yo y no por ser tu hija no más, porque por parte de padre yo no soy hija de nadie? ¡Y eso es justamente lo que necesito cambiar, mamá, necesito ser hija de alguien! —gritó Estrella fuera de sí, al tiempo que lanzó contra el piso el retrato en que ella abrazaba a Verónica, y lo volvió añicos.

Verónica la contempló en silencio. Luego tomó su abrigo y su bolso y salió del apartamento sin decir una palabra.

No sabía a dónde ir. No se sentía bienvenida en casa de su hija. Y ese era un dolor que no esperaba que le tocara sufrir. Verónica creía que se había alistado para superar todos los golpes de la vida: la muerte de su madre, la de su padre, la vejez, el retiro del trabajo, la soledad. Pero el desamor de Estrella era algo que no imaginaba que pudiera llegarle y para lo cual no estaba preparada, como no había estado preparada para ser madre aunque lo hubiera anhelado tanto. Es que ese oficio, a pesar de que es el más importante de todos cuantos existen, es el único que no enseñan en ningún lugar y al cual se llega sin ningún conocimiento: no sabe uno cómo cambiarle el pañal al muchachito, ni cómo sacarle los gases, ni cómo calmarle el hipo, ni cómo aliviarle el cólico; y después, cómo corregirle las pataletas; cómo no desesperarse ante un llanto a los gritos que

puede durar horas; cómo enseñarlo a que se quede durmiendo
en su cama; cómo educarlo, cómo conseguir que sea ordenado,
recoja sus juguetes y aprenda a estudiar, a leer, a saberse las
tablas de multiplicar; y en la adolescencia, cómo lograr que no
caiga en la droga ni se exceda con el alcohol; y al final, cómo
enseñarle a ser una persona honesta, independiente y capaz
de desempeñarse sola en la vida; y ahí, si se ha logrado hacer
la tarea con éxito, cuando ya la vejez se anuncia, cuando ya la
muerte no aparece como una posibilidad demasiado lejana y
empieza a surgir el cansancio de andar realizando tareas por la
vida, vienen la separación, y el alejamiento, y el abandono, y el
«chao mami». Pero esa es la ley de la vida, dicen, y entonces se
tiene que aprender a vivir de nuevo, y a adivinar cómo se cami-
na otra vez sin apoyo cuando ya falla el equilibrio, y a descubrir
dentro de sí la mejor compañía, y a quererse, y a vivir feliz sin
necesitar a nadie, y a enamorarse de la vida. Pero Estrella era
la única razón que Verónica todavía creía que le quedaba para
mantenerse viva: ella aún soñaba con el día en que la viera
regresar y pudieran volver a vivir juntas, prepararle el desayuno por la mañana, esperarla a su llegada en la noche, cocinar
para ella, acompañarla a hacer sus compras, oírla, conversar;
ayudarla a criar los hijos que fuera a tener y que Verónica creía
ya haber visto en sueños, un nieto y una nieta que imaginaba
trigueños, de pelo crespo y ojos vivarachos, inteligentes, Paula
y Juan, así los había bautizado en sus noches de desvelo en las
que planeaba el futuro de las dos. Es que durante muchos años
la madre no había tenido planes de vida distintos de los de acabar de envejecer al lado de su hija y, de pronto, sus sueños se
derrumbaban como un castillo de naipes y el piso se le hundía.

    ¿Dónde pasaré la noche?, se preguntaba esta mujer que
caminaba agobiada por el frío de su corazón y que hacía años no
visitaba Nueva York ni conocía un hotel en el Upper West Side.
Caminó hacia el sur por la avenida Amsterdam, cruzó hacia el
este, volteó a la derecha cuando llegó al gran parque y, andando
por la avenida Cental Park West, se dirigió hacia la calle 58 y
fue a la zona que ella conocía mejor: el Upper East Side. En ese

momento recordó que en la calle 51 con avenida Lexington había un hotel donde ella se alojaba cuando la enviaban en comisión a la misión de Colombia en las Naciones Unidas. Casi a medianoche, dos horas después de haber salido del apartamento de Estrella, halló el lugar y, por fortuna, encontró una habitación cuya reserva acababan de cancelar: se alojó en un cuarto doble, cómodo, decorado a la antigua, y marcó el teléfono de su hija.

—¡Mami, estaba desesperada! ¿Dónde estás? ¡Ya iba a llamar a la policía!

—Estoy en un hotel. Me quedo aquí esta noche.

—¡Mami, perdóname! ¡No es para tanto! ¡Vuelve, por favor!

—Voy a dormir aquí y mañana hablamos…

Quedaron de encontrarse en el apartamento de Estrella a las once de la mañana, hora en que ella regresaría de su clase con el profesor Johnston.

Verónica no podía dormir. Estrella tampoco. Mamá no tiene límites, no entiende que yo no soy ella. ¡Pero no hay nada que hacer! Es mi mamá, es así y así la quiero, pensaba Estrella. Y Verónica, a su vez, se decía: Mi hija nunca me había herido tanto. Pero si yo estuviera en su lugar, ¿qué sentiría?

A las siete de la mañana, Estrella se asomó por la ventana y observó que Nueva York había amanecido cubierto de lluvia. Esperaba que Verónica la llamara. Había olvidado preguntarle en qué hotel se había alojado. ¡Cómo le hacía de falta saber dónde estaba su madre y tener la certeza de que podría encontrarla cuando quisiera! ¿Por qué será que sólo la busco cuando la necesito y no, simplemente, cuando quiero estar a su lado?, se preguntó. ¿Será que nunca quiero? No, a veces quiero, a veces la extraño, a veces la necesito; claro que no es siempre, como mamá desearía.

A las siete y media de la mañana sonó la alarma que le indicaba la hora en que debía salir con el fin de llegar a tiempo a la clase del profesor Johnston.

Verónica se había despertado a las ocho, demasiado tarde para su horario habitual. Seguro había sido porque se había dormido en la madrugada. Pensó en llamar a su hija, pero desechó la idea.

—Tengo que aprender a dejarla respirar —se dijo.

Entonces se dio una ducha de agua caliente, se vistió, bajó a desayunar y entró luego al centro de negocios del hotel para buscar en internet al doctor Sullivan. En cuanto escribió en el buscador «Sullivan», «genetista», «Boston», le aparecieron los nombres de Bernard Sullivan, director del Boston Cryo Institute, y de William Sullivan, profesor del Departamento de Genética de Boston University. Bernard debía ser el que ella necesitaba, pues Estrella le había dicho que dirigía un banco de semen en esa ciudad.

Llamó al instituto y pidió una cita con él. Se la dieron para las tres de la tarde del día siguiente. «El doctor viaja en dos días. Va a ser una cita corta, pues dispone de poco tiempo», le advirtieron. Verónica aceptó la condición, entró de inmediato a la página de venta de tiquetes de tren y compró uno para las siete y cuarenta de la mañana siguiente.

Estrella se acercó al profesor Johnston.

—La espero a la salida de clase —le dijo—. Tenemos que hablar.

Luego de oírle decir que apenas había mirado dos trabajos, que después los comentaría con cada uno de los estudiantes, y que esa hora y media la dedicaría a contarles algunas de sus experiencias como periodista investigativo en la época en que trabajaba de reportero, Estrella se distrajo pensando en qué inventarse para contentar a su madre. En realidad, lo que debía hacer era conversar con ella y demostrarle su amor, pero hablándole con toda la franqueza para que Verónica dejara de considerarla una niña de su propiedad y aceptara que había crecido, que era una mujer adulta, independiente, autónoma y que su vida y sus decisiones le pertenecían sólo a ella.

La hora y media de clase había pasado sin que ella lo percibiera. Al terminar, el profesor Johnston la llamó y la invitó a tomarse un café. Ya en la cafetería, le llevó un capuchino, se sentó a su lado y le dijo:

—Su trabajo es conmovedor, pero está incompleto. Es muy posible que esté a punto de descubrir quién es su papá. Pero no puedo ampliarle el plazo de la presentación final, Estrella. Esas son las reglas de la facultad y debo cumplirlas. Lo que sí puedo permitirle es que en vez de calificarla con una nota baja, de modo que pierda el curso, usted se retire de la materia y vuelva a tomarla el próximo semestre, en caso de que le interese hacerlo. Es que así el resultado de la prueba de ADN fuera negativo, aún le quedarían caminos para continuar la investigación: hablar con el doctor Sullivan, por ejemplo; acceder a los archivos de registro de inmigrantes y de permisos de trabajo... No se desanime: ya casi alcanza su meta. Piénselo.

—Gracias, profesor —le dijo ella—. Entiendo su actitud. Y le agradezco su ofrecimiento. Pero en realidad no me gusta el periodismo: no me siento cómoda haciendo preguntas y entrometiéndome en la vida de la gente. Por eso no creo que vuelva a tomar el curso. Yo no quiero aprender a ser periodista investigativa. Lo que quiero es encontrar a mi padre.

—Está bien, Estrella, como prefiera. Aún tiene una semana de plazo, así que le sugiero que espere a conocer el resultado de la prueba de ADN y entonces decide. ¿Le parece?

—Me parece —repuso.

—La espero en la próxima clase.

Apenas se despidió de Johnston, Estrella llamó a Sara Yunus.

—Hiciste bien —le dijo ella—. Johnston puede ser un gran apoyo si la prueba de ADN sale negativa: la investigación que habría que hacer en ese caso sería mucho más dispendiosa y se requeriría acceso a fuentes de las oficinas de registro de inmigrantes. Y él podría ayudarte. ¿Cómo te fue con tu mamá?

—Esa es una historia larga, Sarita. Después te la cuento. En este momento estoy de prisa porque quedamos de encontrarnos ahora —le dijo, y colgó.

Era verdad que Estrella no disponía de mucho tiempo. Pero en este momento lo más cierto era que no quería horadar las heridas y escarbar las molestias que tenía con su madre sino, por el contrario, tratar de apaciguarlas para enfrentarse a ella con una actitud en la que prevalecieran el amor y la gratitud en vez del resentimiento y el reproche.

Eran las diez y diez de la mañana. Estrella vio que el cielo de Manhattan se había despejado de pronto. Decidió entonces disfrutar de esa extraña fortuna de tener sol en noviembre y caminar hasta la estación siguiente. Pero antes de llegar, se detuvo en una floristería y compró un enorme capullo de rosa rosada al que pidió que le colocaran un lazo del mismo tono y le pegaran una tarjeta en la que escribió: «Mami, tú eres la única persona a la que yo amo». Minutos más tarde, al tomar el metro, pensó que la frase que acababa de escribir no sólo era conmovedora, sino terrible y dolorosa. No podía ser que su mamá fuera la única persona a la que Estrella amara. Tenía que hallar otros caminos, otros horizontes. ¿Qué le sucedería el día en que Verónica faltara? Eso era justamente lo que tenía que lograr que su mamá entendiera. Pero necesitaba decírselo muy bien para no herirla, y a su madre le haría falta mucha comprensión para entender que tanto amor hacia su hija le hacía daño, y que lo mejor que podía hacer por ella era dejarla ir de su lado y permitirle volar lejos.

A las once, Verónica y Estrella se encontraron en la puerta del edificio River Tower y se fundieron en un abrazo largo, en el que casi todo se lo dijeron sin hablarse. Estrella le entregó el capullo y Verónica leyó la tarjeta. Conmovida, la abrazó y le dijo:

—Ven, mi niña; subamos.

Entonces la tomó de la mano y trató de halarla hacia el ascensor.

—¡Mami, primero yo no soy tu niña; segundo, no me gusta que me lleves de la mano! —exclamó Estrella, quien, en lugar de exhibir su disgusto habitual, mostró una picardía que hizo reír a Verónica.

—Bueno, ¡subamos, mi señora! —repuso ella en tono jocoso.

—¿Y qué tal si primero nos ponemos de acuerdo en si subimos o vamos a tomarnos un café? —dijo Estrella en serio y en broma.

—Bueno, vamos a tomarnos un café —contestó Verónica, señalando una cafetería que había en frente.

—¿Y qué te parece si primero acordamos entre las dos a dónde queremos ir? —le dijo Estrella.

—¡Ya voy entendiendo! —exclamó Verónica.

—¡Más te vale! —respondió Estrella en medio de una carcajada, mientras fue llevando a Verónica hacia el café que ella había sugerido.

Y luego de que Verónica se tomara un *espresso* y Estrella un *macchiato*; de que decidieran que la madre solo le diría generalidades al doctor Sullivan para que todavía no se le cerrara a la hija la posibilidad de trabajar en el Children's Bank, y que su búsqueda se limitaría a descubrir si existía una copia con los nombres de los donantes de semen de un cuarto de siglo hacia atrás; y después de que ninguna de las dos había hablado de su vínculo, ni había mencionado nada de lo que ambas querían hablar, ni habían conversado sobre cómo construirían una nueva forma de relacionarse o cómo diseñarían un tratado de límites entre las dos, Estrella le preguntó:

—Mami, ¿y en qué paró tu historia con Malik Sabbagh?

—¡En que no deseo volver a verlo nunca! —contestó Verónica.

—¿Por qué? —preguntó Estrella, sorprendida.

—Porque me di cuenta de que el hombre al que amé durante más de la mitad de mi vida no era ese Malik Sabbagh sino otro, uno que yo me inventé, uno que jamás existió.

—No te entiendo, mami.

—Eso ya no importa, hija, ya pasó...

V

El doctor Sullivan era un anciano calvo y hosco que miraba por encima de los espejuelos y parecía como si apenas lograra mantenerse en pie. Sin embargo, conservaba una memoria que le permitía no olvidar nunca un rostro. Al ver a Verónica, pensó un instante y dijo:

—¿Usted no es una latinoamericana que insistía en que le garantizáramos que quedaría en embarazo de una niña?

Asombrada ante el comentario, repuso:

—Sí, soy yo, doctor Sullivan. ¡Qué memoria tiene!

—¿Y qué la trae por aquí? —contestó el hombre haciendo caso omiso del cumplido.

—Mi hija quiere encontrar a su padre.

—Eso es imposible. Antes no se acostumbraba, como ahora, que los donantes decidieran si se les revelaba su identidad a los hijos o no —respondió el médico.

—Pero podrían preguntarle al padre biológico de mi hija si aceptaría que ella supiera su nombre, doctor. Supongo que el archivo con los datos de los donantes existe.

—¿Cuándo fue su inseminación?

—En noviembre de 1982.

—Me temo que no puedo ayudarla, señora: el archivo de esos años se incendió —repuso Bernard Sullivan, mientras se levantaba de la silla y le decía a Verónica que no disponía de más tiempo.

—¿Y usted no guarda en otro lugar una copia de los nombres de los donantes?

—No, señora —repuso molesto.

—Y una última pregunta, doctor: ¿por qué si pedí que me dieran semen de un árabe mi hija resultó negra?

—Porque en la familia del padre o en la suya seguro hay un antepasado negro, o varios —dijo furioso el anciano, a medida que fue empujando a Verónica hasta la salida de su oficina.

—¿Y no es posible que hayan cambiado la muestra, doctor Sullivan? —le reclamó ella al extenderle la mano para despedirse.

El viejo le cerró la puerta en las narices.

Verónica llamó a Estrella llena de rabia, pero se encontró con el buzón de voz. Recordó entonces que su hija le había dicho que después de la clase de Sicopatología iría al Children's Bank a evaluar los últimos exámenes, y que sólo se conectaría al celular al final de la tarde.

—¿Cómo le va a la Estrella luminosa? —dijo Jean François en cuanto vio a Estrella aparecer por la puerta del edificio vestida con su falda verde y su abrigo anaranjado—. ¡Parece contenta, niña! ¿Está enamorada? —agregó con una sonrisa.

—¡Usted y sus inventos, Jean François!

—A propósito: mi hermano Jacques va a presentarse este sábado en Blue Note. Yo estoy ayudándole a organizar la logística del concierto. Tengo dos entradas para usted. ¿Qué tal si va con Maurice?

—Mi madre vino a visitarme —repuso Estrella, al tiempo que sintió una explosión de vacío por dentro.

—¡Pues vaya con ella! —le dijo el recepcionista.

Estrella le agradeció el gesto, le recibió los tiquetes y se montó de inmediato en el ascensor. Quería evitar cualquier conversación con Jean François Delon. Subió al piso donde quedaba el Children's Bank, saludó a Philippe, le pidió los exámenes que debía evaluar y se dirigió a su escritorio. Entonces pensó en Maurice. Le hacía falta saber de él, extrañaba su compañía. Su madre sólo regresaría de Boston después de las diez de la noche. Por eso se le ocurrió llamarlo y proponerle que se tomaran un aperitivo en algún bar. Pero ¿qué le diría? ¿Cómo se comportaría? ¿Cómo se saludarían? ¿Maurice intentaría besarla? Estrella pensó que tal vez lo mejor sería limitarse a saludarlo por teléfono. Ya después de saber el resultado de la prueba de ADN todo sería distinto.

Maurice Delon había dormido poco durante esos dos días. El miedo a enterarse de una verdad que no quería escuchar lo había hecho despertarse tantas veces esas noches, que había optado por salir a caminar en vez de permanecer dando vueltas en la cama, e incluso había tomado su guitarra para componer una canción cuya letra no le llegaba a la mente pese a tener clara la melodía; era la música perfecta para una balada triste. Se sentía agotado. ¿Qué será de la vida de Estrella?, se había preguntado más de una vez sin que se hubiera atrevido a llamarla desde el lunes anterior, cuando habían ido juntos al laboratorio. ¿Por qué el azar tenía que acribillar así su felicidad?, se decía. ¿Por qué la vida estaba a punto de jugarle esa mala pasada? ¿Por qué su mamá no venía en su ayuda?

Era cómodo para Maurice creer que tenía a su madre cerca, dedicada a protegerlo, a salvarlo, a hacer que se le abrieran las puertas de la vida como por arte de magia. Lo tranquilizaba sentir que a su lado había una especie de ángel guardián que velaba por él y que lo exoneraba de la responsabilidad de trazarse su suerte, de ser el causante de sus logros y el único culpable de sus fracasos. Pero ¿y si la presencia de su madre cuidándolo desde el cielo fuera sólo un invento suyo? ¿Y si ocurriera simplemente que la vida se acaba con la muerte sin más arandelas, ni más cielos, ni más infiernos? Si fuéramos tan sólo materia y supiéramos que en verdad polvo somos y en polvo nos habremos de convertir, ¿no seríamos más conscientes entonces de que en nuestras manos y no en las de Dios está el que tengamos éxitos o desastres, el que vivamos con alegría o nos sumerjamos en las tristezas? Alguna razón debían tener tantos científicos que odian la religión, porque dicen que la convicción de que existe un ser que todo lo crea y todo lo determina frena el desarrollo de la ciencia y detiene la pregunta básica de la filosofía sobre qué es el ser. Es que es fácil responder que el ser es lo que Dios quiera, pensaba Maurice en el momento en que sonó el timbre de su celular. Al contestar, escuchó la voz de Estrella:

—¡Mi Maurice! ¿Cómo estás? ¿Cómo te sientes?

—Estoy inquieto, linda. Siento nostalgia... Te extraño —dijo.

—Yo también te extraño...

Hablaron apenas lo necesario: en un instante, Estrella y Maurice se contaron cómo había marchado su vida en esas horas, y acordaron encontrarse dos días después para ir juntos al laboratorio a recoger la prueba de ADN.

La tarde estaba despejada. No hacía frío en Nueva York. Estrella caminó despacio por la calle 42 hasta llegar a Broadway, dobló hacia el norte y tomó luego un bus que la dejaría cerca de River Tower. Prefería demorarse un poco más a internarse en un subterráneo, mirar los rostros hostiles y soportar los apretujes y las carreras de las cinco de la tarde, cuando cierran las oficinas y aparece la avalancha de gente de todas las razas y condiciones a buscar transporte hacia su casa.

Nueva York es una ciudad de tumultos, de sirenas, de mixturas, de exageraciones. Definitivamente, Estrella la amaba así y se deleitaba descubriendo su diversidad y su locura: los transeúntes con audífonos, absortos en su música estridente; los compradores que atiborraban los almacenes donde había rebajas; los pasajeros de los trenes, apretujados como sardinas; uno que otro desquiciado haciendo monerías y diciendo incoherencias por la calle; las sirenas, dejando tras de sí su estela ensordecedora; la vida que doblaba a toda velocidad por las esquinas...

Un sueño profundo se apoderó de Estrella en cuanto se recostó en la cama. Ni siquiera se dio cuenta de que su madre había regresado de Boston. Al día siguiente, cuando abrió los ojos, vio que asaba arepas con queso para el desayuno y le sacaba el último hervor al chocolate.

—¡Ya estaba preocupada de que durmieras tanto! —le dijo Verónica—. Anoche estabas tan profunda que no me oíste llegar ni me escuchaste cuando te saludé. Mira, te preparé el desayuno que más te gusta.

—¡Gracias, mamita! ¿Y cómo te fue con el doctor Sullivan?

Verónica le relató a Estrella su mala experiencia y le dijo que, no obstante, así se iban despejando las incógnitas.

—Pero eso era lo previsible, mami: que no hubiera copia de los nombres de los donantes. Debía ser un archivo voluminoso —respondió Estrella con la tranquilidad que le daba la certeza de su intuición.

—¿Y a ti cómo te fue en el Children's Bank?

—Bien, revisé las pruebas. —Luego de una pausa, agregó—: Mami, me invitaron a un concierto de *jazz* el sábado. ¿Quieres acompañarme?

—Tú sabes que a mí no me gusta el *jazz*, hija.

VI

Estrella y Maurice se encontraron a las tres en punto en Best Bagel & Coffee, pero como ninguno de los dos tenía ganas de hablar, decidieron ir de una vez al laboratorio. La ansiedad los consumía. La recepcionista los remitió a la ventanilla de entrega de exámenes. Una puertorriqueña atenta y envejecida les dijo que el resultado debía estar en media hora, y que se enviaría por correo electrónico a la dirección indicada. Estrella le preguntó si podrían entregárselo a ellos personalmente.

—Es por si nos surge alguna duda sobre el examen. Así podríamos aclararla de una vez con la doctora Banderalaika —dijo.

La secretaria comentó que tendría que consultarle. En realidad, era tal la impaciencia de Estrella por saber el contenido del examen, que no quería aplazar un minuto la posibilidad de conocerlo. Y deseaba enfrentar de una vez, en compañía de Maurice, los sentimientos que en ambos surgieran después. Un momento más tarde, la doctora Banderalaika apareció y les dijo que había habido un problema con las muestras de ADN, que lo sentía mucho, que había sido una falla del laboratorio y que iban a repetírselas sin costo alguno.

—¿Y cuándo sabremos el resultado, doctora? —preguntó Estrella con los ojos nublados.

—Les prometo que lo tendrán el lunes en la tarde —dijo, y agregó—: Veo que conocer ese resultado es muy importante para ustedes.

Estrella irrumpió en sollozos.

—Necesitamos saber si no tenemos impedimentos para amarnos, doctora —afirmó Maurice.

Estrella lo miró en silencio; Maurice la cogió de la mano y la condujo a la sala de espera, en la que les anunciaron que podían pasar a que les extrajeran las muestras de nuevo. Después, ambos salieron del laboratorio sin haberse dicho una palabra, pero sin haberse soltado de la mano salvo en el instante en que les tomaron los exámenes. Era como si ninguno de los dos pudiera soportar no sentir el contacto del otro, como si un imán los atrajera, como si una fuerza extraña los uniera…

—¿Volvemos a Best Bagel & Coffee? —le propuso Maurice.

—Ahora prefiero estar sola —dijo Estrella—. Estoy confundida. Necesito pensar. Más bien encontrémonos mañana para ir juntos al concierto de tu padre, ¿te parece, Maurice?

—No te prometo nada —contestó él.

Se despidieron con un beso fugaz. Maurice caminó hacia el centro para internarse con su guitarra en un cubículo a prueba de sonido en la Escuela de Música de la Universidad de Nueva York y, ahí, cantar y gritar a su antojo hasta sacar afuera el más oculto de sus sentimientos, en tanto que Estrella se dirigió a la estación del metro y se fue rumbo a su casa. Pero al llegar a la calle 86 con Broadway y contemplar la tarde soleada y fría de ese otoño, se desvió hacia el oeste y se detuvo en el River Side Park: era un corredor de árboles en sepia y rojo cubierto de hojas amarillas, colmado de pájaros que cantaban y de ardillas que se deslizaban hacia las copas de los árboles; un espacio verde que se extendía hacia el norte a lo largo del río Hudson, y del que uno solo recordaba que se hallaba enclavado en Manhattan cuando iba llegando al río y empezaba a escuchar el torrente de carros que se movían a toda velocidad por la autopista que lo delimitaba.

No obstante la demora en la entrega de los resultados de las pruebas de ADN, Estrella se sentía en paz consigo misma: era como si en su interior tuviera la certeza de su pasado, como si de pronto y por primera vez se hubiera comprendido a sí misma, como si todos sus enigmas se hubieran despejado en un instante. Entonces caminó despacio por el parque, anduvo por el bosquecito, escuchó el canto de los pájaros, los miró picotear el suelo en busca de alimento, subió hacia la calle y pensó: Maurice tiene que sentir que somos hermanos, como yo lo siento.

Él, en cambio, caminaba de prisa por la Quinta Avenida y, lejos de sentir paz en su interior, se debatía crispado ante la incertidumbre… Se creía incapaz de desistir de su obsesión por Estrella y, en caso de que se comprobara que eran hermanos, no pensaba que pudiera llenarse de valor para romper su corazón y alejarse de ella para siempre. Era tal su amor por Estrella que Maurice, más que un anhelo de que ella lo amara, sentía una necesidad incontrolable de amarla a ella. Pero así Estrella y él fueran hermanos de padre, ¿qué tendría de censurable que él la amara?, se preguntaba una y otra vez. Si no habían convivido como hermanos, si ni siquiera sabían que lo fueran, ¿por qué no podían ser pareja? ¿Cuál sería el verdadero obstáculo? No sería uno social, porque nadie los consideraría hermanos; sería un impedimento genético. ¿Y si simplemente optaran por vivir su amor y no tener hijos?, se decía Maurice. Entonces se detuvo en un bar cercano a Union Square, pidió un whisky doble, puro; después otro; y así continuó hasta perder la conciencia…

VII

Jean François Delon había pensado hasta en el último detalle del concierto: quería que su hermano no percibiera la ausencia de Perry Newton. Esa sería su mayor satisfacción.

A las cinco de la tarde de ese sábado, todo estaba listo para la presentación: ya se habían hecho las pruebas de sonido en Blue Note; la batería y el saxofón estaban templados y en su lugar; al piano se le había verificado la afinación; los micrófonos se hallaban con el volumen adecuado; la iluminación del escenario era la apropiada; las boletas se habían agotado; Jacques Delon y sus músicos habían ensayado el repertorio por última vez y se encontraban descansando; solo faltaba que apareciera Maurice.

Su tío le había dejado un mensaje en el celular invitándolo a la presentación: «Tengo la mejor mesa reservada para ti, Nancy y los muchachos. Estrella también va a ir. Te espero en Blue Note». Era importante que Maurice asistiera al concierto para que Jacques no se resintiera con él. Insistió en llamarlo pero encontró su buzón lleno. Jean François se comunicó con sus hijos y les preguntó si sabían de Maurice. Ninguno había hablado con él durante los últimos dos días.

—Mami, quiero que me acompañes esta noche a un lugar —le dijo Estrella a su madre la mañana del sábado.

—¿A dónde?

—¡Es una sorpresa!

Al contrario de lo que había imaginado en tantos desvelos, la posibilidad de encontrarse con el hombre que creía que era

su padre no le generaba inquietud. ¿O sería acaso que era hija de
Jean François? ¿No sería más bien que el donante de semen había
sido él pero no se atrevía a confesarlo? Estrella no lo creía: algo
muy adentro de ella le indicaba que su padre era Jacques Delon.
Podría ser también que lo había admirado tanto como pianista
y compositor que el hecho de que él fuera su padre la llenaba de
orgullo. No lo sabía. En todo caso, sentía como si la colmara una
paz que surgía desde lo más profundo de su ser.

    Estrella no había vuelto a saber de Maurice desde la
tarde anterior. Marcó su teléfono. Su celular se hallaba apagado.

    En la tarde, Maurice apenas había resucitado de la
resaca, invadido por el desasosiego de no recordar lo que había
sido de él la noche anterior, ni cómo había llegado a su casa, ni
con quién. No iré al concierto, se dijo inicialmente. Es mejor
que Estrella viva sola el encuentro con su padre. ¿Su padre?, se
preguntó en voz alta. ¿Ya acepté acaso que somos hermanos?

    A las ocho menos cuarto de la noche, Estrella y Veró-
nica, luego de pasear por Washington Square, de recorrer la
Tercera Avenida y de atravesar la calle Sullivan, se detuvieron
en la puerta de Blue Note.

    —Aquí venimos —dijo Estrella.

    —Estrella, ya te había dicho que a mí no me gusta el
jazz… —protestó Verónica.

    Sin embargo, cuando vio el afiche con el anuncio de que
esa noche se presentaría allí Jacques Delon, preguntó aterrada:

    —¿Qué vas a hacer, Estrella?

    —Escuchar su piano, oírlo cantar.

    A las ocho de la noche, Jean François Delon, Nancy,
Daniel y Jean se encontraban sentados frente a la mesa más
cercana al escenario. Estrella les presentó a su madre.

—Creí que vendrías con Maurice —dijo Jean François.

—Pensé que me lo encontraría aquí —respondió ella.

A las ocho pasadas, los músicos de la banda subieron al escenario y se acomodaron en sus puestos. Poco después, un rayo azul iluminó al gran Jacques Delon, quien ya se encontraba sentado frente al piano y, sin preámbulos, empezaba a tocar las notas de un *blues* lento que estrenaba esa noche. Estrella lo miraba embelesada. El óvalo alargado de su cara, sus pómulos marcados, sus manos huesudas, su delgadez, eran como las suyas.

Al terminar el primer *blues*, Jacques Delon presentó a los músicos: Paquito González, baterista; John Morrison, bajista, y Christian Mayer, saxofonista. Y agregó que esa melodía que acababa de interpretar, como casi todas, la había escrito pensando en su esposa Ochún, quien, para él, aún vivía. La primera parte del concierto estaría dedicada a su maestro, Chet Baker, y la segunda sería un homenaje a Ray Charles. Dicho esto, acompañado por su piano y con su voz de bajo profundo, cantó:

My funny Valentine,
sweet comic Valentine,
you make me smile with my heart…

Entonces detuvo sus ojos en Estrella, sonrió y cantó *I Fall in Love Too Easily.* El concierto continuó con música inédita de Jacques Delon, toda conformada por *blues* llenos de la nostalgia del amor perdido. De pronto, Jacques dijo «ya regreso», y el escenario se oscureció. Estrella se levantó de su silla, fue en dirección a los baños, siguió hacia un vestíbulo, continuó por un corredor, pasó por un cuarto que tenía la puerta abierta y vio, reflejada en el espejo, la figura inconmensurable de Jacques Delon.

—¿Cómo entraste hasta aquí? —le preguntó él—. ¡Aquí no puedes estar!

—Yo soy su admiradora —le dijo ella.

—¿Quieres que nos tomemos una fotografía o que te firme un autógrafo?

Estrella guardó silencio. Sólo lo miraba absorta…

—Vete —le dijo molesto Jacques Delon—. Debo descansar.

—Quiero contarle un secreto —afirmó ella.

—¿Un secreto?

—Sí, un secreto…

—¡Qué secreto ni qué secreto!

—¿Podríamos hablar más tarde?

—¡Después! —le gritó él y le pidió que abandonara su camerino.

Estrella salió, se miró en un espejo y se enjugó las lágrimas. Al llegar a la mesa, Verónica le preguntó qué le ocurría.

—No es nada, mami —dijo.

Bebió de un sorbo su trago de whisky puro, y decidió acabar de escuchar el concierto. Luego pensaría qué hacer. Las luces volvieron a apagarse. Los músicos regresaron al escenario. El rayo azul alumbró de nuevo la cara de Jacques Delon, quien en homenaje a Ray Charles, cantó:

Born to loose, I've lived my life in vain (…)
Born to loose, and now I'm losing you.

En ese instante, Jacques Delon, que en un primer momento había pensado que esa joven de cuerpo espigado y mirada triste era una más de sus admiradoras fanáticas y tontarronas, la observó con otros ojos y recordó su época de estudiante, cuando él apelaba a cualquier oficio para sobrevivir. Estrella advirtió que algo había cambiado en su expresión. Delon la miró de nuevo y continuó:

Born to lose, my every hope is gone…

El concierto siguió con música inédita suya, llena de nostalgia y de belleza… A las nueve y media, Jacques Delon anunció que cantaría una última canción para complacer a su público.

—¿Alguien tiene alguna sugerencia? —preguntó.

—*¡Do I ever cross your mind!* —pidió Estrella.

—*¡Oh yeah!* —dijo él—. ¡En la versión que interpretaba Ray Charles!

Entonces ella subió al escenario. Vio a Maurice, que la contemplaba de pie junto a la puerta. Tomó el micrófono, lo observó, le sonrió y luego, con la mirada detenida en el hombre que ella sentía que era su padre, cantó con su afinación perfecta y su voz profunda de contralto, que esta vez resonaba aún más porque le surgía del fondo de su ser:

> *Do I ever cross your mind*
> *Darling, do you ever see*
> *Some situation somewhere, somehow*
> *Triggers your memory.*

Entonces Jacques Delon, conmovido por el timbre de la voz de Estrella y por el sentimiento que expresaba, le pidió que se sentara con él, y juntos dialogaron en un dúo perfecto. Y Jacques cantó:

> *Do I ever cross your mind, oh darling.*

Y como si lo hubieran ensayado siempre, ella preguntó:

> *Or when you are lonely*
> *does it only happen to me.*

Y él respondió:

> *Darling, do you ever want to know*
> *What became of all the time.*

Y ella dijo:

I want to know
Do I ever cross your mind.

Entonces Estrella le pidió a Maurice que subiera al escenario y todos, a tres voces que parecían acopladas desde siempre, cantaron:

And don't you ever wonder
What became of all the time.

y acompañados por la ovación del público, los tres se preguntaron al final:

Oh, darling, do I ever, ever cross your mind.

Y Verónica, con los ojos nublados de pasado, miraba hacia lo lejos...

VIII

La luna redonda llenaba el cielo de Manhattan. Después del concierto, Jean François se había despedido y se había retirado con su familia. Verónica invitó a Maurice y a Estrella a cenar.

—Hoy no, Verónica. Le acepto la invitación otro día; hoy estoy agotado; sólo quiero dormir... Disfruten ustedes —les dijo Maurice, y se despidió.

Estrella le pidió a su madre que convidara a cenar a Jacques Delon.

—Y no crees que es como...

Antes de que ella terminara de decirle a su hija que le parecía demasiado osado invitar así no más a semejante artista, Estrella ya había ingresado de nuevo al Blue Note y se había dirigido a su camerino. Esta vez, Jacques la abrazó y la felicitó por su voz. Ya no parecía aquel hombre hosco de antes; ahora se mostraba cariñoso y considerado.

—¿Quién te enseñó a cantar? –le preguntó Jacques.

—Nadie —dijo ella—. He cantado toda la vida...

—¿Cómo te llamas?

—Estrella, *Star* en inglés.

—Y *Étoile* en francés. ¡Qué bonito nombre! Te llamaré Étoile. El francés es mi lengua materna —dijo, y agregó—: ¿Y cuál es el secreto que querías decirme, Étoile?

—¿Vamos a cenar y te cuento? —propuso ella.

Esa noche, como le ocurría después de cada concierto, cuando se esforzaba para entregarle al público todo de sí mismo, Jacques Delon sólo deseaba tomar una ducha caliente e irse a dormir. Cenarían el lunes siguiente. Así que Verónica llevó a su hija a La Terrine, un restaurante francés de Midtown que frecuentaba cuando vivía en Nueva York. Luego de que ordenaron la cena, cada una se extravió en su mundo: Estrella pensaba en su próximo encuentro con Jacques Delon. Para entonces, ya tendría la evidencia de si él era su padre. ¿Cómo abordaría el tema? ¿Qué le diría al revelarle el secreto? ¿Cuál sería su reacción? Era mejor no pensar, no adelantarse a los acontecimientos, permitir que las cosas fluyeran. Verónica tampoco abandonaba su mutismo… Tenía la mirada perdida… Parecía encontrarse muy lejos de ese lugar…

—Siento como si de un momento a otro hubiera resucitado en un mundo distinto; como si hubiera vivido convencida de un dogma falso; como si toda mi vida hubiera estado equivocada —dijo, en una especie de monólogo—. Es como si siempre hubiera pensado que todos los hombres, salvo mi padre y Malik Sabbagh, eran innecesarios. Y resulta que ahora me doy cuenta de que son importantes, que las niñas requieren un padre, que los niños también, que las madres necesitan una pareja que asuma la mitad de la tarea que implica tener hijos y levantarlos, y que a las mujeres les hace falta un hombre que las haga sentirse deseadas y las acompañe a vivir… ¡Qué equivocada estaba al creer que me bastaba sola, Estrella, que yo sola podía criarte, educarte y hacerte feliz! ¡En qué error tan grande había vivido sumergida!

—Tú has sido un buena madre, mami… No te culpes. Tu equivocación fue creer que tú sola llenarías mi vida. Y eso no es así; no puede ser así… Tu error fue dejarte arrastrar por ese Malik Sabbagh, un fantasma, un egoísta, un idiota que te hizo mal porque tú se lo permitiste. ¡Y de paso también me hizo mal a mí! Pero yo no podía impedirlo, mamá, yo era sólo una niña; es más, él empezó a perjudicarme antes de que yo naciera: por su culpa nací sin raíces ni rumbo.

Entonces Verónica irrumpió en sollozos y Estrella, tomándola de la mano, le dijo:

—Pero ya no sufras, todo se va a solucionar, vas a ver.

—¿Qué pasó con los resultados de la prueba de ADN?

—Aún no me los han dado. Pero todo va a salir bien, ya lo verás…

—¿Y si salen negativos?

—¿Por qué tienes que estropearlo todo, mamá?

Era casi medianoche. Como todos los fines de semana, Greenwich Village estaba colmado de gente que llenaba los restaurantes y buscaba cupo en los bares. Estrella se despidió de Verónica y llamó a Sara Yunus: parecía dormida al otro lado la línea.

—¡Qué pena despertarte! —le dijo.

—¿Qué te ocurre, Estrella?

—Nada especial… ¿Puedo ir a tu casa?

—¡Por supuesto!

Debía atravesar más de medio Manhattan para llegar hasta el apartamento de su amiga, en las inmediaciones de la Universidad de Columbia. Su tren apareció de inmediato. Adentro, cuatro negros descomunales, que parecían hermanos, cantaban a cuatro voces los coros de *You're going to lose that girl*… Lo hacían de maravilla. Estrella se entretuvo escuchándolos. Cuando terminaron la canción y empezaron a pedir dinero, se les aproximó y les dio veinte dólares, la mitad de lo que llevaba consigo. Agradecidos, descendieron del tren en la parada siguiente.

Entonces recordó las palabras de su madre: ¿y si la prueba sale negativa? Estrella volvió a sentir la misma ira de antes. Pero, de pronto, esa pregunta empezó a taladrarle el corazón: ¿Y si el examen de ADN establece que mi padre no es Jacques Delon? ¿Y si todas son apenas coincidencias? Y si es así, ¿sigo la investigación? ¿A quién busco? ¿O más bien aprendo a vivir con mi realidad de nebulosa?

En ese instante pensó en su madre, pero especialmente en ese Malik Sabbagh a quien sólo había visto en retratos: Malik parado en la puerta de la universidad, Malik sentado junto a Verónica, Malik caminando en la calle, Malik en pantaloneta de baño en las playas de Puerto Colombia, Malik hasta en la sopa. ¿Y su madre? Una pobre idiota, como tantas mujeres sometidas a los hombres y dependientes de ellos, necesitada de sus migajas de afecto y hasta de su maltrato.

—¡Pobre mamá! —se sorprendió diciendo en voz alta.

El tren se detuvo en la estación de la calle 116 con Broadway. Eran más de las doce y media. Estrella se dirigió al apartamento de Sara Yunus, quien abrió la puerta adormilada y preguntó qué ocurría. Estrella le contó lo sucedido en el concierto; le habló de la cercanía que se había dado entre ella y Jacques Delon; y le confesó cuánto le había molestado lo que le había dicho su madre. Entonces Sara, como la periodista irremediable que era, le dijo:

—Mira, Estrella, lo más seguro es que la prueba de ADN indique que tu padre es Jacques Delon. Pero hay una probabilidad de que eso no sea así. Tienes que prepararte para esa posibilidad, tanto desde los aspectos sicológicos y emocionales, como de los investigativos: ¿qué camino vas a seguir?; ¿cómo vas a continuar la investigación?

—¡O cómo no voy a continuarla, Sara!

—¡Eso jamás, Estrella!

—Es que estoy cansada, no puedo seguir más con este peso, con esta incertidumbre…

—Incertidumbre es con la que vivirías toda la vida si no descubres quién es tu padre, si no sabes de dónde vienes, si no lo encuentras o si, por lo menos, no llenas ese vacío de información sobre él.

—Yo confío en que la prueba de ADN me resuelva la pregunta, Sarita.

—Pero hagamos el ejercicio de pensar qué caminos quedarían si el resultado fuera negativo: podrías tratar de averiguar con Jean François y con Katty Parker otros nombres de personas que trabajaran en el New York Children's Bank en noviembre de 1982. A lo mejor alguno de ellos recuerde a los donantes negros. Y podrías ir a hablar con Sullivan a ver si tú, desplegando toda tu dulzura, logras que simpatice contigo y él, dada su buena memoria, consiga recordarlos. A lo mejor no sería tan difícil porque entonces no debían aceptar que hubiera muchos donantes negros. Seguro no había tanta demanda para ese tipo de semen.

—Esperemos al lunes, Sara. Creo que entonces saldré de esta incertidumbre y podré empezar a tener con Jacques Delon esa relación de padre que tanto he necesitado.

—¿Y Maurice, Estrella? ¿Qué harás con Maurice?

—¿Maurice? No sé… Bueno, me voy, Sara. Gracias por recibirme a esta hora. Voy a mi estudio: mamá debe estar esperándome.

IX

Estrella vio el gris que se colaba por la ventana: avanzaba noviembre; se intensificaba el frío; ese lunes llovía en Nueva York. Verónica preparaba para el desayuno esas arepas con queso y chocolate que a su hija tanto le gustaban. El malestar entre ambas se había superado gracias a la conversación que las dos habían tenido en la madrugada, cuando Estrella, al llegar de donde Sara Yunus, adivinó la tristeza de su madre. Entonces le pidió que la disculpara por haberla dejado sola en el restaurante. Ya más calmada, cuando su madre le explicó su inquietud, no interpretó sus palabras como una agresión, sino que les adjudicó una intención distinta:

—Lo que busco es que estés preparada para recibir cualquier noticia, hija. No quiero que te derrumbes si la prueba de ADN sale negativa. ¿A qué horas te entregan el resultado? —le preguntó Verónica.

—En la tarde, mami.

—¿Quieres que te acompañe?

—No, voy a ir con Maurice.

Best Bagel & Coffee estaba lleno de gente que esperaba que terminara la lluvia. A las tres y cinco, Maurice no había llegado. Minutos después se asomó, empapado, por la puerta.

—Vamos —dijo en cuanto vio a Estrella—. Aquí no hay dónde estar.

Sin cruzarse palabra, caminaron de prisa hacia el laboratorio. Y allí siguieron hacia la ventanilla de entrega de exámenes. La misma puertorriqueña que los había atendido el viernes les dijo que los resultados ya estaban listos. Poco después, la doctora Banderalaika apareció con un sobre en la mano. Sonreía.

—¡Creo que van a alegrarse! —les dijo—. Les tengo una buena noticia: su prueba de ADN da un resutado de fraternidad negativo. Eso quiere decir que ustedes no son hermanos.

Maurice, con una alegría y una sonrisa que no le cabían en el rostro, le dio las gracias a la doctora y se volteó para besar a Estrella. Entonces le vio los ojos en lágrimas, mientras le preguntaba a la médica:

—Doctora, ¿usted está segura de que ese resultado es correcto?

—¡Por supuesto! —dijo ella sin ocultar su molestia—. Las pruebas de ADN son seguras cuando se trata de comprobar que no hay una relación filial o de hermandad entre dos personas, no cuando la hay. Es decir, nadie puede estar ciento por ciento seguro de que dos seres sean hermanos, pero sí puede estarlo si no lo son. Y este es su caso.

La doctora sonrió luego y le comentó a Maurice:

—¡Ya puede conquistarla tranquilamente!

Se despidió de ambos y les entregó el sobre. Estrella lo abrió y se encontró con una hoja llena de números que no comprendía.

—¿Te parece si vamos a ese bar de la esquina y conversamos? —le dijo Maurice tomándola de la mano.

—¡No me toques, Maurice! —le gritó Estrella, al tiempo que se soltó de su mano y salió en carrera en medio del aguacero.

Maurice quedó atónito. Segundos después, Estrella regresaba con el rostro humedecido por las lágrimas que se confundían con la lluvia… Sin mirarlo, le dijo:

—¡Perdóname, Maurice! Ahora quiero estar sola. ¿Te parece si almorzamos mañana?

Sin esperar la respuesta, Estrella empezó a alejarse caminando a paso lento en medio de la tormenta.

—Estrella —le dijo él, alzando la voz para que alcanzara a escucharlo en la distancia—, ¡quiero que sepas que te amo como nunca antes había amado!

Ella se alejó sin mirar atrás… Maurice siguió hablándole, a sabiendas de que no lo oía:

—¡Te prometo que haré hasta lo imposible para hacerte feliz, mi amor…! Ya veremos cómo continuamos la investigación con el fin de que encuentres a tu padre. Yo te acompañaré en cada paso, en cada escollo, en cada momento… Ahora descansa, mañana hablaremos…

Estrella continuó cabizbaja… Había andado cuadras sin reparar en su gabardina húmeda, ni en su pelo empapado, ni en sus botas mojadas; había caminado por la Séptima Avenida hacia el norte; había cruzado a la derecha por la calle 40 y, en la Sexta Avenida, se había detenido en Bryant Park y se había sentado, solitaria, en ese parque húmedo, a mirar la nada o, tal vez, a observar el final de la lluvia. Su mente estaba en blanco. Le dolía la cabeza. Se palpó el cuero cabelludo con la yema de los dedos… En la base del cráneo, antes del cuello, al lado derecho, se encontró con una protuberancia dura que parecía tener la forma y el tamaño de un gran huevo de gallina vieja. Debe ser un tumor, pensó. Se dio un masaje y luego presionó el bulto con fuerza durante unos minutos. La bola empezó a disminuir. Se tocó más detenidamente y se dio cuenta de que su cuello, sus hombros y, en general, su zona dorsal, estaban llenos de nudos más pequeños y dolorosos. En ese momento recordó que su madre decía que la expresión «se tulle de la ira» no era una invención popular sino un acierto: sí, una persona puede paralizarse de rabia, como ella estaba comenzando a paralizarse ahora, con ese dolor de cabeza que amenazaba con extendérsele hacia la espalda. Entonces sintió deseos de moverse. Y de un momento a otro, amparada bajo un árbol de ramas en otoño enclavado en ese parque inundado de lluvia, Estrella se movió intensamente, como bailando mapalé, agitó los hombros y la cabeza cada vez más rápido hasta quedar exhausta y, de pronto, sin saber cómo, dio un alarido largo y estrepitoso que le salió del fondo de las entrañas y, como por arte de magia, la liberó del dolor. Pero entonces estalló en un llanto incontrolable que, en medio de la momentánea soledad de Bryan Park, se manifestó sin inhibiciones hasta agotarse y darle paso a una nueva Estrella, desprovista de rabia pero llena de incertidumbre o, más bien, de un vacío tan evidente que parecía palparse con los dedos.

La lluvia había cesado y había dado paso en el cielo a un hueco azul por el que se colaba la luz de un sol brillante. Estrella decidió ir a su apartamento. Fue al metro. Desde la estación llamó al hotel donde Jacques Delon le había dicho que se alojaba. Luego de tres timbrazos, reconoció su voz al otro lado de la línea.

—Estaba esperando tu llamada, Étoile… No habíamos acordado dónde nos encontraríamos. ¿Qué tal si nos vemos a las siete de la noche en el restaurante The Colonial, que queda en la calle 57 con Lexington? Es tailandés. A mí me encanta la comida oriental.

—¡Por supuesto! Voy encantada —le dijo ella.

Estrella disponía de más de tres horas libres. Sintió necesidad de ver a su madre, de contarle su frustración, de comunicarle su vacío, de abrazarse a ella. Verónica le había dicho que se sentía indispuesta y que permanecería en el apartamento. Pero cuando abrió la puerta del estudio y la llamó, nadie respondió. Un desasosiego se apoderó de Estrella: entonces se dio cuenta de que con mucha dificultad podía enfrentar el vacío de su padre pero el de su madre, en cambio, no se sentía capaz de soportarlo.

A los pocos minutos, Verónica apareció cargada de paquetes del supermercado.

—Aproveché que había escampado para comprar algunas cosas que faltaban.

Estrella se le acercó. La miró en silencio…

—¿Qué…? —le preguntó Verónica sin que ella tuviera que decir una palabra—. ¿Salió negativa la prueba de ADN?

La hija se abrazó a la madre en un llanto incontrolable.

—No te desanimes… Ya se nos ocurrirán otros caminos para seguir en la búsqueda… ¿Por qué no llamas a Sara Yunus?

—Ahora no, mami… En este momento no sería capaz de soportar que me diera órdenes, que me dijera qué tengo que hacer… Sara es muy buena amiga… pero ahora no quiero hablar con ella ni con nadie… Sólo quiero llorar.

Estrella duró un rato sentada en el sofá, recostada sobre el hombro de su madre. Verónica la abrazaba y le acariciaba la cabeza mientras ella lloraba en silencio. Luego programó la alarma del reloj para que sonara a las seis de la tarde, se acostó en su cama y entró en un sueño profundo. La madre la miró con pesadumbre o, más bien, percibió que era a sí misma a quien miraba porque se vio como lo que había sido siempre: una mujer débil y sin rumbo cargando sola con la vida. A las seis de la tarde, Estrella abrió los ojos y recordó que había soñado que ingresaba al mar durante una noche oscura. Tomó una ducha caliente y se arregló de prisa.

—¿A dónde vas? —le dijo Verónica.

—A cenar con Jacques Delon.

—¿Te acompaño?

—¡No, mami, por favor!

—¿Por qué insistes en hablar con él, Estrella? ¿Hacerlo no te confundirá aún más?

X

Jacques Delon saboreaba un ron blanco en el bar del restaurante. Se veía apuesto, con un *blazer* vino tinto, una camisa *beige* y las canas que empezaban a dibujársele entre su pelo negro y crespo.

—Vamos a sentarnos, Étoile —le dijo.

Después de que ambos se habían acomodado en una mesa que él había reservado en un rincón perdido y habían pedido otro ron para él y un mojito para Estrella, le preguntó:

—¿Y cómo está Maurice? Sé que lo ves con frecuencia…

—Está bien, Jacques. Es un muchacho bueno, amable, solidario…

—¿Lo amas?

—Creo que sí… No sé…

—¿Por qué?

—Es que a mí me cuesta trabajo sostener relaciones con los hombres, Jacques. No me duran, se me desbaratan cuando menos lo pienso. Tal vez sea porque nunca me he sentido de verdad enamorada. Para mí los hombres son incomprensibles, son un misterio, algo difuso…

—¿Y cuál era el secreto que querías contarme, Étoile?

—Ya no —dijo Estrella.

Entonces miró a lo lejos y, sin poder evitarlo, sintió que las lágrimas le empapaban las mejillas. Jacques Delon la observó con ternura, la tomó de la mano y, asumiendo esa actitud de padre protector que ella tanto había añorado, le dijo:

—¿Qué te sucede, Étoile? Yo haré lo que esté a mi alcance para ayudarte. Verás que juntos podremos arreglar el problema. ¿Qué pasa?

—Pasa que estaba convencida de que tú eras mi padre, pero hoy tuve la prueba de que no es así.

—¿Qué dices? —exclamó sorprendido Jacques Delon.

Estrella le relató su historia, le habló de su vacío irremediable, le explicó la necesidad que tenía de conocer su origen y le describió la confusión con la que había crecido al situar inicialmente a su padre entre la figura de su abuelo y la del hombre que aparecía en los retratos que llenaban las paredes de la casa de su madre. Le añadió que esa confusión se le había convertido en una incertidumbre insoportable cuando cumplió doce años y Verónica le dijo que su papá no era ni el uno ni el otro, sino que ella provenía del esperma de un hombre, supuestamente árabe a pesar de que ella era negra, cuyo nombre jamás descubriría.

Al escuchar a Estrella, Jacques Delon se llenó de tristeza, pensó en las decenas de hijos que él podía tener y que, como ella, seguramente también sentían la necesidad de descubrirlo, de conocerlo y de acercarse a él. Entonces decidió que asumiría la búsqueda del padre de Estrella como causa propia: así, quizá, lograría aplacar los sentimientos de culpa que en ese instante le habían aflorado.

—¿Pero qué papel juego yo ahí, Étoile? ¿Por qué llegaste a mí en tu búsqueda?

Estrella le contó los detalles de su pesquisa; le habló de su charla con Jean François y de lo que él le había dicho sobre las donaciones de semen de su hermano; le describió el lunar que tanto ella como Maurice tenían escondido; le contó sobre su estancia en el New York Children's Bank y lo que había averiguado sobre el significado de la clave registrada en los papeles que, sobre su origen, guardaba su madre; y, al final, le preguntó, quizás con el propósito de descartar su última esperanza, cuál era la fecha de su nacimiento.

—El 24 de septiembre de 1962 —dijo Jacques.

—¿Y tú también tienes ese lunar?

—No, Étoile, ese lunar Maurice lo heredó de su madre. Nadie en mi familia tiene un lunar así.

Entonces Jacques Delon le confesó a Estrella los sentimientos de culpa que lo habían invadido al oírla y, lo que era peor, la vergüenza que sentía al darse cuenta de que hasta ahora se detenía a pensar en todos esos hijos que no conocía.

—Los hombres no son conscientes del daño que les ocasionan a sus hijos —le dijo Estrella. Y agregó—: Pero no te preocupes, Jacques, a lo mejor a ellos les dijeron que sus padres eran los maridos de las mujeres que se inseminaron con tu semen. Entiendo que en esa época no era muy frecuente que mujeres solas se inseminaran. Más bien se inseminaban esposas de hombres infértiles. ¿Y era frecuente que hubiera donantes negros? —preguntó Estrella.

—No lo era —repuso él—. Entonces no había mucha demanda de semen de negros. Yo era el único donante negro del Sperm Bank.

—¿Tú no eras donante del New York Children's Bank?

—No, allá tenían lleno el cupo de donantes negros.

—¿Y por qué se te ocurrió donar semen, Jacques?

—Porque un amigo que estudiaba Música conmigo completaba sus ingresos donando semen y creí que yo podía hacer lo mismo.

—¿Y dónde donaba semen él?

—En el New York Children's Bank.

—¿Puedo hablar con él? —le preguntó Estrella.

—No, Étoile, hace años murió de un cáncer fulminante de cerebro.

Cuando ya estaban a punto de terminar la cena y habían acordado que se encontrarían en el hotel a las cinco de la tarde siguiente para tomarse un café y ver si se les había ocurrido alguna nueva pista que investigar, Estrella le dijo:

—Jacques, así no seas mi padre, estoy feliz de haberte encontrado.

—¡Yo también, Étoile! —repuso Jacques Delon abrazándola con cariño—. ¿Quieres venir mañana con Maurice?

—No sé…

Estrella encendió el celular y vio que había recibido cuatro llamadas de Sara Yunus. Marcó su número.

—¡Te he dejado un montón de mensajes, Estrella! Llamé a tu casa y tu mamá me contó lo sucedido. ¿Quieres venir para que hablemos?

—Llego en media hora —dijo ella.

El tren se demoró en aparecer. Mientras tanto, Estrella se entretuvo pensando en cómo habría sido de feliz si Jacques Delon hubiera sido su padre… ¿Y Maurice?, se oyó preguntándose en voz alta.

—Siéntate aquí, Estrella; ¿quieres un ron?

—¡No me caería nada mal!

Mientras Sara servía los tragos, comentó:

—Te propongo que escribamos los caminos que nos quedan para seguir la investigación.

—Esos ya los tenemos claros —dijo Estrella —: buscar al doctor Sullivan para ver si él recuerda a los donantes negros de la época; preguntarles lo mismo a Katty y a Jean François; y tratar de llevarlos a acordarse de los trabajadores de entonces para buscarlos y averiguar si alguno de ellos los recuerda.

—Así es, todo lo demás, por ejemplo, buscar en la oficina de registro a los negros que en 1982 tenían permiso de trabajo y habían nacido en la fecha en que nació tu padre, sería muy dispendioso.

—Pero ¿sabes una cosa, Sara? —interrumpió Estrella—. A lo mejor no sea tan difícil de averiguar. Jacques Delon me contó que en esa época sólo había un donante negro de semen en el Sperm Bank. Y lo mismo debía ocurrir en el New York Children's Bank.

En ese momento, Estrella le relató a su amiga la historia del condiscípulo de Jacques, donante de esperma, muerto de cáncer de cerebro.

—¿Y ese amigo dónde donaba su semen, Estrella?

—En el New York Children's Bank.

—¿Y en qué época lo hacía?

—No lo sé.

—¿Cómo dices? Llama ya a Jacques Delon y se lo preguntas.

—No, Sarita, yo no soy tan invasiva como los periodistas. Dejémoslo descansar tranquilo y mañana le pregunto cuando lo vea.

XI

—¿Aún duermes, linda? —preguntó Maurice.

—Me quedé hasta tarde donde Sara… ¿Qué horas son?

—¡Las nueve y media de la mañana!

—Quiero verte, Maurice … —le dijo Estrella.

—Y yo me muero por estar contigo. Te invito a almorzar, pero antes quiero mostrarte algo. ¿Vienes?

—En un par de horas estaré allá.

—¿Con quién hablabas, mi niña? —preguntó Verónica.

—Con Maurice, mamá. Y por favor, no te metas.

—Estrella, necesito hablar contigo —dijo—. No deseo molestarte. Yo viajé a Nueva York porque tú me pediste que viniera a buscar al doctor Sullivan. Pero si te desagrada mi presencia, me voy.

—No es eso, mami. ¡Es que tienes que entender que yo también tengo mis problemas! Hablemos esta noche, ¿te parece? Ahora me tengo que arreglar porque voy donde Maurice.

—Está bien, pero no te vayas sin desayunar.

Estrella mordió la arepa, probó el chocolate, se duchó, se puso una falda negra, una blusa de colorines, botas, medias y chaleco negros también, se alborotó su pelo crespo, se maquilló apenas y salió corriendo. Cuando timbró en el dormitorio de la universidad aún no eran las once y media de la mañana.

—¡Cómo está de linda mi hermana! —exclamó Maurice mientras soltaba una carcajada desde el umbral.

De inmediato la atrajo hacia sí, cerró la puerta y empezó a besarla. Entonces Estrella abrió los labios y se confundieron en un beso de pasión que la fue llevando a deponer sus barreras para permitir que él la amara, y la desnudara, y la

besara más, y descendiera sus manos por su vientre, y la acari-
ciara, y la poseyera, y ella se desvaneciera de placer y de dicha,
y se amaran así, una y otra vez...

—Te amo, Estrella...

—Yo creo que también te amo, Maurice...

—Mira lo que hice ayer —le dijo él.

Maurice tomó su guitarra y cantó una balada de melodía preciosa, con una letra que comparaba un amor en ciernes
con un amanecer frente al mar.

—Algún día te llevaré a que conozcas el Caribe —le
dijo ella.

—¡Que sea muy pronto! —comentó él—. Linda, quiero que montemos esta canción a dúo. ¿Te gusta?

Estrella le tomó la mano y le dijo:

—Me encanta. Cuando quieras la ensayamos. Pero
ahora tengo muchas cosas que contarte. ¿Te parece si vamos a
almorzar y conversamos?

—Me parece —le dijo él.

Entonces se levantó, caminó desnudo hacia el clóset
y Estrella detuvo su mirada en ese lunar que él tenía cerca del
vello púbico y que, ahora, ella veía distinto del suyo.

¿Por qué me habré confundido de esa manera?, se
preguntó.

El restaurante italiano donde Maurice quería invitar a
Estrella estaba cerrado, así que entraron a la pizzería de la esquina.

—¿Sabes, Maurice? —le dijo ella luego de que ya habían pedido dos copas de vino y una pizza para compartir—.
Anoche cené con tu padre.

—¿Qué dices?

—Sí, después del concierto quedamos de comer ayer
porque él estaba muy cansado esa noche. Y fue muy grato.

Entonces Estrella le relató los detalles de su charla con
Jacques Delon, y le habló del impacto que a él le había causado
meditar sobre los hijos suyos que habría regados por ahí.

—Más vale que piense en este hijo que tiene aquí —comentó Maurice con un dejo de tristeza.

—Te prometo que voy a componer la relación de ustedes —le dijo Estrella.

Maurice guardó silencio.

—¡Vas a ver! —insistió ella, y agregó—: Maurice, ¿tú conociste a un amigo de tu padre, compañero suyo en la Escuela de Música, que murió de cáncer de cerebro?

—Sí lo conocí. Fue una vez que papá llegó con él a casa de mis abuelos. Se veía muy bien. Sin embargo, meses después murió... ¿Por qué?

—Porque ese amigo donaba semen en el New York Children's Bank. ¿Cuántos años tendría hoy?

—La edad de mi padre, o algo así.

Súbitamente Maurice enmudeció y, luego de unos segundos, exclamó exaltado:

—¡Estrella, ese amigo de mi padre cumplía años en septiembre! ¡Y era negro!

—¿Cómo? —preguntó ella mirándolo con ojos desorbitados.

—Lo sé porque esa vez, cuando mi padre llegó con él donde mis abuelos, parecían haberse tomado unos tragos y él dijo que acababan de salir de un almuerzo que un amigo les había ofrecido con motivo de su cumpleaños, pues ambos cumplían ese mes.

—¿Y sabes en qué fecha cumplía?

—No lo sé, pero mi padre debe saberlo.

—Maurice, yo voy a encontrarme de nuevo con tu padre a las cinco de la tarde. ¿Vienes conmigo?

—Creo que sí…

Jacques Delon esperaba a Estrella frente a la recepción de su hotel. Cuando vio a Maurice, dijo:

—¡Me alegra que hayas traído a mi hijo, Étoile!

—¿Étoile? —preguntó Maurice.

—¡La llamo por su nombre en francés!

—No te inquietes, Maurice, a mí me gusta que me diga así.

—Padre, tenemos que hablar contigo. Busquemos un sitio para conversar tranquilos —dijo Maurice.

—Vamos al bar —propuso Jacques.

Hallaron una mesa cercana a un rincón. Padre e hijo pidieron un dry martini y Estrella quiso sólo un café. Luego Maurice dijo:

—Papá, ¿recuerdas a tu amigo que murió de cáncer de cerebro, ese que me presentaste una tarde en casa de los abuelos?

—Por supuesto que lo recuerdo, era Paul Edwards… ¿Por qué?

—Esa tarde tú dijiste que venían de celebrar sus cumpleaños porque ambos cumplían el mismo mes. ¿En qué fecha cumplía Paul?

—El 4 de septiembre.

—¿El 4 de septiembre? —exclamó Estrella—. ¿Y en qué año nació él?

—Teníamos la misma edad: en 1962.

Estrella sintió que se quedaba sin aire.

—Jacques —dijo luego—, ¿recuerdas si Paul Edwards era donante de semen del New York Children's Bank en noviembre de 1982?

—Déjame pensar… Creo que debía serlo…

XII

Jacques Delon había conocido a Paul Edwards a los dieciocho años, cuando él era un estudiante de Música que acababa de ingresar a la Universidad de Nueva York. Era un muchacho bueno, apuesto, alto, delgado, hijo de un nigeriano que había llegado a la ciudad con una familia inglesa para la que trabajaba como sirviente, y había permanecido en Nueva York luego de que sus patrones volvieron a Inglaterra. Pero Paul sólo recordaba a su padre en tres oportunidades: la primera, cuando tenía cuatro años y él y Robert, su hermano gemelo, habían visto cómo su padre golpeaba a su madre, una inmigrante haitiana a quien había conocido años atrás. Esa vez la había hecho sangrar en la cara, la había arrojado contra el piso, le había gritado que jamás volvería a verlo, había dado un portazo y se había ido. El segundo recuerdo de Paul sobre su padre se remontaba a cuando tenía unos doce años y se lo había encontrado de frente, caminando por una calle del Bronx. Al oír que Paul le decía que él era su hijo, el padre lo había empujado, había caminado de prisa, luego había regresado, le había dado un billete de veinte dólares y le había dicho «vete». Y su tercer recuerdo era el de su papá muerto, resguardado por el vidrio de un ataúd.

Paul y su hermano habían trabajado desde niños en cualquier cosa para ayudar a su madre: lavaban platos, colaboraban en talleres de mecánica, limpiaban baños, vendían periódicos... Paul, además, cantaba en la calle. Un día, una señora rica lo oyó cantar, se enamoró de su voz y decidió ayudarlo para que pudiera estudiar en la Universidad de Nueva York. Además de pagarle la matrícula, le daba un dinero mensual. Pero este no le alcanzaba y Paul completaba sus ingresos como podía.

Pese a que Paul Edwards era un gran músico, no ejercía su talento porque cuando había terminado la universidad había sufrido un accidente de automóvil, había perdido un tiempo la memoria y, después, le había quedado un trauma que le impedía tocar piano en público. Sólo lo hacía en privado. Y si había más de diez o doce personas presentes, sufría una especie de parálisis y empezaba a llorar al sentir sus manos inmóviles sobre el teclado. Paul Edwards había visitado varias veces al siquiatra para tratar de superar su trauma, pero no lo había logrado. Y como el seguro ya no le cubría nuevas consultas, había tenido que resignarse a no trabajar como músico y a ganarse la vida lavando carros en una estación de servicio localizada en el norte de Manhattan.

Su hermano Robert, en cambio, era un gran chef y había tenido éxito en los negocios de restaurantes que había emprendido. Ahora se la pasaba desarrollando nuevos platos en uno de sus restaurantes, situado en las orillas de City Island, ese lugar insólito del Bronx que recuerda al Caribe.

Jacques lo había conocido por intermedio de Paul y, después de su muerte, ocurrida hacía cinco años, a raíz de ese glioblastoma cerebral que lo había acabado en apenas tres meses, se habían hecho amigos.

—¿Quieres conocer a Robert, el hermano de Paul?, Étoile —le preguntó Jacques a Estrella cuando ya ella y Maurice se disponían a irse del bar de su hotel.

—¡Por supuesto! —repuso ella.

—¿Qué planes tienen ahora? —dijo Jacques.

—Ninguno en especial, papá —contestó Maurice.

—Los invito a cenar en el mejor restaurante de pescado de Nueva York. ¿Les gusta la comida de mar?

—Nos encanta —comentó Estrella.

Jacques les advirtió que el lugar quedaba distante. Caminaron hasta la estación del metro y tomaron uno en dirección Up Town. En el camino, casi de inmediato, Jacques Delon se quedó dormido. Entonces, con picardía, Maurice le propuso a Estrella que aprovecharan el sueño de su padre para besarse tranquilos.

Junto a la puerta del restaurante, un aviso luminoso en forma de langosta dejaba ver un letrero que decía Chez Robert. Un negro muy alto, delgado, de mirada somnolienta, al escuchar la voz inconfundible de Jacques Delon preguntándole al mesero si el dueño del restaurante se encontraba ahí, surgió de la cocina para darles la bienvenida. Era Robert Edwards. Para él, Jacques era no sólo el mejor amigo de su hermano muerto sino, también, su músico preferido.

—¡Qué honor me haces y qué placer me das al venir por aquí, Jacques! —exclamó Robert, al tiempo que le extendía los brazos.

—Te presento a mi hijo, Maurice, y a su novia, Étoile —le dijo Jacques después de corresponderle el abrazo.

Robert Edwards los acomodó en la mesa del rincón y les ofreció, como cortesía de la casa, una botella de su mejor vino.

—¿Puedes cenar con nosotros, Robert? —le dijo Jacques—. Tenemos algo importante que hablar contigo.

—Encantado —dijo él—. Pero antes permítanme tomarles la orden para encargarme, personalmente, de que el pescado les quede en su punto. Ustedes saben que un pescado bien hecho es una delicia, pero uno cocinado más de la cuenta sabe a suela de zapato viejo.

Minutos después, cuando ya Jacques, Maurice y Estrella se habían tomado la primera copa de vino, Robert y el mesero aparecieron llevando los lenguados al vapor que querían Jacques y Maurice y los langostinos a las finas hierbas que había pedido Estrella.

Después, Robert Edwards se sentó a la mesa y, de inmediato, le preguntó a Jacques:

—¿Para qué puedo serte útil?

—Para que nos ayudes a descubrir un secreto.

—Explícate mejor —le dijo.

Entonces Jacques le pidió a Estrella que le permitiera contarle su historia. Y antes de terminarla, preguntó:

—Robert, ¿tú estarías dispuesto a ir con Étoile a practicarte una prueba de ADN?

—Me tocará —dijo, sin mucho entusiasmo.

Acordaron que Jacques lo recogería al día siguiente a la una de la tarde para encontrarse con Estrella e ir juntos al centro de ADN que ya ellos conocían.

Antes de despedirse, Robert llamó aparte a Jacques y le comentó:

—No es muy grato para mí ir hasta el otro extremo de la ciudad a hacerme ese examen, querido Jacques. Lo hago sólo porque sé cuánto te apreciaba mi hermano.

Jacques le agradeció el gesto… Se despidieron.

Maurice y Estrella descendieron en la estación cercana al apartamento de ella. Jacques continuó su camino. Cuando ya estaban en el vestíbulo del edificio, Maurice dijo:

—¡Me muero de ganas de dormir contigo hoy, linda!

Estrella lo tomó de la mano, lo haló hacia la calle y comentó sonriente:

—¡Vamos, pues!

—¡Se me olvidó llamar a mi mamá, Maurice! —exclamó Estrella a la mañana siguiente.

Marcó su número varias veces pero nadie respondió.

—Debe haber salido de compras —pensó.

A las dos de la tarde, Estrella y Maurice llegaron al centro de DNA. Jaques y Robert se encontraban allí. La recepcionista rubia y robusta les dijo que esperaran su turno. Poco después, la doctora Banderalaika pasó por la sala de espera y, al ver a Estrella y a Maurice, les preguntó qué los volvía a llevar por allí. Estrella le explicó el motivo. La doctora los hizo seguir de inmediato. Dijo que sólo le tomaría la prueba a Robert, porque los resultados del examen de ADN de Estrella ya los tenía el laboratorio. Agregó que la prueba, por ser solamente de una persona, se demoraría apenas un día. Entonces extrajo la muestra de la parte interior de la mejilla de Robert y comentó:

—Espero que ahora sí obtengan el resultado que desean.

—Maurice —dijo Estrella—: quiero ir a mi casa, pues necesito encontrar a mi mamá. ¿Me acompañas?

—Creo que es mejor que vayas tú sola para que puedan conversar —le dijo él.

—Tienes razón.

Cuando Estrella entró al apartamento, vio que Verónica había salido y que había una nota sobre la mesa del comedor.

—Me mudé al hotel de en frente. No quiero molestarte. Reservé mi regreso para el viernes. No había cupo antes.

De inmediato, Estrella se puso el abrigo y fue a buscar a su madre.

La encontró en el bar del hotel, sola, tomándose un whisky y mirando a lo lejos.

—Mami, ¿por qué hiciste eso?

—Porque sí; porque ya es hora de que aprenda a vivir sin estar pendiente de ti; sin sentir la necesidad permanente de saber qué haces, qué sientes, si estás alegre, si sufres o no; si vas o vienes; si comes o no comes; si sales o no sales; si te vistes bien o te vistes mal; si eres feliz o eres infeliz… Debo aceptar que tu vida es la tuya y mi vida es la mía… Y tengo que entender que lo que yo debo hacer es preocuparme mucho más por mí, pues lo que de verdad sí es asunto mío es si yo vivo bien o vivo mal; si soy feliz o infeliz; si cuido mi salud o la descuido; si me quiero o me desquiero… ¡Porque hasta ahora solo me he malquerido, Estrella! Y tomé la decisión de que ahora sí me voy a querer… Porque si yo no me cuido, si no me consiento, si no me complazco, si no me acompaño, si no me procuro el bienestar que necesito, si no me quiero, nadie me va a cuidar, ni me va a consentir, ni me va a complacer, ni me va a acompañar, ni me va a querer…

—Eso me parece muy bien, mamá… Pero necesito que sepas que tú no me molestas... ¡Lo que ocurre es que han pasado muchas cosas!

—Habíamos quedado de hablar anoche y no llegaste a dormir. Por eso pensé que era mejor dejarte tu espacio libre.

—Es que tú no sabes, mamita...

Entonces Estrella le relató a Verónica su cena con Jacques Delon, le contó la historia de Paul Edwards, le habló de su hermano Robert, le dijo que acababan de hacerle una prueba de ADN y que el laboratorio iba a cotejarla con la suya, y agregó que el resultado estaría listo al otro día.

—¿Vamos a mi apartamento, mami?

—Anoche no dormí bien, hijita... Quiero tomar una buena siesta. Prefiero quedarme aquí.

XIII

A las tres de la tarde, Estrella y Verónica se encontraron para ir a Best Bagel & Coffee de la calle 35 con Séptima Avenida. Allí las esperaba Maurice. Después apareció Jacques. Robert Edwards no había considerado necesario ir a recibir el cotejo de los ADN.

—Me lo informas luego —le había dicho a su amigo.

Después de tomar café con *bagels*, los cuatro caminaron juntos las dos cuadras que los separaban del laboratorio. La puertorriqueña que entregaba los exámenes en el centro de ADN les dijo que ya estaba listo el resultado. Luego le dio a Estrella un sobre cerrado. Adentro había un papel lleno de números. Y abajo tenía una nota que decía: «La comparación de las dos pruebas no excluye la filiación: la mitad de los diecisiete marcadores genéticos coincide».

—¿Qué significa esto? ¡Necesito hablar con la doctora Banderalaika! —exclamó Estrella.

La puertorriqueña la llamó. La doctora apareció al instante.

—¿Qué quiere decir este resultado, doctora? —preguntó Estrella.

—¡Que Robert Edwards es su padre, o su tío si es su hermano gemelo!

Estrella y Maurice se abrazaron. Estrella le dio las gracias a Jacques y lo abrazó también.

—¿Tienes una foto de mi padre, Jacques? —le preguntó.

—Traje la única que tenía… Pensé que podrías necesitarla…

Jacques Delon sacó de su bolsillo un sobre que contenía el retrato de un negro casi tan alto como él, delgado y apuesto, muy parecido a Robert Edwards, que lo abrazaba mientras cada uno, con la mano que les quedaba libre, levantaba una botella de cerveza. ¡Se veían felices!

—Esta foto nos la tomaron cuando Paul celebró conmigo su último cumpleaños —dijo—. Es mi primer regalo para ti, Étoile… ¿Y sabes una cosa?

—¿Qué?

—¡Que tu padre era un buen tipo!

Estrella lo abrazó de nuevo. Jacques Delon dijo que tenía cosas que hacer porque se iba de gira al día siguiente. Se despidieron.

Verónica preguntó:

—¿Qué sientes, Estrella?

—Paz, mamá.

Entonces ella vio cómo Estrella y Maurice se perdían por entre las calles de Manhattan tomados de la mano…

Nueva York, 29 de abril de 2015

Agradecimientos

Gracias a mi amiga experta en fertilidad y en técnicas de reproducción asistida, la ginecóloga Claudia Borrero, y al genetista Alberto Gómez, por su paciencia al responder mis preguntas.

Gracias a mi amiga María Candelaria Posada por su cariñosa labor de edición durante las distintas etapas de esta novela.

Y gracias a Ana Roda, esa joya de editora que tiene esta empresa editorial, por las varias lecturas que hizo de este libro y por su rigor en la crítica.

A todos ustedes, de corazón, ¡GRACIAS!